Lotte Römer
Frühlingsglücksgefühle

AF178705

 Montlake

Das Buch

Leni liebt das Leben auf der Alm, das für sie die Erfüllung eines lang gehegten Traums ist. Als ihre Hütte nach dem Winter beschädigt ist, muss sich die frischgebackene Hüttenbesitzerin einer ersten echten Herausforderung stellen. Der angeforderte Handwerker ist ausgerechnet ihr früherer Freund Timon, mit dem sie in der Schulzeit eine zarte Liebe verband, der sie aber tief verletzte. Leni ahnt nicht, dass auch er auf der Flucht vor der Vergangenheit ist.

Auf der abgelegenen Hütte verbringen sie mehr Zeit zusammen, als Leni zunächst lieb ist. Die unfreiwillige Nähe lässt sie langsam wieder eine Beziehung zueinander aufbauen. Kann Leni lernen, ihm wieder zu vertrauen?

Die Autorin

Lotte Römer, Baujahr 1979, lebt mit zwei Kindern und einem Auto namens »Wanderdüne« im südlichen Bayern. Hier versucht sie, Familie und Schreiben unter einen Hut zu bringen und dem täglichen Chaos Paroli zu bieten. Und manchmal klappt das sogar. Dann entstehen Bücher und Geschichten.

Lotte Römer

Frühlings- glücks- gefühle

Roman

 Montlake

Deutsche Erstveröffentlichung bei
Montlake, Amazon Media EU S.à r.l.
38, avenue John F. Kennedy, L-1855 Luxembourg
März 2023
Copyright © der deutschsprachigen Ausgabe 2023
By Lotte Römer

Umschlaggestaltung: bürosüd⁰ München, www.buerosued.de
Umschlagmotiv: © Elenamiv/Shutterstock; © Billion Photos/Shutterstock;
© canadastock/Shutterstock; © HAKINMHAN/Shutterstock;
© fizkes/Shutterstock; © Lapa Smile/Shutterstock;
© Patrick Daxenbichler/Shutterstock
Lektorat und Korrektorat: VLG Verlag & Agentur, Haar bei München,
www.vlg.de
Gedruckt durch:
Amazon Distribution GmbH, Amazonstraße 1, 04347 Leipzig /
Canon Deutschland Business Services GmbH, Ferdinand-Jühlke-Straße 7,
99095 Erfurt /
CPI books GmbH, Birkstraße 10, 25917 Leck

ISBN: 978-2-49671-272-8
e-ISBN: 978-2-49671-271-1

www.montlake.de

PROLOG

Leni

Leni war so müde. Sie fühlte sich wie ein Stein, den jemand in einen sehr tiefen See geworfen hatte. Umgeben von schwarzem Wasser sank sie immer tiefer und konnte dem nichts entgegensetzen.

Dieser Abend hätte einer der schönsten ihres Lebens werden sollen – stattdessen hatte er sich zu einem der schlimmsten überhaupt entwickelt. Kurz kramte Leni in ihrem Gedächtnis nach einer Situation, die sie als vergleichbar schlimm empfunden hatte, aber noch nie hatte sie so großen seelischen Schmerz gespürt wie gerade jetzt.

Denn heute war ihr das Herz herausgerissen worden und das tat tatsächlich mehr weh als alles je zuvor Erlebte. Sie war so von ihren Gefühlen überwältigt, dass es sich anfühlte, als hätte sie einen Marathonlauf hinter sich. Die Kraftlosigkeit, die sie verspürte, war so tiefgreifend, wie sie es nie zuvor empfunden hatte. Heute würde sie nicht einmal mehr ihre Zähne putzen. Das ließ sie normalerweise nie ausfallen. Jetzt aber war es egal. Ihr war alles egal. Hätte sich vor ihr ein Loch im Boden aufgetan, sie wäre ohne auch nur das winzigste Zögern hineingekrochen, nur um zu verschwinden.

Emotionale Marathonläufe, dachte sie bei sich, waren schlimmer als jede Reha, jede Klinik, jeder Meilenstein, den zu schaffen sie so viel körperliche Anstrengung gekostet hatte. All das war wie ein Spaziergang gewesen im Vergleich zu der allumfassenden Erschöpfung, die sie gerade verspürte.

Der Schlüsselbund klimperte leise, als Leni ihn vor der Haustüre aus ihrer Handtasche fischte. Hoffentlich schliefen alle schon! Sie wollte niemanden sehen, wollte keinen Trost, wollte nichts erklären und das hätte sie tun müssen, wenn sie jetzt jemand gesehen hätte. Sie wollte nicht alles noch einmal durchleben, sondern vergessen und eine Lehre aus dem Geschehenen ziehen.

Im Rückspiegel ihres Autos hatte sie gesehen, dass sie Augen wie eine Eule hatte, riesig wirkend und schwarzumrandet, sichtbares Zeichen der bitteren Tränen, die sie in der letzten Stunde geweint hatte, während sie in ihrem Auto auf dem dunklen Supermarktparkplatz versucht hatte, ihre Fassung zurückzugewinnen. Aber wen kümmerte schon verlaufende Schminke, wenn gerade die Welt unterging?

Die Bemühung, sich zu fassen, war vergeblich gewesen, denn die Bilder vor ihrem inneren Auge blieben gestochen scharf und prügelten regelrecht auf sie ein: der feixende Jeremias, von allen nur Jeremy genannt, der coolste Junge der Schule, die Typen um ihn herum, die ihm zuprosteten, laut grölend. Lauter vertraute Gesichter, seit Jahren vertraut und doch eine Gruppe Fremder, die sich da gerade auf ihre Kosten amüsierte. Und Timon, der einfach weglief, während die anderen lachten, der sich schämte dafür, dass er sie geküsst hatte. Ihren Magen umklammerte eine eiserne Faust, weil sie es so schrecklich fand, dass er, den sie für einen Freund gehalten hatte, sich ihrer schämte.

Jetzt sehnte Leni sich nur noch nach Schlaf, nach Vergessen. Sie musste es irgendwie schaffen, diesen Abend weit aus ihrem Bewusstsein zu verbannen.

Sie steckte den Schlüssel ins Schloss, hörte das leise, vertraute Klicken, als sich die Tür öffnete, und trat in den dunklen Flur. Es war weit nach Mitternacht. Gut, dass ihre flachen Schuhe eine unromantische, rutschfeste Gummisohle hatten. Vorhin war sie noch in der Lage gewesen, sich über ihre flachen Schuhe zu amüsieren, die ohnehin unter ihrem langen Kleid verborgen blieben und mit denen sie besser tanzen konnte als die anderen Mädchen mit ihren Heels. Freilich tanzte sie trotz der Schuhe nicht. Niemand wollte mit dem Krüppel tanzen, nicht wahr? Sie schnaubte, es war ein bitterer, wunder Laut.

Jetzt war sie dankbar, dass ihre Schuhe kein Geräusch machten, als sie leise die Treppe in ihr Zimmer hinaufschlich, die vierte Stufe von oben nur ganz außen belastend, wie schon als kleines Mädchen, wenn sie heimlich durch den Türspalt den Abendfilm mit Jasmin geschaut hatte, ohne dass die Eltern es merken sollten. Denn die vierte Stufe konnte verräterisch knarzen, wenn man nicht achtsam war, und in der nächtlichen Stille hätte es sich wie die Detonation einer Bombe angehört.

Als Leni ihr Zimmer erreicht hatte, atmete sie auf. Immerhin das! Sie musste ihren Eltern nun wirklich wegen eines dämlichen Abschlussballs keine Sorgen bereiten. Es war nur ein doofer Ball – und sie machten sich eh so viele Sorgen um ihre Tochter, seit dem Unfall.

Einen kurzen Moment lang hatte sie das Gefühl, ihr Zimmer zum ersten Mal zu sehen. Da waren ihr Schreibtisch, ihr Schrank, der große Spiegel, den sie zu Weihnachten bekommen hatte – auf ihren ganz besonderen Wunsch hin. Das hier war ihr Heimathafen, der Ort, an dem sie vor der Außenwelt sicher war.

Vor ein paar Stunden war sie lange vor dem neuen Spiegel gestanden. Der verschnörkelte Rahmen in Silber hatte den Eindruck noch verstärkt, den ihr Kleid vermittelte. Leni hatte sich gefühlt wie Cinderella. Der weite, bodenlange Rock in Rot, eine Tüllschicht, die ihm noch mehr Volumen gab und so zuverlässig verhinderte, dass man einen Blick auf ihre Füße werfen konnte. Dazu das enge Oberteil, dessen Stoff sich an sie schmiegte, paillettenbesetzt, hochgeschlossen. Und wenn sie sich zur Seite drehte, konnte sie den freien Rückenbereich sehen, wo das Kleid tief ausgeschnitten war. Das Gefühl, mit dem sie losgegangen war, war unbeschreiblich gewesen. Leni hatte sich schön gefühlt, begehrenswert und jung. Sie war als eine Prinzessin auf den Ball gegangen und als Aschenbrödel zurückgekommen.

Jetzt wieder vor ihrem Spiegel zu stehen, innerlich ruiniert, das Gesicht voller Mascaraspuren, wie eine traurige Eule, war ein niederschmetterndes Gefühl. Leni wartete auf weitere Tränen, die prompt über ihre Wangen liefen. Sie tat sich leid – zu Recht!

Kurz wog sie ab, spürte in sich hinein, ob sie die Energie hatte, aus dem Ballkleid zu schlüpfen. Aber nein, sie würde sich nicht umziehen, es war die Mühe nicht wert. Dieses Kleid würde sie ohnehin nie wieder tragen. Stattdessen streifte sie nur die Schuhe von den Füßen, zog ihre Prothese aus und kroch in ihr Bett. Nach diesem Moment hatte sie sich seit dem Verlassen des Ballsaals gesehnt.

Gleich würde es warm um sie herum werden, immerhin das. Sie hatte eine ganze Weile lang vor Kälte gezittert auf der Fahrt und erst, als sie ihr Elternhaus betreten hatte, war das Zittern ihrer Glieder einem eisigen Kältegefühl gewichen, das ihren ganzen Körper vereinnahmte.

Sie war bestimmt das einzige Mädchen an ihrer ganzen Schule, das eine Heizdecke besaß, und mit Sicherheit war sie auch das einzige Mädchen, das diese Heizdecke auch noch benutzte, aber sie stand dazu und wenn ihr Vater hereinkam und einen Spruch riss, war ihr das egal, denn die herrliche Wärme, wenn sie unter der Bettdecke lag, war jedes Geläster wert. Als sie jetzt darauf wartete, dass ihre Decke sich erhitzte, und ihren Kopf auf das Kissen bettete, realisierte sie, wie die Haarnadeln, die ihre Hochsteckfrisur zusammenhielten, in ihre Kopfhaut drückten. Achtlos fummelte sie die *piksenden Dinger aus den Haaren und warf sie neben das Bett, zu den Schuhen und dem Kunststoffbein. Der Schmerz, den sie verspürte, als sie sich dabei einige Haare mit ausriss, war eine Wohltat. Denn er hatte eine feste Gestalt, ließ sie sich selbst spüren, während sie gleichzeitig wusste, er würde schnell wieder vergehen.*

Wie bitterlich sie fror! Die Heizdecke lief auf höchster Stufe, aber Leni war sich nicht sicher, ob die Decke gegen diese Art Kälte etwas auszurichten vermochte, die ihr in allen Gliedern saß. Sie kam aus ihrem tiefsten Inneren und durchflutete sie.

Leni drehte sich auf die Seite und stellte mit Verwunderung fest, dass ihre Tränen aus dem oberen Auge leicht schräg über die Nasenwurzel in das untere Auge hineinliefen. Sie schloss die Augen und spürte, wie die Tränen beider Augen sich zu einer großen verbanden, die hörbar auf ihr Kissen tropfte. Sie weinte aus Schmach, weil sie sich so geschämt hatte. Sie weinte, weil sie jemanden verloren wusste, den sie für einen wahren Freund gehalten hatte, und sie weinte, weil sie wusste, einfach wusste, dass sie auch einen Teil von sich verloren hatte, den wiederzufinden schwer werden würde. Sie weinte, bis ihre Augen und ihr Kopf gleichermaßen schmerzhaft pochten. Sie weinte und weinte.

Irgendwann, in ihrem Zustand totaler Erschöpfung, wurde die Welt um sie herum schwarz und der Schlaf umarmte sie wie ein tröstender Freund.

1. Kapitel

Leni

Leni ging nicht besonders schnell. Das tat sie nie, denn es erhöhte die Wahrscheinlichkeit zu fallen überproportional. Sie ging gleichmäßig, Schritt für Schritt. So hatte sie ihre Beinprothese bestens unter Kontrolle, sie machte quasi eine Eselwanderung ohne Esel. Leni musste schmunzeln. Im vergangenen Sommer hatte sie eine Wanderung mit Jasmin, Kenneth und dessen Esel Momo unternommen. Die ruhige Gleichmäßigkeit und die warme Ausstrahlung des Tieres waren etwas Besonderes gewesen. Das Gehtempo war für Leni keine Umstellung gewesen, sondern die für sie perfekte Schrittgeschwindigkeit. Sie liebte es, in die Landschaft einzutauchen, und schenkte den Weinbergschnecken und Bergsalamandern gern auch einen zweiten Blick, statt aus Versehen auf sie zu treten.

Am Wegesrand tummelten sich auch heute schon die Insekten in den Blüten der ersten Frühjahrsblumen und Leni konnte gar nicht anders, sie musste einfach glücklich sein wegen des Almsommers, der vor ihr lag. Obwohl sie viel Arbeit haben würde, hatte sie sich vorgenommen, jeden einzelnen Tag auf der Gaupenhütte zu genießen. Sie liebte ihre Hütte, das Leben auf der Alm war ihr lang gehegter Traum und sie hatte hart dafür gekämpft, dass sie ihn sich erfüllen konnte.

Als die Gaupenhütte in Sicht kam, beschleunigten ihre Schritte sich dann auch ganz automatisch. Obwohl sie den Winter über oft spazieren gegangen war, spürte sie die Belastung, die der Anstieg für ihren Körper bedeutete. Längst schwitzte sie aus allen Poren und die Oberschenkelmuskeln taten ihr weh. Kein Wunder, bergauf zu gehen war anders, als eine relativ ebene Strecke zurückzulegen. Sie wusste jedoch, sie würde sich auch in diesem Jahr wieder schnell daran gewöhnen und sich ab und zu ein paar Stunden Freizeit genehmigen, um die umliegenden Gipfel zu erkunden und das von ihr so geliebte Panorama zu genießen. Es war nur der Anfang, der schwer war. Mit Usain, ihrem Bein, konnte gar nichts schiefgehen, dachte sie und grinste breit, als sie einen Blick auf ihre Unterschenkelprothese warf, beziehungsweise auf die lange Hose, die diese perfekt verbarg. Usain – den Namen hatte Leni ihrer Prothese nicht umsonst gegeben. Sie hatte sie scherzhaft nach Usain Bolt benannt, dem Weltklasse-Sprinter, der die Einhundertmeter-Distanz in weniger als neun Komma sechs Sekunden lief. Lenis eigener, ironischer Humor kam hier zum Tragen und es half irgendwie dabei, locker mit dem künstlichen Bein umzugehen. Außerdem bewunderte sie den Hochleistungssportler, der seine Ziele mit genauso viel Zielstrebigkeit verfolgte wie sie selbst.

Die letzten Meter zur Hütte nahm sie alles noch detaillierter wahr. Die ersten Hummeln, ein kleiner Schillerkäfer, der direkt vor ihr den Weg überquerte, ein leuchtend grünes Tier, das seinen täglichen Geschäften nachging. Krokusse, die die Wiese weiß und blau zu verfärben begannen. Bald wäre die Wiese ein Blütenmeer. Hier oben wurden die Wiesen nicht gedüngt, daher entwickelte sich eine Artenvielfalt, von der man im Tal nur träumen konnte.

Schon von Weitem sah die Hütte gemütlich und einladend aus. Die freudige Erwartung der Ankunft ließ sie die Anstrengung des Aufstiegs vergessen. Keine Minute mehr, dann stand sie auf der Aussichtsterrasse. Das vertraute Bergpanorama, das man bereits von der Hütte aus sah, zeigte sich von seiner schönsten Seite. Die Gipfel waren teils noch schneebedeckt und ergänzten die Farbpalette aus Grün- und Blautönen um weiße Akzente. Es wirkte, als hätte jemand Puderzucker auf die Bergspitzen gestreut. Kein Wölkchen stand am azurblauen Himmel.

Als Erstes nahm Leni ihren schweren Rucksack ab und ließ sich auf die Hausbank fallen, deren Holz leicht angewärmt war. Für eine Sekunde schloss sie die Augen. Immer wenn sie die Hütte erreicht hatte, füllte ein einziges Wort ihren ganzen Verstand aus: Angekommen. Hier oben, das war ihr Platz. Die Hütte war ihr Wohlfühlort. Dass sie diesen Ort gefunden und es geschafft hatte, sich hier zu bewähren, und das trotz ihrer Behinderung, betrachtete sie noch immer als Geschenk des Schicksals. Darauf war sie stolz. Auch, weil sie hart dafür gearbeitet hatte, heute im Leben auf ihren eigenen Beinen zu stehen, im wahrsten Sinne des Wortes.

Und heute war noch mal alles anders als sonst. Sie war zwei Wochen eher heraufgekommen als eigentlich geplant, weil ihr Verpächter ihr eröffnet hatte, dass er die Hütte verkaufen wollte. Es war keine Frage gewesen. Da gab es kein Zögern und keinen Zweifel. Ihr Weg hatte sie geradewegs zur Bank geführt – und sie hatte den Kredit bekommen. Seit sie die Hütte übernommen hatte, waren die Gewinne ordentlich angestiegen, sodass die Bank keinen Zweifel hegte.

Sie hatte den Vertrag unterschrieben und jetzt war sie die Besitzerin der Gaupenhütte. War sie zuvor schon hier daheim gewesen, betrachtete sie die Gaupenhütte jetzt noch mal aus einem ganz anderen Blickwinkel. Eine Berghütte zu besitzen, diese Hütte, war trotz der damit einhergehenden Verantwortung das größte Glück, das Leni sich vorstellen konnte.

Heute wollte sie erst einmal überprüfen, welche Schäden der Winter ihr hinterlassen hatte, und für deren Reparatur sorgen. Bei der Menge Schnee, die in den letzten Monaten gefallen war, musste man mit kleinen Zipperlein rechnen.

Außerdem gehörte die Gaststube gestrichen, an ein paar Stühlen musste etwas ausgebessert werden, Schönheitsreparaturen zwar, aber dennoch notwendig. Die Streicharbeiten konnte sie selbst angehen, die Farbe dafür hatte sie im Herbst noch geordert und eingelagert.

Leni atmete tief ein. Frühling lag in der Luft, sie roch es genau. Nach einem harten Winter war der Schnee endlich weg und die ersten Blumen hatten ihren Weg nach draußen gefunden. Jetzt waren es nur vereinzelte Farbtupfer, aber die volle Krokusblüte stand kurz bevor, dann würde die Wiese nicht mehr grün, sondern lila und weiß leuchten. Dann hätte sie wieder volles Haus. Die Krokusblüte war eine Sensation, die es schon mehrere Male in die Zeitung geschafft hatte und zahlreiche Wanderer motivierte, zur Gaupenhütte aufzusteigen.

Als ihr Körper zur Ruhe gekommen war, spürte Leni, dass ihre Prothese ein wenig drückte, nicht sehr, aber sie wusste, dass sich das rasch verschlimmern konnte, wenn sie nicht aufpasste. Vermutlich das andere Abwinkeln und Belasten des Beins beim Anstieg, dachte Leni. Ihr Bein musste sich erst wieder daran gewöhnen. Sie krempelte die Hose rechts bis zum Knie hoch, nahm die Prothese ab und ließ Luft an ihren Beinstumpf. Viel besser! Sie seufzte leise. Eine kleine Pause in der herrlichen Sonne würde sie sich gönnen, bevor sie sich an die Arbeit machte. Kurz ließ sie den Blick hinüber zur Kuchelbergspitze wandern, deren Gipfel noch immer so aussah, als bräuchte man mindestens Gamaschen, um ihn zu besteigen, vermutlich sogar Steigeisen, so viel Schnee lag noch in der oberen Region des Berges. Bald würde aber auch dort der letzte Rest Schnee schmelzen und dem Frühling endgültig Platz machen. Oft dauerte das nur einige Tage, wenn es schnell warm wurde. Sie schloss die Augen und lehnte den Kopf gegen die Hausmauer.

»Na, wen haben wir denn da?«

Die Stimme ließ Leni auffahren. »Elsa! Hey! Ach, das ist aber schön.« Sie wollte aufstehen, hatte vergessen, dass sie die Prothese abgelegt hatte, und wäre fast gestolpert.

»Du hast Usain nicht an.« Elsa lachte. Das war eine ihrer Eigenschaften, die dazu beigetragen hatte, dass die beiden Frauen vom ersten Moment an Freundinnen wurden: Elsas direkte, trockene und zugleich humorvolle Art, mit den Widrigkeiten des Alltags umzugehen. Dieser Pragmatismus, den man brauchte, wenn man hier oben leben wollte, war genau der Umgangston, den Leni im Tal oft vermisste.

Längst war sie nicht mehr so verlegen im Umgang mit ihrer Behinderung wie früher, kurz nach der Amputation. Sie fühlte sich ganz – und wer nicht mit ihrer Einschränkung umgehen konnte, hatte Pech, sie jedenfalls machte die Schwierigkeiten der anderen Leute längst nicht mehr zu ihren eigenen. Außerdem trug sie Kleidung, die Usain perfekt verdeckte, sodass ohnehin kaum jemand merkte, dass sie behindert war. Die wenigen Menschen, die es wussten, gingen ganz normal mit Leni um.

»Hi, Leni, lass dich mal drücken.« Elsa breitete die Arme aus und drückte Leni an sich. »Dass du wieder da bist, bedeutet dann wohl, dass der Winter offiziell vorbei ist.« Sie lachte.

»Na, das will ich aber hoffen.«

»Bei mir oben sind schon ganz schön viele Krokusse am Aufblühen.« Elsa strahlte ihre Freundin an. Tatsächlich war der Einstrahlungswinkel der Sonne dort ein anderer und solche Kleinigkeiten spielten bei der Blüte eine Rolle.

»Sehr gut. Und – hast du den Winter gut überstanden?«

Elsa nickte. »O ja, besser als erwartet. Ich hatte ein paar wahnsinnig gute Bücher und die Vorräte sind mir auch nicht ausgegangen. Außerdem male ich gern, das weißt du ja.«

»Du bist unglaublich.« Leni hörte man die Bewunderung an, die sie für die Freundin empfand. Denn Elsa lebte Vollzeit hier oben auf der kleinen Alm, die ihr der Bauer eines großen Rinderhofs im Tal zur Verfügung stellte. Sie verdiente kaum mehr als Kost und Logis, aber das schien sie nicht zu stören, solange sie einen Block und genug Stifte, Bücher und im Ofen ein warmes Feuer hatte. Im Gegenteil: Leni konnte sich die Sennerei gar nicht ohne Elsa vorstellen. Sie schien mit der Wiese, der Alm und im Sommer auch mit ihren Tieren verwachsen. Von jeder Kuh in der Herde wusste sie nicht nur den Namen, sondern auch um die Eigenheiten, die ihren Charakter einmalig machten. Die Ruhe, die Elsa ausstrahlte, ging so tief, dass ihre Gegenwart an hektischen Tagen wie Baldrian wirkte. Deshalb war Leni so froh, dass Elsa genau dann bei ihr in der Küche aushalf, wenn es so richtig brannte.

»Ich würde es nicht schaffen, den ganzen Winter hier oben allein durchzuhalten.« Leni war froh, dass sie unten bei ihrer Familie gewesen war. Alleine wenn sie darüber nachdachte, wie es gewesen wäre, Weihnachten allein zu verbringen – schon der Gedanke sorgte dafür, dass es ihr grauste. Tatsächlich aber hatte sie mit ihrer Schwester Jasmin und ihren Eltern gefeiert. In diesem Jahr war es besonders schön gewesen, war es doch das erste Jahr, in dem sie wieder alle zusammen gewesen waren. Jasmin hatte sich nämlich für ein paar Jahre von der Familie distanziert, um ihren eigenen Weg zu gehen, und war erst jetzt wieder regelmäßig bei den Familienfeiern dabei. Leni hatte sich wie ein kleines Mädchen gefühlt, als es in diesem Jahr die Bescherung gegeben hatte und sie alle vier um den Weihnachtsbaum herumgestanden waren. Wie Elsa es da vorziehen konnte, allein in ihrer Hütte zu hocken, war Leni ein Rätsel.

Elsa zuckte die Schultern. »Ach, ich hab einfach gern meine Ruhe, weißt du.«

Sie trug eine Arbeitshose mit verstärktem Stoff an den Knien, ein Karohemd und hatte die Haare wie immer zu einem dicken, langen Zopf geflochten. Leni hatte ihre Freundin noch nie mit offenen Haaren gesehen, aber sie mussten Elsa bis weit über den Rücken fallen.

»Hast du was Größeres vor?«, wollte Leni wissen und deutete auf die schweren Arbeitsschuhe, die Elsas Outfit komplettierten.

»Der Alois kommt heute rauf zum Schwenden und ich helfe ihm.« Elsa scheute sich nicht vor harter Arbeit. Das Schwenden war nötig, um die Landschaft zu pflegen und zu erhalten. Die Kulturlandschaft auf der Alm blieb nur erhalten, wenn man Buschwerk, Baumsprösslinge und Alpenrosen immer wieder zurückschnitt. In der Regel tat man das mit einer Sense. Anschließend musste das Schwendgut entfernt werden. Die Latschen hätten ohne die Arbeit der Bauern die Almflächen schnell überwuchert und der Kulturlandschaft den Garaus gemacht. Bevor Leni die Gaupenhütte gepachtet hatte, war ihr nicht klar gewesen, was Schwenden überhaupt war. Mittlerweile war sie Alois dankbar, dass er jeden Frühling heraufkam und mit Elsa diese schwere Arbeit erledigte.

»Wie wäre es, wenn ihr später zum Essen bei mir reinschaut? Ich hab zwar noch keine Kaspressknödel im Angebot, aber Nudeln mit Soße kann ich uns sicher machen und vielleicht findet sich in der Speisekammer auch noch ein bisschen Kompott zum Nachtisch«, bot Leni an.

Elsa strahlte. »Klingt großartig. Ich bin auf jeden Fall dabei. Und der Alois kommt bestimmt auch gern. Wie wäre es gegen …«, sie sah auf die Uhr, »na, sagen wir zwei?«

»Vierzehn Uhr, das passt. Dann kann ich mich vorher mal umschauen, welche Schäden mir der Schnee zurückgelassen hat.« Leni lachte. Sie versuchte, es mit Humor zu nehmen. Der ehemalige Besitzer der Alm hatte sie schon gewarnt, dass der Winter immer seine Spuren am Haus hinterließ, alle Jahre wieder. Man müsse das, sagte der ehemalige Wirt, der an Parkinson erkrankt war und deshalb selbst nicht mehr heraufkommen konnte, eben so nehmen, wie es kam. Mit dieser Gelassenheit dem Leben zu begegnen, war etwas, was Leni schon vor Jahren gelernt hatte, damals, nach der Operation. Als sie sich so hilflos ausgeliefert gefühlt hatte, war es diese Erkenntnis gewesen, die sie über das erste Jahr hinweg immer wieder gerettet und ihrer Wut über den Schicksalsschlag schließlich den Garaus gemacht hatte.

Jetzt hüpfte sie die zwei Schritte zur Bank zurück und setzte sich. Der Beinstumpf tat nicht mehr weh, es war also an der Zeit, Usain wieder anzuziehen und ihre Tour um die Hütte zu starten.

»Dann sehen wir uns nachher?« Elsa hatte einfach nur dagestanden und Leni dabei zugesehen, wie sie sich auf die Bank setzte. Noch so etwas, was Leni an ihr mochte: Sie gab Leni nie das Gefühl, anders zu sein als sie selbst, indem sie ihr ständig Hilfe anbot oder sie in Watte packte. Leni verwunderte das anfangs, doch als sie es begriffen hatte, war sie sehr dankbar dafür. Elsa hatte Feingefühl.

»Ja, bis später, ich freu mich auf euch. Wir können ja sogar hier draußen essen«, schlug Leni vor.

»Super. Ich muss jetzt los. Die Sense ist noch nicht geschliffen.« Elsa winkte zum Abschied und war auch schon wieder auf dem Weg zu ihrer Alm hinauf. Es gab wohl nichts, das sie nicht konnte, dachte Leni voller Anerkennung, während sie mit geübten Handgriffen Usain anzog. Dann stand sie auf und ging zu dem kleinen Schuppen hinüber, in dem die Terrassenmöbel lagerten. Er war schon in die Jahre gekommen, aber Leni liebte die kleine Hütte.

Sie würde nicht alles Mobiliar aufbauen, aber zumindest einen Tisch und drei Stühle herausholen. Wie schön, den Almfrühling in so netter Gesellschaft beginnen zu können! Alois war ein bodenständiger Mann, erstaunlich behände für seine Körperfülle und mit dem Herzen am rechten Fleck.

Leni hob den Stein an, der neben dem Schuppen lag, und nahm den altmodischen Schlüssel hervor, der darunter auf sie gewartet hatte. Achtlos wischte sie ihn an ihrer Hose ab, bevor sie ihn ins Schloss steckte und drehte. Dann wollte sie die Schuppentür aufziehen, aber etwas leistete Widerstand. Sie zog, zerrte schließlich, und erst da gab die Tür nach und ging auf.

»O nein!«, entfuhr es Leni, als sie einen Schritt in den Schuppen setzte. Ihre schöne, alte Hütte wirkte irgendwie … windschief. Der Schnee musste das Dach eingedrückt haben und jetzt schien es, als könne es jede Minute einstürzen. Was für ein Schreck! Man sah mit einem Blick, dass man das nicht so einfach reparieren konnte. Das würde eine Menge Geld kosten, ohne Frage. Man brauchte nicht nur eine verlässliche Firma, sondern auch eine, die die Arbeiten kurzfristig ausführen konnte. Die Hochstimmung, die Leni eben noch empfunden hatte, erhielt einen gehörigen Dämpfer. Wie war das noch gewesen? Die Dinge so annehmen, wie sie kamen? Manchmal war es nicht einfach, sich einen Fluch zu verkneifen, der sich gewaschen hatte. Sie stampfte mit Usain auf. Der hielt es aus, dachte sie bei sich. Und schon musste sie wieder grinsen. Schnell schlüpfte sie in das marode Bauwerk und schnappte sich einen Stuhl. Immerhin hatte die Hütte zumindest dem Öffnen der Tür standgehalten und war nicht einfach vor ihren Füßen zusammengefallen. Trotzdem konnte man das so nicht lassen. Sie dachte an ihren Kredit und daran, dass sie finanziell gerade nicht besonders gut gestellt war. Einfach würde es nicht sein, jetzt auch noch die große Reparatur der Materialhütte zu stemmen.

Nachher beim Essen würde sie Alois mal fragen, ob er jemanden empfehlen konnte, der sich die Misere mit eigenen Augen ansehen und dann hoffentlich auch reparieren würde. Und bis dahin gab es nichts weiter zu tun, als den Rest der Hütte zu inspizieren, ihr Zimmer zu beziehen und Pasta zu kochen.

* * *

»Einfache Pasta mit Pesto und Pfirsiche aus der Dose können das beste Essen der Welt sein. Danke, Leni!« Elsa klopfte sich auf ihren flachen Bauch. Sie sah sehr zufrieden aus, als sie nach ihrer Kaffeetasse griff. »Schwarz wie mein Humor«, hatte sie davor gesagt und breit gegrinst. Leni hatte nur Dosensahne da und Elsas Kühe waren noch im Tal im warmen Stall, die würden erst in ein paar Wochen herauf auf die Alm kommen, wenn man einen Kälteeinbruch so gut wie ausschließen konnte. Sonst war es für die Tiere zu gefährlich hier oben.

Alois hatte die Dessertschüssel mit den Pfirsichen auf seinem eindrucksvollen Bauch abgestellt und löffelte das Obst in sich hinein. Er war eine mächtige Erscheinung, sodass die Schüssel eher wie ein Schüsselchen wirkte und der Löffel in seiner Hand aussah wie ein Zwergenlöffel in der Hand eines Riesen. Sein dichter Bart kam nicht struppig, sondern sehr gepflegt daher, über der Oberlippe trug er ihn zu zwei großen Locken gezwirbelt. Elsa hatte Leni einmal erzählt, dass Alois an Bartwettbewerben teilnahm und schon diverse Male in seiner Kategorie gewonnen hatte. In diesem Jahr hatte er auch bei der Bayerischen Bart-Olympiade mitgemacht und einen Preis eingeheimst.

»Schön haben wir es hier«, dröhnte er und deutete mit dem Löffel zu den Krokussen hinüber, die die ganze Wiese lila und weiß färbten.

Elsa nickte. »Im Winter hatte ich teils zwei Meter Schnee. Ich kann euch gar nicht sagen, wie froh ich über den Frühling bin.«

»Das glaub ich gern, Mädel. Ich würde es hier oben nicht aushalten in der kalten Jahreszeit. Aber – du willst es nicht anders. Du könntest jederzeit unten auf dem Hof bei mir wohnen.«

Leni wusste, dass Alois Elsa mehrfach ein Zimmer auf seinem Bauernhof bei seiner Familie angeboten hatte, aber die junge Frau weigerte sich hartnäckig, ihre Alm zu verlassen. Lieber zog sie sich in den kalten Monaten an ihren Holzofen zurück, nahm Bleistift und Block zur Hand, um einfache, aber sehr effektvolle Bilder ihrer Kühe zu zeichnen, oder las ein Buch. Leni hatte ein paarmal versucht herauszufinden, woher Elsas Abneigung gegen das Tal rührte, allerdings ohne Erfolg. Die Freundin schwieg dazu hartnäckig und trotzte den widrigen Verhältnissen am Berg im Winter.

»Ich weiß, Alois. Aber so, wie es ist, ist es gut.« Elsa trank einen Schluck ihres Kaffees und schloss dazu die Augen. Hatte Leni da nicht einen Moment der Dunkelheit in ihnen gesehen? Es war zu schnell gegangen, um es mit Sicherheit sagen zu können.

»Wir sind schon weit gekommen, nicht wahr?« Elsa wechselte das Thema so schnell, dass Leni Mühe hatte, ihr zu folgen. Dann realisierte sie, dass es um das Ausholzen der Weideflächen ging. Alois nickte zufrieden.

»Es ist nicht mehr viel Arbeit, nein. Morgen komm ich noch mal rauf, dann sind wir fertig.«

»Sag mal, Alois, kennst du vielleicht einen guten Handwerker für mich? Die Hütte hat über den Winter ordentlich Schlagseite bekommen.« Leni deutete zu dem Schuppen hinüber, dessen Dach sich bedrohlich durchbog und eine Seitenwand mit nach innen zu ziehen schien.

»Das schaut ja wild aus.« Alois stellte seine Dessertschüssel auf den Tisch und stand auf. So flinke Bewegungen, wie er sie machte, hätte man ihm bei seiner Leibesfülle gar nicht zugetraut. Aber seine schnellen Schritte straften den Anschein von Behäbigkeit, der ihn umgab, Lügen. Er ging hinüber zu dem Schuppen und inspizierte ihn. »Reingehen darfst du da nicht mehr«, stellte er schließlich fest. »Lass mich mal überlegen … Der Gründler Jakl ist mir noch einen Gefallen schuldig, den frag ich. Bestimmt kann der dir wen raufschicken. Das Material musst du eh mit dem Heli kommen lassen, oder?«

Leni nickte. Alles, was sie für die Hütte brauchte, wurde mit dem Helikopter geliefert. Alle Rohstoffe, das Essen für die Gäste, ihr Gepäck für den Sommer und natürlich auch Baumaterial. Das trieb die Kosten regelmäßig in die Höhe und erforderte gute Planung. Wenn sie es geschickt anstellte, kam Leni mit wenigen Flügen pro Jahr aus. Sie arbeitete mit einem System aus Listen, das verhindern sollte, dass sie etwas vergaß, trotzdem passierte es ihr manchmal und sie musste bis zum nächsten Flug ohne das entsprechende Teil auskommen.

»Habe ich mir gedacht.« Alois stemmte die Hände in die Hüften und sah für einen Moment aus wie eine Schwangere kurz vor der Entbindung. »Wenn es da noch mal draufschneit, wird es heikel«, beurteilte er den Zustand des wackeligen Bauwerks, zu dem Lenis Gartenhütte über den Winter geworden war.

»Es ist doch schon April!«

Alois machte eine abwägende Geste. »Am Michaelitag war es aber ordentlich kalt.«

Elsa stieß Leni unter dem Tisch an und grinste. An Alois gewandt fragte sie: »Ist das eine alte Bauernregel?«

»Brauchst gar nicht so zu grinsen, junge Frau. Nicht alle Bauernregeln sind Unsinn.« Er hob scheinbar drohend den Zeigefinger. »Wart erst mal ab, ob der April dir nicht noch eine Überraschung bereithält.«

»Ist ja recht, Alois. Aber mach der Leni keine Angst.« Elsa drückte ihr die Hand. »Wir halten einfach zusammen, falls es doch noch mal kalt wird.«

Leni lächelte ihrer Freundin dankbar zu. Wie immer schaffte sie es, dass ihre Ruhe auch auf Leni abfärbte. Dann stand Elsa auf. »Komm, wir spülen noch schnell ab.«

»Auf keinen Fall! Ihr habt heute ja wohl genug zu tun.« Leni nahm Elsa den Tellerstapel weg, nach dem die bereits gegriffen hatte. »Na los!« Sie deutete mit dem Kinn in Richtung Wald, in Richtung Wiese, in Richtung von Elsas Hütte. »Ihr habt sicher überall noch so eure Aufgaben, die ihr erledigen müsst.«

Alois kam zu den Frauen herüber. »Recht hat sie ja, die Leni.« Dann wandte er sich direkt an sie. »Dank dir für das gute Essen.«

»Von Herzen gern. Und ich dank dir, dass du mir einen Handwerker raufschickst.«

»Nicht der Rede wert. Ich ruf dich an.«

Alois und Leni gaben sich die Hand und ihre Finger verschwanden in seiner Pranke, die all die Kraft verriet, die der Bauer in sich vereinte.

* * *

Timon

Dass er so viel an Fitness verloren hatte, war Timon gar nicht klar gewesen. Als er jetzt den Berg hinaufkeuchte, wurde ihm bewusst, wie lange er seiner Heimat den Rücken zugekehrt hatte. So viele Jahre waren kein Pappenstiel. Wie viele waren es eigentlich gewesen? Ziemlich genau zwei, überschlug Timon im Kopf. Das war immerhin so lang, dass er jede Kondition fürs Bergsteigen, die ihm vor seinen Wanderjahren eigen gewesen war, eingebüßt hatte. Dabei hießen sie Wanderjahre! Er grinste bei dem Gedanken. Gewandert war er kaum, als frei-reisender Handwerksgeselle war er vielmehr von einer Arbeit zur nächsten getingelt. Gedankenverloren fasste er an seinen Ohrring, den er sich mit Beginn seiner Walz hatte stechen lassen – in guter alter Tradition, um dem Brauch der wandernden Handwerker Genüge zu tun. Auch als freireisender Geselle, der keiner Schacht – so nannte man die Zünfte – angehörte, war Timon das wichtig gewesen.

Als er sich jetzt umschaute, wurde ihm allerdings klar, wie sehr er seine Heimat vermisst hatte. Nirgends empfand er die Landschaft als so schön wie hier, nirgends fühlte er sich so zu Hause wie im Alpenraum. Früher, in der Lehrzeit, hatte er viele Tage mit Bergsteigen verbracht. Die Natur hatte ihm immer Kraft gegeben und den Alltag verschwinden lassen.

Er ging ein paar Schritte weiter zu einer umgefallenen Fichte. Hier würde er eine Pause einlegen, beschloss er. Etwas trinken und wieder zu Atem kommen, bevor er weiterging.

Gut, dass er die Dose alkoholfreies Radler, das man in anderen Teilen Deutschlands als Alsterwasser bezeichnete, nicht verweigert hatte. Seine Mutter hatte ihm das Getränk förmlich aufgedrängt. Sie genoss es, ihn nach zwei Jahren wieder bei sich zu Hause zu haben und umsorgen zu können. Bis er sich eine eigene Wohnung leisten konnte, würde es noch dauern. Als Wandergeselle hatte er meist gegen Kost und Logis gearbeitet und somit kaum Geld verdient. Außerdem, so seine Mutter, hatten sie viel aufzuholen. Schließlich war es üblich, dass man auf Wanderschaft kein Handy und keinen Laptop mit sich führte. Entsprechend wenig Kontakt mit zu Hause war Timon möglich gewesen. Aber, dachte er, genau das war ja auch das vorherrschende Ziel der Wanderschaft gewesen: so weit weg von daheim zu sein wie irgend möglich.

Er öffnete die Radlerdose und das leise Klacken wirkte in der Stille des Waldes fast wie ein Kanonenschuss. Ein paar Meter links von Timon stob ein Vogel empört aus dem Gebüsch und flog auf den Ast einer Birke, von dem aus er den Störenfried aufmerksam beobachtete.

Im Geiste entschuldigte Timon sich bei dem kleinen gefiederten Kollegen und setzte die Dose an den Mund. Herrlich erfrischend war das noch kühle Getränk. Er wischte sich mit dem Handrücken über den Mund und schaute sich um. Tatsächlich blühten schon ein paar blaue Windröschen und im Schatten der gefallenen Fichte waren sogar noch einige Schneeglöckchen zu sehen. Kein Wunder, so lang, wie sich dieses Jahr der Schnee hier oben gehalten hatte, hatten die kleinen Blüher, die eigentlich schon im Februar Saison hatten, jetzt erst ausgetrieben.

Ein leises Geräusch ließ Timon aufschauen. Als er sah, welches Wesen da plötzlich wie aus dem Nichts aufgetaucht war, hielt er den Atem an. Ein Reh beäugte ihn misstrauisch. Es war vielleicht fünfzehn Meter entfernt. Reglos stand es zwischen zwei Baumstämmen und schaute zu Timon herüber. Der wagte kaum zu atmen. Was für eine Schönheit das Tier war mit seinen schwarzen Augen und den Ohren, die im Vergleich zum Kopf unverhältnismäßig groß zu sein schienen. Ein Muskelpaket, getrieben von seinen Instinkten. Nur mit den Augen suchte Timon die Umgebung nach weiteren Wildtieren ab, um das Tier nicht zu verschrecken. Das Reh schien allein unterwegs zu sein, unschlüssig, was es jetzt tun sollte. So verharrten sie beide aus völlig unterschiedlichen Gründen in der gleichen reglosen Haltung. Sicher roch es ihn, dachte Timon.

Dann, plötzlich und unerwartet, wandte das Reh sich ab und sprang behände davon. Äste knackten, die Tritte der Hufe wurden leiser, bis schließlich wieder Stille einkehrte. Ein Gefühl der Ehrfurcht erfüllte Timon, das ihn weiter reglos verharren ließ, obwohl das Tier längst aus seinem Blickfeld verschwunden war. Erst nach Minuten war er wieder ganz zu sich gekommen und trank einen weiteren Schluck. Auch das hatte er vermisst: die Zeit in der Natur. Während seiner Ausbildung zum Tischler war er viel in den Wald gegangen. Zeit hatte er ja gehabt, dachte er bitter bei sich. Wieder einmal war er sich nicht ganz sicher, ob es richtig gewesen war, in die Heimat zurückzukehren, an den Ort, wo seine Einsamkeit ihm täglich ins Gesicht schrie. Und ja, auch wenn er sie selbst gewählt hatte, schmerzte sie zuweilen. Schnell schob er den Gedanken von sich. Er war nicht bereit, sich seinen Erinnerungen zu stellen, ganz und gar nicht bereit. Hatte er zwar äußerliche Distanz zwischen sich und seine Vergangenheit gebracht, so sah es in ihm dennoch kaum anders als vor vier, fünf Jahren aus.

Ein weiterer Schluck und die Dose Radler war geleert. Timon steckte sie zurück in seinen Rucksack und stand auf. Er hatte schwere Beine, als er sich wieder in Bewegung setzte. Zugegebenermaßen war er gespannt, was ihn bei der Gaupenhütte erwartete. Ein Arbeitsauftrag in den Bergen, verbunden mit einem Aufenthalt in einer Hütte – wenn das nicht gut klang! Dabei liebte er seine Arbeit beim Jakl wirklich. Selbst nach all den Jahren auf Wanderschaft durch die verschiedensten Betriebe konnte er von dem erfahrenen Handwerker Jakl Gründler noch etwas lernen.

Dennoch: Fast hoffte er, dass es sich um eine größere Arbeit handelte. Dann konnte er für ein paar Tage hier oben bleiben. Sicher war es still und beschaulich, und mit der Hüttenwirtin, einer einzigen Person, die sich auf die Saison vorbereitete, kam er sicher gut zurecht. Er stellte sich eine Frau mittleren Alters vor, die abends nach getanem Tagewerk lesend oder handarbeitend die Hüttenruhe genoss und ihn zufriedenließ. Wenn das kein schönes Bild war!

Als Timon langsam weiter bergan schritt, erkannte er, dass er sich noch immer auf der Flucht befand, und das Gewicht, das diese Erkenntnis ihm auf die Schultern legte, machte jeden Schritt noch mühsamer. Wann und wie konnte er je seinen Frieden mit der Vergangenheit schließen, wenn es ihm so weit weg von zu Hause schon nicht gelungen war?

2. Kapitel

Leni

Es war zu heiß für April. Die ganze Zeit über war es kalt gewesen und jetzt kam es Leni so vor, als würde die Luft um sie herum kochen. Natürlich stimmte das nicht, ein Teil ihres Empfindens lag daran, dass sie sich mit der Grundreinigung der Hütte abplagte und sie wieder für die Saison hübsch machte. Alle Fenster waren weit geöffnet, um den Frühling hereinzulassen – und der kam mit Macht, während sie die Treppe hinauf zu den Zimmern und dem kleinen Bettenlager abschliff. Natürlich war das eine kleine Fleißarbeit. Aber sie war der festen Überzeugung, dass die Gäste die Extraportion Liebe, die sie der Gaupenhütte regelmäßig zukommen ließ, spürten. Jetzt wollte sie die unschönen Flecken und Trittspuren auf der Treppe entfernen. Über die Jahre hatte sich das Holz auch verfärbt. Mit etwas Fleiß konnte man dagegen angehen und mit Sicherheit für Verschönerung sorgen.

Da konnte sie jetzt ruhig ordentlich schwitzen, sich über die Stirn wischen und dabei Holzstaub in ihrem Gesicht verteilen. Sie würde später einfach duschen, die fleckige Latzhose, die ihr als Arbeitskleidung diente, ausziehen und es sich für den Rest des Tages gemütlich machen, bevor sie am nächsten Tag mit Farbe der Treppe zu Leibe rückte. Sie hatte Holzlack besorgt, der würde herrlich glänzen.

Morgen sollte der Hubschrauber mit den Lebensmitteln eintreffen und dann würde die Saison langsam in Fahrt kommen. Ihre Hütte öffnete am ersten Mai. Bis dahin waren es noch zwei Wochen, um vorzukochen, die letzten Reinigungsarbeiten zu erledigen und alles wieder in Schuss zu bringen.

Jetzt, nach dem Schleifen, schien ein feiner Holzstaubnebel in der Luft zu liegen. Leni hatte noch nie etwas von Hand abgeschliffen, aber das Ergebnis ließ sich sehen. Jetzt nur noch der Lack, dann wäre sie zumindest mit diesem Teil der Hütte, die sie insgeheim ihr Schmuckstück nannte, zufrieden.

Leni war so sehr in Gedanken versunken gewesen, dass sie sich erst an den für heute angekündigten Handwerker erinnerte, als sie hörte, wie die Haustür geöffnet und wieder geschlossen wurde.

»Hallo? Ist jemand da?«

Die Stimme machte etwas mit ihr. Sie berührte eine Stelle, die lange niemand berührt hatte, und Leni fragte sich, warum dem so war. Mit einem Stirnrunzeln versuchte sie, die Emotion, die der Klang der Stimme in ihr ausgelöst hatte, zu verorten, aber sie kam nicht drauf und schüttelte das unwillkommene Gefühl ab, bevor sie das mit dem Schleifpapier umwickelte Holzstück auf der untersten Treppenstufe ablegte und ein paar Schritte zur Seite tat.

»Ja, hier.« Sie ging in dem düsteren Flur auf den Fremden zu und streckte ihm die Hand entgegen.

»Servus, ich bin die Leni.«

Der Handwerker, der ebenfalls auf sie zugegangen war, blieb stehen, mitten im Schritt, kam es Leni vor. Sein Fuß schien für einen kurzen Moment einfach in der Luft zu hängen, bevor er ihn auf den Boden aufsetzte, als hätte ein plötzlicher Ruck den Mann in der Bewegung erstarren lassen.

»Oh«, sagte die Stimme schließlich und der, dem sie gehörte, blieb bewegungslos im Halbdunkel des Gangs stehen.

Und in diesem Moment traf Leni ihre Erinnerung wie ein Faustschlag und sie taumelte leicht. Warum gab ihr Bein immer dann nach, wenn sie ihre Standfestigkeit am dringendsten brauchte? Sie fluchte innerlich, bevor sie sich wieder zu voller Größe aufrichtete. Schnell ließ sie ihre Hand sinken. Manche Menschen verdienten keinen Handschlag. Dieser Mann hier war einer davon.

* * *

Leni

»Hi.«

»Oh, hi.« *Leni schaute von ihrem Mittagessen auf, das sie allein im Pausenhof einnahm. Vor ihr stand Timon, ein Junge aus ihrer neuen Klasse. Sie war erst seit zwei Wochen wieder in der Schule, nachdem sie neun Monate wegen medizinischer Behandlungen zu Hause gewesen war. Neue Mitschüler, ein neuer Lehrer, ein neues Leben lagen vor Leni und sie war noch nicht wieder richtig in der Schule angekommen. Ihr Beinstumpf pochte wie zur Bestätigung. Aber sie ließ sich nichts anmerken. Nicht umsonst hatte sie in der Reha alles gegeben, um so laufen zu können, dass niemand ihr die Prothese ansah. Sie trug eine weite Hose und konnte dadurch zumindest die Blicke der anderen abwenden. Sicher hatte sich rumgesprochen, dass sie jetzt behindert war. Aber es war egal. Sie kannte in dieser Klasse eh niemanden, weil Leni durch ihre lange Abwesenheit ein Schuljahr verloren hatte. Die vergangenen zwei Schuljahre war sie erfolgreich für sich geblieben. Mittlerweile war sie im Abschlussjahr und man ließ sie in Ruhe.*

An sich kam das Leni gerade recht. Sie wollte weder Mitleid, noch dass sich jemand an ihrem Schicksal ergötzte, und schon gar nicht, dass die anderen glaubten, sie jetzt mit Samthandschuhen anfassen zu müssen. Schließlich war sie kein Opfer und wollte gefälligst auch nicht wie eines behandelt werden.

Die vergangenen Jahre hatten sie verändert und wenn andere Mädchen über Schminke und vermeintliche Gewichtsprobleme diskutierten, hatte sie dafür nur ein müdes Lächeln übrig. Das Leben bestand aus so vielen wichtigeren Dingen als Jungs, Farbe im Gesicht und Glitzernagellack. Das hatte sie der Unfall allemal gelehrt. Darin war sie den meisten in ihrer Altersstufe voraus, die vermutlich noch ein paar Jahre brauchten, bis sie das verstanden. Sie schlug ihr Buch auf und begann zu lesen. Schon nach wenigen Zeilen verschwand die Welt um sie herum und Leni verschwand in der Welt des Buches, das aufgeschlagen auf ihrem Schoß lag.

»Was liest du da?«

Leni blickte auf und da stand Timon, einer der Jungs aus ihrer Stufe, die immer mit diesem grässlich lauten Jeremy rumhingen. Warum hatte er sie angesprochen? Leni schaute sich um, als würde sie aus einem Traum aufwachen. War die Pause schon vorüber? Hatte sie was verpasst? Nein, alles schien ganz normal zu sein.

»Ben Johnson. Ist ein ganz schön dicker Schinken. Ich glaub nicht, dass dich das interessiert.«

Timon gehörte zu Jeremys Clique und Jeremias, wie er eigentlich hieß, war der in der Klasse, der für Aufruhr und Witze sorgte. Bisher war Timon Leni nicht besonders aufgefallen. Er sah eher durchschnittlich aus, hatte dunkelblonde Haare und sein Bartwuchs befand sich noch in den Anfängen. Meistens hielt er sich im Hintergrund und lachte nur beifällig, wenn der supercoole Jeremy einen seiner unglaublich dummen Witze machte.

»Zeig mal!«, verlangte Timon und Leni stellte sich widerwillig darauf ein, dass es wohl ein wenig dauern würde, bis sie ihn loswerden und sich wieder ihrer Lektüre widmen konnte. Unmotiviert

klappte sie das Buch zu und das Cover von »Wandelwelt« wurde sichtbar.

»Oh, das ist aus der Reihe um diesen Ork.« Timon klang begeistert. »Das hab ich auch schon gelesen.«

»Ernsthaft?« Damit hatte er tatsächlich Lenis Aufmerksamkeit gewonnen.

Timon nickte. »Ich lese gerade Band 3. Dranbleiben lohnt sich, auch wenn ich fand, dass es in Band 2 ein paar Längen gibt.«

»Okay.«

Timon nickte ein weiteres Mal. Er steckte die Hände in die Hosentaschen und stellte sich kurz auf die Zehenspitzen. Er schien nicht gehen zu wollen, zugleich wusste Leni nicht recht, was sie noch zu ihm sagen sollte. Er stand einfach weiter vor ihr, als würde er auf etwas warten.

»Holt der Ork den Ritter noch ein?«, fragte Leni schließlich.

Da lachte Timon auf. »O nein, das verrate ich dir nicht. Das musst du schon selbst lesen.«

Leni lächelte. »Na gut. Dann musst du mich jetzt weiterlesen lassen.« Sie schlug ihr Buch wieder auf.

»Äh, ja. Klar.« Timon zog eine Hand aus seiner Hosentasche und winkte. »Vielleicht können wir ja über das Buch reden, wenn du damit fertig bist.«

Leni zuckte mit den Schultern. »Ich bin morgen wieder da.« Als ob sie eine Wahl gehabt hätte. Schule war Schule.

»Super. Dann haben wir jetzt einen Mini-Buchclub.« Er strahlte, als würde sie ihm damit ein Geschenk machen. Doch dann wurde er plötzlich ernst. »Es wäre übrigens cool, wenn du den anderen nichts von unserem Buchtreffen erzählen würdest. Ich ... äh, also Lesen ist nicht so richtig beliebt bei uns.«

Timon wurde rot. Er wurde tatsächlich rot!

Jetzt war es Leni, die grinste. »Du kannst dich auf mich verlassen, ich schweige wie ein Grab.«

»Danke.« Timons Hand war zurück in der Hosentasche verschwunden. Er wippte erneut auf die Zehenspitzen und schaute dabei auf seine Füße, so verlegen war er.

»Also dann«, sagte Leni.

»Ja. Dann.« Timon hob den Kopf und lächelte. Er hatte ein Grübchen am Kinn, bemerkte Leni, ein richtiges Grübchen.

Unauffällig zupfte sie an ihrem Hosenbein, vergewisserte sich, dass ihre Prothese nicht sichtbar war, und schalt sich im nächsten Moment eine Idiotin. Ein Buchclub, ermahnte sie sich. Den konnte man ja wohl auch mit einer Beinbehinderung ganz wunderbar gründen.

»Happy reading!«, rief Timon ihr noch über die Schulter zu. Er war schon auf dem Weg quer über den Pausenhof zu seinen Kumpels, die in der Raucherecke standen und blauen Dunst aufsteigen ließen.

* * *

Timon

Sie war es. O Gott, sie war es!

Timon konnte nicht. Er konnte nicht sprechen. Er konnte nicht atmen. Er konnte sich nicht bewegen. Er konnte einfach nichts. Er stand da im Halbdunkel, feuerrot im Gesicht wie damals, als er sie gebeten hatte, niemandem von seiner Leidenschaft für Bücher zu erzählen, und konnte nichts.

Dann noch sein blöder Kommentar. O Mann! Wer sagte denn so was statt einer Begrüßung?

Und Leni schwieg. Sie hatte noch nie zu den Menschen gehört, die es für nötig befanden, Stille mit Worten zu füllen, nur um der Leere zu entkommen. Also stand sie einfach vor ihm, mit verschränkten Armen, scheinbar ungerührt von der Situation.

32

Schließlich war es Timon, der die Leere nicht mehr aushielt. »Ich bin der Handwerker.«

»Bist du das wirklich?« Die Kälte in Lenis Stimme, oh, diese Kälte! Jeder Sonnenstrahl des Frühlingstages war vergessen und eine feine Gänsehaut überzog Timons Unterarme.

»Ja. Ich bin das.« Er fühlte sich wie der letzte Idiot. Wobei – dieses Gefühl war nicht ganz falsch, nicht wahr? Schließlich hatte er sich damals genau so benommen – wie ein Vollidiot, der es nicht besser wusste. Dabei hätte er es besser wissen müssen. Er hätte ...

Aber jetzt war nicht der richtige Moment, darüber nachzudenken. Ein weiteres Mal darüber nachzudenken. Denn das hatte er getan, immerhin das. Er hatte viel nachgedacht, besonders während seiner Wanderjahre. Genau genommen war er auf Wanderschaft gegangen, um zu wachsen, über das Geschehene zu reflektieren, das er versuchte abzuschütteln und das sich nicht abschütteln lassen wollte.

Stattdessen räusperte er sich und sagte: »Wenn du magst, kann ich jemand anderen heraufschicken lassen. Das dauert zwar ein paar Tage, aber ...«

»O nein! Das ist nicht nötig. Vielleicht bist du ja im handwerklichen Bereich kompetenter als im zwischenmenschlichen.«

Das hatte gesessen. Zielsicher hatte Leni genau dorthin getroffen, wo es wehtat, noch dazu in einem Ton, der nichts als Kälte verriet.

Er wusste nicht, was er antworten sollte. Beziehungsweise wusste er es sehr wohl, aber es war zu viel, um zwischen Tür und Angel damit anzufangen. Wie oft hatte er sich die Worte zurechtgelegt, die er ihr sagen wollte? Und jetzt stand er da und sagte – nichts.

»Komm, ich zeig dir, worum es geht.« Leni wartete ohnehin nicht auf eine Antwort. Stattdessen quetschte sie sich an ihm vorbei und ging ihm voraus. Timon nahm wahr, dass sie leicht humpelte, und fragte sich, ob sie sich den Fuß verknackst hatte. Doch als sie draußen im Licht des Tages die Terrasse überquerten, war das Humpeln verschwunden. Stattdessen leuchteten ihre Haare in der Sonne und selbst die Tatsache, dass sie eine zerschlissene Jeans-Latzhose trug und irgendwelche Krümel in ihren Locken hingen, täuschte nicht über Lenis Schönheit hinweg. Sie sah aus wie früher, stellte Timon fest, genau wie früher. Und irgendwie tat ihm das weh, auch wenn er nicht hätte sagen können, woher sein plötzlicher Schmerz rührte.

Also ging er hinter Leni her wie ein Roboter, auf einen windschiefen Schuppen zu.

»War der Schnee zu schwer?«, fragte er, als sie vor der kleinen Hütte standen.

»Scheint so. Hier drinnen lagere ich Getränkekisten und Möbel. Ich brauche diesen Raum relativ dringend. Alois meinte, dein Chef wäre der Mann für solche Reparaturen.«

Unter Lenis Augen hing etwas, das wie Holzstaub aussah, und Timon widerstand nur schwer dem Impuls, es ihr aus dem Gesicht zu wischen oder sie zumindest darauf aufmerksam zu machen. Aber angesichts ihrer Situation wäre es grenzüberschreitend gewesen, und das Letzte, was er wollte, war, Leni zu nahe zu treten. Er zwang sich stattdessen, sich auf die Hütte zu konzentrieren.

»Wenn es okay ist, schaue ich mir alles in Ruhe an, schreibe auf, was wir brauchen, und dann kann es bald mit der Reparatur losgehen. Hast du außer der Hütte noch was zu richten?«

Leni dachte einen Moment nach. »Wenn du die Dachrinne hinten an der Berghütte neu fixieren könntest, wäre es gut.« Timon hörte ihren Widerwillen. Sie wollte keine Hilfe von ihm annehmen, alles in ihr sträubte sich. Er kannte Leni gut genug, um das zu wissen. Wenn aus der jungen Erwachsenen, die er in der Schule kennengelernt hatte, nur ansatzweise die Frau geworden war, die er in ihr vermutete, war sie stolz und legte großen Wert auf ihre Unabhängigkeit – und er war mit Sicherheit der Letzte, von dem sie Unterstützung wollte. Leni hatte eine innere Größe, die er nur bewundern konnte.

»Ich kümmere mich gern darum.«

»Gut. Werkzeug ist hier im Schuppen. Ich geh davon aus, du kannst es dir rausholen. Komm rein, wenn du fertig bist, dann besprechen wir alles Weitere.« Mit regungsloser Miene drehte sie sich um und ging zurück in die Hütte. Er wollte, er hätte … ja, was? Zwischen ihnen stand keine Wand. Zwischen ihnen beiden stand eine ganze Chinesische Mauer und er würde niemals wiedergutmachen können, was er ihr angetan hatte.

Vielleicht, dachte er, sollte er trotzdem einfach damit anfangen, indem er so gut und gewissenhaft arbeitete, wie er nur konnte. Er war ein guter Schreiner, kein Zimmermann. Aber er hatte bereits vor seiner Ausbildung gern mit Holz gearbeitet und seiner Mutter zum Geburtstag Schnitzarbeiten gefertigt. Mit den Händen zu arbeiten lag ihm im Blut. Schon in jungen Jahren, vor der Pubertät, war er der Mann im Haus gewesen, der sich um das Auswechseln von Glühbirnen, den kaputten Heizungsthermostat oder die tropfende Wasserleitung gekümmert hatte. Die Ausbildung zum Tischler war da eine gute Ergänzung gewesen, bildete aber seine realen Fähigkeiten nicht ab. Auf der Walz hatte er auch bei einem Maler, einem Zimmermann und einem Schmied gearbeitet, sodass aus ihm mittlerweile ein Handwerker mit breitem Einsatzgebiet geworden war, was ihn durchaus mit einem gewissen Stolz erfüllte.

Die Liste in sein Handy zu tippen, würde ihn nicht überfordern. Er öffnete vorsichtig die Tür zum Schuppen und trat ein. Es war reine Routine, die benötigten Materialien aufzuschreiben. Dann schickte er die Aufstellung an seinen Chef, zusammen mit ein paar Fotos des Schadens und der ungefähren Zeitangabe, wie lange es dauern würde, die Reparatur zu zweit durchzuführen. Es würde nicht unbedingt wunderschön aussehen am Ende, aber funktional sein. Ein weiterer Blick durch die kleine Hütte, Timon wollte nichts übersehen. Seine Augen blieben an einem Werkzeugkasten hängen. Sehr gut, genau wie Leni gesagt hatte – alles war da. Mit Sicherheit würde das bei der Regenrinne helfen. Außerdem hatte er zuvor schon eine Leiter gesehen, die seitlich an der Wand der Gaupenhütte hing. Er würde sich nachher gleich noch an die Regenrinne machen. Vorsichtig ging er in Richtung des Werkzeugkoffers. Er glaubte nicht, dass der Schuppen akut einsturzgefährdet war. Aber man konnte nie wissen.

Als er wieder hinaustrat, war die Luft plötzlich kühl geworden. Dicke Wolken krochen über die Bergkämme auf die Gaupenhütte zu, wahre Wolkentürme, die sich bedrohlich aufplusterten. Timon runzelte die Stirn. Kein Wunder, dass seine Mutter am Morgen Kopfschmerzen gehabt hatte, bei diesem Wetterumschwung.

Er spürte, dass etwas in der Luft lag, das er nicht greifen konnte, eine Art Energie, die sich jederzeit entladen konnte. Ihn fröstelte. Er rieb sich über die Arme, dann ging er auf den Eingang der Hütte zu. Jetzt verfluchte er sich dafür, dass er sich am Morgen nicht für das Wetter interessiert hatte und einfach losgelaufen war.

»Leni?«, rief er, als er die Tür geöffnet hatte. Er wollte sie kein weiteres Mal unschön überraschen.

»Ja?«

»Das Wetter schlägt um. Hinten stehen schon Wolken.« Hinten – so sagte man hier zu einer plötzlich heranziehenden Wetterfront. »Es ist schon ganz still draußen.«

Auch das war hier typisch – die bedrohliche Ruhe vor Berggewittern, eine Stille, die man glaubte, mit den Händen greifen zu können. Der ganze Wald verstummte, einzig die Gewittertierchen, kleine fliegende Insekten, tummelten sich in der Luft. Landläufig wurden sie oft als Mücken bezeichnet, aber Timon wusste, dass es sich dabei um andere kleine Fliegen handelte, die aufgrund der Ladung in der Luft die Flughöhe verlassen mussten, in der sie sonst agierten.

»Die Gewittertierchen sind schon unterwegs«, sagte er. Man nannte sie auch Luftplankton. Aber das fügte er nicht laut hinzu. Es war auch so schon seltsam genug, weil er die Fransenflügler, wie sie im Fachjargon hießen, erwähnt hatte.

»Gewittertierchen?« Leni, die immer noch im Flur beschäftigt gewesen war, hob eine Augenbraue und sah damit wie eine sehr strenge Lehrerin aus. Timon wertete die Nachfrage als Zeichen, eintreten zu dürfen, tat es und nickte. »Genau. Sie zeigen an, dass sich etwas im Luftdruck verändert. Normalerweise fliegen sie weit oben, weißt du.«

»Ah ja.« Sie pustete sich eine Haarsträhne aus dem Gesicht. »Du sammelst wohl noch immer unnützes Wissen?«

»Wenn man so will.« Timon erinnerte sich an viele Situationen, bei denen er Leni mit blödsinnigen Informationen bombardiert hatte, weil er verlegen gewesen war.

»Also – was machst du da gerade?«

»Ich hab die Treppe abgeschliffen und will sie jetzt irgendwie behandeln. Aber du siehst ja, es wird nicht gerade perfekt. Vielleicht hast du dahingehend ja sogar ein wenig nützliches Wissen, das du anzapfen kannst. Ich bin nämlich ein wenig frustriert.«

Die Treppe war ordentlich abgeschliffen worden, das sah Timon sofort. Dafür hatte Leni eindeutig ein Händchen. Timon zog seine Schuhe aus und stieg die Treppe hinauf bis zur obersten Stufe.

»Was hast du da gemacht?« Er hatte schon eine Ahnung und konnte seine Bestürzung darüber nicht verbergen.

»Nach was sieht es denn aus? Ich renoviere meine Treppe.«

»Äh – du hast sie abgeschliffen, oder?«

»Sehr gut beobachtet.«

»Oje!« Er konnte sein Entsetzen nicht verheimlichen. Timon trat vor, kniete sich vor die Treppe und fuhr mit den Fingern über das fein abgeschliffene Holz.

»Was – oje?« Leni trat näher an ihn heran. Am Treppenfuß lagen noch ihr Schleifklotz und ein paar Bögen Schleifpapier. Sie stand jetzt wie eine Bedrohung über ihm. »Ich hab das total ordentlich gemacht.«

»Absolut, das muss ich dir lassen. Aber – man macht das einfach nicht bei einer eingebauten, alten Treppe.«

»Soso. Und du weißt das.« Lenis linker Mundwinkel zuckte. Timon fühlte sich an früher erinnert. Schon da hatte er diese Eigenheit bei ihr beobachtet.

»Na ja. Ich bin Schreiner, ich sollte es wissen.«

Leni sagte nichts. Sie gab nur einen unwilligen Laut von sich.

»Was hast du jetzt als Nächstes mit der Treppe vor?«

»Ich will sie lackieren, was sonst.«

»Bitte nicht.« Timon konnte sein Entsetzen nicht verbergen. Die Arbeit mit Holz war seine Leidenschaft und dessen Misshandlung wollte er nicht zulassen.

»Was schlägst du denn dann vor, Herr Superschlau?«

Obwohl er wusste, dass er jede ihrer Beschimpfungen verdient hatte, traf ihn die Bezeichnung an einer Stelle in seinem Inneren, wo es besonders wehtat. »Ich denke, ein Hartwachsöl ist das Einzige, was vernünftig ist.« Er zuckte mit den Schultern. »Aber natürlich liegt es ganz bei dir«, fügte er noch hinzu. »Entschuldige, dass ich mich einmische. Es ist natürlich deine Treppe.«

»Ja, das ist sie sehr wohl«, bestätigte Leni. Und da war es schon wieder – das Schweigen, das ganz genauso klang wie die Stille kurz vor einem Gewitter. Schnell stand er auf und wandte sich um. Jetzt stand er ganz nah vor Leni, sah jedes Detail ihres Gesichts, die kleine Stupsnase, die hohen Wangenknochen, den

Holzstaub, der an ihrer Stirn und über ihrer Oberlippe hing. Und er sah die unerschütterliche Mauer in ihrem Blick.

Er trat einen kleinen Schritt zurück und stieß mit der Ferse gegen die unterste Treppenstufe. Ein dumpfer Schlag, wie ein leiser Schuss klang es. Timon kam aus dem Gleichgewicht und wäre fast gefallen. »So. Ich glaube, ich geh noch eben raus und schau mir die kaputte Dachrinne an. Vielleicht schaffe ich es noch, sie zu reparieren, bevor der Regen kommt.«

»Alles klar.« Leni trat zur Seite, um ihn durchzulassen.

»Ich werde danach sofort gehen.« Timon wusste, dass er nicht erwünscht war. Wie denn auch? Lenis Körperhaltung verriet ihre Abneigung gegen ihn nur zu deutlich. Gerade umschlang sie sich selbst mit den Armen und Timon ahnte, dass der Grund dafür nicht Frieren war. Tatsächlich war der kalte Wind von draußen, den man jetzt hörte, weil er an den Fensterläden rüttelte, noch nicht bis in die Hütte vorgedrungen.

»Gut.« Mehr sagte Leni nicht. Stattdessen wandte sie sich ab und ging in Richtung Gaststube davon. Die Chinesische Mauer, dachte Timon bei sich, hielt seit Hunderten von Jahren jeder Erschütterung stand – mit Sicherheit war das mit Lenis Abneigung gegenüber ihm ganz genauso. Und wer hätte es Leni verübeln können? Timon ganz sicher nicht.

* * *

Timon

»Ich finde die Liebesgeschichte zwischen Doris und Harry besonders gelungen an dem Buch. Sie ist nicht so kitschig.« Timon lag auf dem Rücken, neben Leni, die trotz der Hitze einen bodenlangen Rock trug und gegen den Baumstamm gelehnt neben ihm saß. Er schaute hinauf in die Zweige. Gerade blühte der Apfelbaum und ließ immer wieder ein paar weiße Blütenblätter auf sie beide regnen.

Das wahre Leben kam Timon somit gerade kitschiger vor, als jeder Roman es sein konnte, nur dass er und Leni kein Liebespaar waren, sondern lediglich Freunde – wenn überhaupt. Und er achtete peinlich genau darauf, dass sie einander nicht berührten. Er hätte nie gedacht, dass er Leni tatsächlich mehr als nur mögen könnte, und mit jedem Tag, der verging, wurde die Versuchung, ihr nah zu kommen, größer.

Längst hatten sie alle Bände der Johnson-Reihe gelesen und diskutiert, waren über den Thriller eines eher unbekannten Autors beim »Fänger im Roggen« gelandet und dann mehr zufällig bei »Wintererwachen«, dessen Cover nichts über die Tiefe des Romans verraten hatte, über die sie jetzt gerade sprachen.

Kurz zuvor war Lenis Schwester Jasmin aus dem Haus gekommen und hatte ihnen Orangensaft mit Vanilleeis gebracht. Er hatte noch nie erlebt, dass Geschwister so vorsichtig, so rücksichtsvoll miteinander umgingen wie diese beiden Mädchen, aber vielleicht lag das daran, dachte Timon, dass all seine Freunde Jungs waren und es da eben etwas härter zuging. Außerdem war er Einzelkind. Was wusste er also schon von Geschwisterliebe?

Leni schien ihre Zeit mit Büchern zu verbringen oder sich mit ihm zu treffen, sonst gab es nur diese eine Freundin, mit der sie ab und zu ein Eis essen ging.

»Also das mit dem Kitsch – ich weiß nicht. Ein guter Roman verträgt doch auch diese etwas zu kitschige Liebe, oder nicht? Schon allein, damit die Männer was fürs reale Leben lernen können.« Sie grinste ihn an, nahm ihr Glas und trank einen Schluck. »Boah, ist das gut!«, sagte sie und verdrehte die Augen, nur um ihn Sekundenbruchteile später wieder herausfordernd anzusehen, mit einem leichten Zucken am linken Mundwinkel, kaum sichtbar. Diese Diskussionen waren einer der Gründe, warum Timon so gern mit Leni zusammen war. Oft forderte sie ihn heraus, genauer über die Dinge nachzudenken, sogar etwas zu recherchieren oder seinen eigenen Standpunkt zu formen.

»*Aber lesen Männer Schnulzen?*«, gab er jetzt zurück.

Leni zuckte mit den Schultern. »*Vielleicht nicht genug, wenn ich es mir recht überlege. Vielleicht muss sich ein Roman wie* ›*Wintererwachen*‹ *hinter dem nichtssagenden Cover verstecken, damit Männer dem Buch eine Chance geben.*« *Sie stupste ihn sanft mit der Fußspitze in die Seite. Es war nur eine beiläufige Geste, aber dennoch ließ sie Timon innerlich erstarren. Schnell rückte er ein kleines Stück zur Seite. Er mochte es so sehr, wenn Leni ihn berührte, viel zu sehr.*

Immer wenn es passierte, musste er an die Wette denken, diese verdammte Wette, zu der Jeremias ihn überredet hatte. Längst kam er sich schäbig und gemein vor, weil er sich darauf eingelassen hatte. Aber, rechtfertigte er sich vor sich selbst, er hatte endlich dazugehören wollen in der Klasse und in der coolen Clique von Jeremias. Wenn das bedeutete, dass er diese dämliche Wette eingehen musste – gut. Jetzt fand er es allerdings gar nicht mehr gut. Jetzt fühlte er sich in die Ecke gedrängt. Schließlich wollte er noch immer von den Jungs anerkannt werden. Er musste, dachte er sich, die Wette einfach verlieren. Das war der einzige Ausweg. Und dann, später, in den Ferien, konnte er jenseits jeder Wette Leni küssen. Denn das war es, was Jeremias verlangte: Einen Kuss mit Leni beim Abschlussball, vor »versammelter Mannschaft«, wie er es genannt hatte, bevor er ihm lachend auf die Schulter geklopft hatte. »Da kannst du uns mal beweisen, dass du ein ganzer Kerl bist.«

Die anderen Jungs hatten laut gelacht und an ihren Zigaretten gezogen. Ein Initiationsritual war für jeden von ihnen selbstverständlich gewesen, bevor sie in Jeremias' erlauchten Kreis aufgenommen worden waren.

Timon hatte ja nicht ahnen können, dass Leni, die für die Wette auserwählt worden war, weil sie so plötzlich in ihrer Klasse aufgetaucht und irgendwie anders als die anderen Mädchen war, sich als die Leni entpuppte, mit der er Orangensaft mit Vanilleeis trank und die zu küssen genau das war, was er sich insgeheim wünschte. Sie war der komische Kauz in der Klasse gewesen, das stille, unnahbare Mädchen, das gern für sich blieb. Jetzt war sie das Mädchen, dessen Nähe er sich mehr ersehnte, als er jemals ein Mädchen um sich hatte haben wollen.

Dieses Mädchen, diese wunderbare Leni, die jetzt hier saß, durfte auf keinen Fall von der unschönen Wette erfahren. Er musste durchhalten, die Distanz wahren – ohne sie dabei zu verlieren. Denn in Lenis Gegenwart passierte etwas mit ihm, das nur mit ihr passierte. In Lenis Gegenwart war er ganz und gar er selbst – und das würde er mit Jeremias und der Clique niemals sein können.

»Hey, Erde an Timon! Ist irgendwas?«

»Äh, nein. Nichts.« Außer dass ihr ganzes Kennenlernen nichts weiter als eine Lüge war, fügte er in Gedanken hinzu und plötzlich schmeckte sein Orangensaft trotz des cremig-süßen Vanilleeises ganz schön sauer.

3. KAPITEL

Leni

Er tat es noch immer, wenn er verlegen war: Timon wippte auf die Zehenspitzen und schaute hinunter auf seine Füße, genau wie früher. Gleich nach der Begrüßung war das Leni aufgefallen und es hätte sie amüsiert, wäre sie nicht viel zu erschrocken über Timons Auftauchen gewesen.

Stattdessen hatte sie vor lauter Timon-ist-da nicht mal gefragt, was diese ganzen Reparaturen kosten würden. Nein, sie war wie paralysiert davon, dass er hier war. Das traf es besser. Sie war wie ein Reh, das mitten auf der Straße stand und in die Scheinwerfer des Autos starrte, das ungebremst auf es zuraste und es jeden Moment rammen würde. Genauso fühlte sie sich.

Sich dabei dann auch noch total zu blamieren, weil sie ihre Treppe offensichtlich misshandelt statt behandelt hatte, war nicht das, was sie sich für ihr Wiedersehen gewünscht hatte. Eigentlich hatte Leni sich überhaupt kein Wiedersehen gewünscht. Stattdessen ertappte Timon sie ausgerechnet dabei, wie sie episch scheiterte. Großartig!

Leni stapfte in die Küche und warf die Tür mit so viel Schwung hinter sich zu, dass es irgendwo in der Küche leise klirrte. Am liebsten hätte sie Jasmin angerufen – nur, dass sie Jasmin überhaupt nichts von der Situation mit Timon erzählt hatte, damals nicht und heute nicht. Wie sollte ihre Schwester ihr also helfen, noch dazu, wo Timon jeden Moment zurück ins Haus kommen konnte.

Sie schaute sich in der blitzsauberen Küche um. Normalerweise, wenn sie nicht weiterwusste, räumte sie auf. Sie brachte irgendetwas in Ordnung. Aber da sie schon ein paar Tage auf der Hütte war und eigentlich nur noch auf den Helikopter mit der Lieferung wartete, der für morgen bestellt war, konnte sie nicht einmal etwas aufräumen. Und die Treppe war ja schon abgeschliffen, dachte sie voller Ironie. Was hatte Timon gesagt, brauchte sie? Hartwachsöl? Das konnte sie gleich noch bestellen.

Sie tippte schnell eine Nachricht in ihr Handy. Ihr Vater würde das Öl besorgen, kein Problem.

Was jetzt? Leni hatte das Gefühl, des Aufruhrs in sich kaum Herr werden zu können. Ihre Emotionen glichen einer Herde Schafe ohne Hütehund, die in alle Richtungen lief. Und gleichzeitig fühlte sie sich wie ein Vulkan kurz vor dem Ausbruch. Sie stand an der Arbeitsfläche ihrer Küche und trommelte mit den Fingerspitzen darauf herum. Tee, dachte sie plötzlich. Eine schöne Tasse Tee. Sagte man nicht, dass das Wunder wirkte?

Sie schaltete den Wasserkocher an. Dann ging sie zu ihrem Vorrat Teebeutel – gleich neben dem Kaffee – und suchte. Kamille war sicher genau das Richtige. Kurz dachte sie an den Schlaf- und Nerventee, den ihre Mutter immer trank. Ja, der wäre auch eine Option gewesen, wenn sie ihn hier in der Hütte vorrätig gehabt hätte. Aber natürlich hatte sie nicht mit Timon gerechnet. Kurz erwog sie, auch diese Teesorte noch nachzubestellen. Aber er hatte ja angekündigt, zu verschwinden, wenn er mit der Dachrinne fertig war. Hoffentlich auf Nimmerwiedersehen.

Das Wasser kochte. Leni hängte den Beutel in eine Tasse und brühte den Tee auf. Sofort duftete die ganze Küche herrlich nach Kamille. Von draußen klangen Hammerschläge herein. Immerhin machte Timon sich nützlich. Geschickte Hände hatte er ja, dachte sie, und kurz blitzte der Moment auf, wo er ihr den Rücken massiert hatte, damals, ein paar Tage vor dem Abschlussball, als sie … Aber nein, auf keinen Fall würde sie den Gedanken daran zulassen!

Leni knallte die Tür des Oberschränkchens zu, in dem sie den Tee aufbewahrte, warf das Tütchen, in dem der Beutel verpackt gewesen war, in den Papiermüll und hob die Tasse an die Lippen.

»Verdammt!«, rief sie aus und stellte das Trinkgefäß zurück auf die Anrichte. Jetzt hatte sie sich auch noch die Oberlippe verbrannt. Fluchend ging sie zum Wasserhahn und hielt ihre Lippen unter den kalten Wasserstrahl. Heute war einfach nicht ihr Tag. Sie spürte, wie Tränen in ihr aufstiegen. Sie nahm einen Mund voll Wasser und schluckte dagegen an. Den Triumph würde sie Timon nicht gönnen. Unter keinen Umständen würde er sie weinen sehen! Er hatte sie genug gedemütigt. Mehr musste nicht sein.

Sie ging zurück zu ihrem Tee und ließ den Beutel in der Tasse tanzen. Zu stark konnte er mit Sicherheit nicht werden. Gerade als sie ein weiteres Mal zum Trinken ansetzte, hörte das gleichmäßige Hämmern auf. Ein paar Augenblicke war es still und Leni pustete auf die heiße Flüssigkeit. Sie hielt die Tasse mit beiden Händen umschlossen. Langsam schien tatsächlich die Kälte von draußen in die Hütte zu dringen und Leni beschloss, sich die Gewitterfront mit eigenen Augen anzusehen. In der Hütte war es so düster geworden, dass man im Flur schon Licht anmachen musste. Ein sicheres Zeichen dafür, dass der Regen unmittelbar bevorstand. Als sie die Tür nach draußen öffnete, riss ihr ein plötzlicher Windstoß die Klinke aus der Hand und ließ die Tür gegen die Wand krachen. Leni zuckte zusammen bei dem lauten Geräusch. Sie trat hinaus und schloss rasch die Tür hinter sich. Es war eisig kalt geworden. Lange würde sie nicht im Freien ausharren. Der Wind machte es noch schlimmer. Leni schaute auf das Thermometer – null Grad. Kein Wunder, dass sie fror.

Die Wolken waren längst über ihnen, drückten sich nach unten, schienen nur darauf zu warten, sich zu entladen. Auf einmal erklang das Hämmern wieder, jetzt, gegen den Wind, verkam das sonst so laute Geräusch zu einem mickrigen Laut.

Timon musste vom Dach, dachte Leni. Wenn plötzlich der Blitz einschlug – nicht auszudenken. Sie würde ihm zumindest für die Dauer des Unwetters Obdach gewähren müssen, beschloss sie widerwillig und ging um die Hütte herum, wo Timon auf der obersten Leitersprosse stand und noch immer mit dem Hammer hantierte. Immer wenn er ausholte, wurde seine Armmuskulatur sichtbar. Außerdem hatte Timon einen Knackpo – und dass Leni das auffiel, ärgerte sie erst recht. Sofort, wenn der Sturm nachließ, würde sie dafür sorgen, dass Timon ihre Hütte verließ und ins Tal abstieg.

Die Sturmböen pfiffen jetzt regelrecht ums Haus.

Sie holte tief Luft. Sie würde brüllen müssen, um sich gegen den Wind durchzusetzen. Vielleicht war das gar nicht schlecht gegen die Wut, dachte sie bei sich. »Hey!« Leni erschrak selbst, wie laut sie geklungen hatte. Ein animalischer Schrei war ihrer Kehle entwichen, tief und eines Heavy-Metal-Leadsängers würdig.

Timon zuckte auf der Leiter zusammen, bevor er sich blitzschnell umdrehte. Dann passierte alles wie in Zeitlupe. Der Hammer entglitt seiner Hand, er versuchte, ihn aufzufangen, und beugte sich dabei weit nach unten. So weit, dass er das Gleichgewicht verlor. Als er seinen Fehler bemerkte, versuchte er, die Balance wiederzufinden. Er begann, mit dem linken Arm zu rudern, aber es war schon zu spät. Timon verlor den Halt und fiel. Kurz sah es so aus, als würde er auf beiden Füßen landen, aber im letzten Moment taumelte er zur Seite und nur der rechte Fuß berührte den Boden, bevor er mit einem Stöhnen auf den Boden fiel.

Leni hatte die Teetasse in ihrer Hand völlig vergessen. Sie ließ los und die Tasse landete auf dem Boden, wo sie in tausend Teile zersprang. Doch dafür hatte sie jetzt keine Aufmerksamkeit übrig.

Timon lag reglos auf dem Boden, die Augen geschlossen. Er schien das Bewusstsein verloren zu haben. Der Schock über das Geschehene ließ Leni alles vergessen.

»Timon!« Leni lief zu ihm und berührte seinen Arm. »Timon!« Sie strich ihm wie selbstverständlich über die Wangen.

In diesem Moment blitzte es und der erste Donner kam krachend hinterher. Zumindest für den Augenblick gab es nur eins: Sie mussten Schutz in der Hütte suchen, sonst würden sie sehr bald in Lebensgefahr schweben. Ein Gewitter im Gebirge war nicht vergleichbar mit einem Unwetter im Tal. Hier konnte es schnell gefährlich werden und die Blitze suchten sich den Weg dahin, wo Metall verbaut war. Sie mussten also den Weg ins Haus schaffen.

Leni legte ihren Kopf auf Timons Brust, aber sie hörte nichts. Kein Wunder bei dem tosenden Wind, sprach sie sich Mut zu. Dennoch erfasste sie Panik, als sie ihre Hand an seine Halsschlagader legte. Sie musste sich zur Ruhe ermahnen, denn nur dann konnte sie gut agieren. Leni nahm einen tiefen Atemzug und schloss die Augen, versuchte, nur in ihre Fingerspitzen hineinzuspüren. Und tatsächlich – da war Timons Herzschlag, stabil und regelmäßig.

»Timon!«, rief sie erneut und schlug ihm sanft ins Gesicht, es war kaum mehr als ein Wangentätscheln. Er musste einfach aufwachen. Sie konnte es nicht schaffen, ihn ins Haus zu ziehen, schon gar nicht über die Scherben, die den Boden bedeckten. Wenn er doch nur zu Bewusstsein gekommen wäre!

»Timon!« Erste Tropfen fielen, eisig wie Nadelstiche.

Es war dieser Regen, der Timon weckte. Im ersten Moment blickte er verwirrt drein, dann erkannte er Leni und verzog das Gesicht, als er sich aufsetzte. »Verdammt! Es hat meinen Knöchel erwischt.«

»Das müssen wir uns drinnen anschauen. Kannst du aufstehen und mit reinkommen? Das Gewitter ist da.«

»Ich weiß es nicht, wenn ich ehrlich bin.« Timon stöhnte auf, als er versuchte, den Knöchel zu bewegen.

»Na los, ich helfe dir. Wir müssen reingehen. Es wird zu gefährlich hier draußen, die Blitze sind schon viel zu nah.« Leni versuchte, Timon, der sich noch gar nicht richtig hatte sammeln können, auf die Beine zu ziehen, als es erneut blitzte. »Komm, es geht nicht anders, wir müssen uns beeilen!«

Der Donner folgte binnen zwei Sekunden – viel zu schnell. Das Zentrum des Gewitters musste schon fast über ihnen sein. Der Regen hatte sich in Sekundenbruchteilen zu einem Wolkenbruch gewandelt. Noch immer peitschte der Wind und längst hatte Leni angefangen, am ganzen Körper zu zittern.

»Okay, okay.« Timon versuchte, aufzustehen. Leni zog ihn hoch, kroch unter seinen Arm und fungierte als Stütze. Aber das schien nicht zu reichen, Timon taumelte noch immer. Sein Bein ließ sich nicht belasten, realisierte Leni. Da fiel ihr etwas ein.

»Warte, ich komm gleich wieder.« Sie rannte los, so schnell sie konnte, zurück in die Hütte, die abgeschliffene Treppe hinauf. Die nassen Fußabdrücke, die sie auf den Stufen hinterließ, waren ihr in diesem Moment egal.

In ihrem Zimmer schnappte sie die Krücken, die sie immer dort aufbewahrte, und hastete zurück in das Inferno, zu dem das Wetter geworden war.

»Hier«, sie hielt Timon die Gehhilfen hin, nachdem sie ihn erreicht hatte.

»Fallen bei dir häufiger Männer vom Dach?«, fragte er beim Anblick der Krücken.

»Sehr witzig. Na los, wir müssen wirklich rein.«

»Ist ja gut.«

Wieder verzog er das Gesicht, als er versuchte, den verletzten Fuß zu belasten. Dann hatte er den Dreh halbwegs raus. Er hüpfte auf dem gesunden Bein und sicherte sich den notwendigen Halt mit den Krücken. So kamen sie einigermaßen vorwärts. Leni musste Timon mehrfach stützen, damit er das Gleichgewicht nicht verlor. Zum Glück war der Weg nicht weit und sie waren schnell in der schützenden Gaupenhütte.

Als Leni sich umdrehte, um die Tür hinter sich zu schließen, sah sie, dass der Regen begann, zu Hagel zu werden.

»Na großartig«, murmelte sie, bevor sie die Tür zuknallte.

* * *

Timon

Eine Krücke rutschte Timon auf den Fliesen im Flur weg und er wäre fast ein weiteres Mal gefallen. Mühsam unterdrückte er einen leisen Fluch und schaffte es, sich auszubalancieren. Leni hatte ihn überholt und hielt ihm jetzt weiter vorn eine Tür auf.

»Komm rein und setz dich auf die Bank da.« Sie deutete auf eine Eckbank, noch während sie sprach. »Leg dein Bein hoch. Ich hole Eis und dann heize ich den Kachelofen an. In Kürze wird es sonst richtig kalt sein hier drin.«

Timon spürte keine Kälte. Sein ganzes Empfinden kreiste um den Fuß, der wild pochte. Hoffentlich war er nur verstaucht oder geprellt, sonst würde er einen Hubschrauber brauchen, um hier wieder wegzukommen. Während Leni durch eine weitere

Tür verschwand, vermutlich die Tür zur Küche, überwand er die Distanz zu der Eckbank, wo er sich hinsetzen sollte. Jeder Schritt bereitete ihm Mühe.

Wie hatte das nur passieren können? Vermutlich, weil er in Gedanken gewesen war und sich wegen des herannahenden Unwetters beeilen wollte. Er war sehr in die Arbeit vertieft gewesen und Lenis Ruf hatte ihn ordentlich erschreckt.

Mit einem lauten Seufzer ließ er sich auf die Bank fallen, wusste nicht, wohin mit den Krücken, versuchte, sie gegen die Wand zu lehnen, worauf sie jedoch sofort abrutschten und krachend zu Boden fielen.

Leni kam aus der Küche gestürmt, ein Gelpad in der Hand. »Gott, hast du mich erschreckt! Ich dachte, du hättest noch mal das Bewusstsein verloren und wärst umgekippt.«

Timon hatte zwischenzeitlich mühsam sein Bein auf die Bank gehoben. »Du mich auch. Vorhin.«

Er deutete auf seinen Fuß. Statt etwas darauf zu sagen, verzog Leni nur das Gesicht auf eine Weise, bei der Timon nicht hätte sagen können, was sie damit zum Ausdruck bringen wollte.

»Wir müssen dir erst mal die schweren Stiefel ausziehen.« Leni setzte sich auf die Bank und hob seinen Fuß, der im Bergschuh steckte, vorsichtig an. So resolut ihr Tonfall war, so sanft waren ihre Berührungen. Trotzdem würde es wehtun, den Schuh vom Fuß zu kriegen, das war klar. Aber er würde sich zusammenreißen. Auf keinen Fall würde er Leni den Eindruck vermitteln, eine Memme zu sein.

Sie löste vorsichtig die Schleife des Schnürsenkels und zog ihn dann ganz aus den oberen Ösen. Ihre schönen, feingliedrigen Hände, die er schon immer bewundert hatte, arbeiteten wie von selbst. Leni trug die Fingernägel ganz kurz, praktisch veranlagt, wie sie war. Aber der glänzende, neutrale Nagellack verriet, dass sie ihre Hände trotzdem pflegte. Schon früher hatte er gefunden, dass ihre Finger perfekt geformt waren. Auch die Art, wie sie sie bewegte, wenn sie die Seiten in einem Buch umblätterte oder auch jetzt, als sie die Schuhbänder löste, faszinierte ihn und sorgte ganz automatisch dafür, dass seine Augen wie hypnotisiert von ihrem Tun waren.

»So, jetzt ist es so weit. Willst du dir den Schuh selbst ausziehen?«

Sogar daran dachte Leni. Der Schmerz war viel leichter zu kontrollieren, wenn er selbst Hand anlegte.

»Super Idee.« Timon beugte sich vor und zog. Der Schmerz flammte auf, war aber tatsächlich gut kontrollierbar. Er biss die Zähne zusammen und schlüpfte aus dem Stiefel.

»Gut. Jetzt die Socke«, bestimmte Leni und Timon tat, wie ihm geheißen. Der Fuß wurde bereits dick. Sonst sah man ihm aber nichts an. In der Schule hatte sich mal ein Klassenkamerad beim Fußball einen knöchernen Bänderabriss zugezogen und dessen Fuß hatte sich sofort blau verfärbt. Vielleicht hieß das, dass es Timon nicht ganz so schlimm erwischt hatte. Er hatte zu wenig Ahnung von Medizin, ihm blieb nur, zu hoffen.

»Okay. Ich hole dir ein Kissen, das du unter den Fuß legst und dann hast du hier deinen Kühlpack.« Leni schlug mit der flachen Hand auf ein Gelpad, das sie aus der Küche mitgebracht hatte.

Sie stand auf, verließ den Raum und kam ein paar Minuten später mit einem dicken Kissen zurück. Sanft hob sie den Fuß an und legte das Kissen darunter, bevor sie das Gelpad über dem wunden Knöchel positionierte. Die Kälte sorgte fast schlagartig für Betäubung.

»Danke.« Timon war froh über die professionelle Versorgung.

»Ist selbstverständlich.« Leni zuckte mit den Schultern. »Ich mach dann jetzt mal Feuer. Es ist eiskalt draußen.«

»Schneit es?« Timon konnte es nicht glauben.

»Nein, das ist Hagel. Aber das Gewitter hat sich zu einem ordentlichen Sturm entwickelt. Hörst du es nicht?«

Tatsächlich pfiff der Wind heftig ums Haus. Aber seine Gedanken waren zu sehr auf den Fuß fixiert gewesen, um dem wilden Wüten draußen Beachtung zu schenken.

»Du wirst heute nicht mehr runterkommen. Bei dem Sturm kann der Heli nicht fliegen. Du wirst hier schlafen müssen.« Leni klang missmutig. Weniger Begeisterung ging nicht.

Timon hatte noch gar nicht so weit gedacht. Aber natürlich – bei Sturm konnte er nicht einmal mit zwei gesunden Füßen absteigen und auch für den Helikopter wäre es viel zu riskant gewesen, ihn hier oben aufzusammeln.

»Tut mir leid. Ich wollte nicht vom Dach fallen«, sagte er das Erste, was ihm einfiel.

Seine Worte ließen Leni lächeln. »Das habe ich mir fast gedacht.« Sie schaute schnell weg und stand auf, um zu dem großen Kachelofen hinüberzugehen, der den Raum dominierte. Erst jetzt fielen Timon die schönen lindgrünen Fliesen auf, mit denen der mächtige Ofen gekachelt war. Hinter dem Ofen lag eine gemütliche Nische mit einem alten Holztisch und sobald Leni fertig angeheizt hatte, würde man durch das kleine Sichtfenster in der Ofentür das Feuer sehen. An den Wänden hingen Bilder der umliegenden Gipfel. Er fragte sich, wer sie fotografiert hatte. Sein Blick fiel auf eine Aufnahme des Kofels, dessen markante Form er unter Tausenden Gipfelbildern sofort erkannt hätte. Leni bückte sich mit gestreckten Beinen hinunter zum Holz, was ihre Bewegung irgendwie steif wirken ließ. Dann legte sie Anfeuerholz und ein paar dünnere Scheite in den Heizraum, gefolgt von einem Anzünder. Sie ließ die Flamme eines Feuerzeugs, das auf dem Ofensims bereitlag, aufleuchten und entzündete das Feuer.

»So. Fertig. Jetzt geh ich Abendessen machen«, bestimmte Leni und schloss das Ofenrohr wieder. Schon jetzt konnte man die kleine Flamme hinter dem Glas sehen, auch wenn sie den Raum natürlich noch nicht wärmte. Timons Fuß war jetzt vollständig taub und er begann, am ganzen Körper zu frieren.

Leni wartete keine Antwort ab, sondern ging schon los in Richtung Küche.

»Du, Leni?«

»Ja?« Sie wandte sich mit einer schnellen Bewegung zu ihm um. »Brauchst du noch was?«

»Nein. Ich meine, danke. Ich bin wirklich dankbar, dass ich hier in der Hütte sein kann.«

»Ich hätte allen Grund gehabt, dich dort draußen liegen zu lassen.« Für eine Sekunde entglitten ihr die Gesichtszüge und er konnte den Schmerz sehen, den er ihr einst zugefügt hatte. Aber Leni bekam sich schnell wieder unter Kontrolle.

»Ich weiß.« Er wollte noch sagen, dass es ihm leidtat – dass ihm die Vergangenheit leidtat. Aber das kam ihm so billig vor. Nur vier Wörter, nein, so leicht konnte er es sich nicht machen. Vielmehr musste er ihr alles genau erklären, musste versuchen, sein eigenes Unvermögen von damals in Worte zu fassen, damit sie ihn verstand und ihm dann in der Folge vielleicht verzeihen konnte.

»Na immerhin.« Leni machte Anstalten zu gehen, aber da fiel Timon etwas ein, das er noch fragen wollte.

»Du, Leni?«

»Hm?«

»Warum hast du eigentlich Krücken hier oben? Fallen bei dir öfter Männer vom Dach?«, wiederholte er in flapsigem Tonfall seine Frage von zuvor.

Ihre Augen weiteten sich. Jetzt konnte sie ihre Emotionen nicht mehr verbergen. Da war Wut, da war Fassungslosigkeit und Timon verstand weder das eine noch das andere. Was war an seiner Frage falsch gewesen? Er sah, dass Leni Tränen in den Augen standen, aber warum nur?

Ihr Brustkorb hob und senkte sich in fast unheimlichem Tempo, bevor sie endlich Worte fand.

»Du bist wirklich der ekelhafteste Typ, der mir je untergekommen ist«, sagte sie schließlich. Dann wandte sie sich um und ging hinaus in die Küche, während Timon mit nichts als seiner Ratlosigkeit zurückblieb. Was, zur Hölle, hatte er gerade falsch gemacht?

* * *

Leni

Leni verzog das Gesicht. Sie war bei Timon zu Hause, nach einer schlimmen Nacht. Noch immer war es so, dass sie manchmal eine Schonhaltung beim Gehen einnahm oder die Prothese nicht richtig saß. Dann reagierte ihr Rücken mit fiesen Verspannungen. Heute war so ein Tag und sie konnte kaum auf dem kleinen Sofa in Timons Zimmer sitzen, so stark schmerzte ihr Rücken.

»Alles gut?« Wie immer verhielt Timon sich ganz aufmerksam. Sie hatten sich getroffen, um »Avatar« anzuschauen, den Kinoklassiker. Aber Leni wusste irgendwie gar nicht, wie sie sitzen sollte, um den Film zu genießen, statt ihn zu ertragen.

»Mein Rücken ist irgendwie nicht ganz okay«, gab sie zu. »Ich hab da eine echt böse Verspannung.«

»Hier?« Er rutschte näher zu ihr heran und legte ihr eine Hand auf den unteren Rücken. Wie immer, wenn sie ihm so nah war, wurde Leni innerlich unruhig.

»Nein, weiter oben, im Nackenbereich.« Sie versuchte ein schüchternes Lächeln. »Wird schon wieder.«

Das Licht des Fernsehers färbte Timons seitliches Profil bläulich, er hatte seine volle Aufmerksamkeit Leni zugewandt. Er gab ihr das Gefühl, dass nur sie und ihr Wohlbefinden zählten. Der

Eindruck verstärkte sich noch, als er zur Fernbedienung griff und auf Pause drückte.

»Ich könnte versuchen, dir den Nacken zu massieren.«

Leni sah nicht, ob Timon rot wurde, dafür war es im Zimmer zu dunkel, aber er klang verlegen und unbeholfen, also ungefähr so, wie sie sich gerade fühlte.

»Äh.«

Super, Leni, sehr geistreich, dachte sie.

»Na, komm her.« Timon bedeutete ihr, sich seitlich zu drehen, und legte seine Hände auf ihre Schultern. Sie hatte nur ein Trägershirt an, und erstmals spürte sie seine Haut auf ihrer.

»Ist das die Stelle?« Er strich ganz sanft über ihren Nacken und Leni konnte nur nicken. Timons Berührung jagte ihr eine Gänsehaut über die Arme und sie war froh um das Halbdunkel im Raum.

»Genau da, nein, ein wenig mehr rechts.«

Timon ließ seine Hände in die Richtung wandern, die Leni ihm beschrieb. Es fühlte sich wie ein Streicheln an. Dann wurden Timons Berührungen intensiver, als er begann, Lenis Rücken zu massieren. Nie zuvor waren sie einander körperlich so nah gewesen.

Es ist nur eine Massage, ermahnte sich Leni, nicht mehr.

Aber auch nicht weniger, flüsterte eine kleine Stimme in ihrem Kopf, auch nicht weniger.

Leni schloss die Augen. Timons Hände fühlten sich wundervoll auf ihrer Haut an. Seine Finger kreisten um die schmerzende Stelle, drückten sanft, streichelten. Schließlich schloss Leni die Augen, um sich ganz und gar auf die Berührungen zu konzentrieren. Es war so still im Raum, dass sie nur ihre eigenen und Timons Atemzüge hörte. Und plötzlich ertappte sie sich dabei, mehr zu wollen. Sie wollte, dass er ihren ganzen Rücken streichelte, sie wollte, dass er sie umarmte, hielt, noch näher heranrückte. Die ziehende Sehnsucht, die sich in ihr formte, überraschte sie so sehr, dass sie erschrocken ein Stück von Timon abrückte.

»*Entschuldige. Habe ich dir wehgetan?*« Timon hatte seine Hände sinken lassen.

»*Nein, nein. Alles gut.*« Woher war diese Sehnsucht plötzlich gekommen? Es hatte sich ein wenig wie Heimweh angefühlt.

»*Danke, du hast mir echt geholfen.*« Leni bewegte ihre Schultern.

»*Ja, ist schon viel besser.*«

»*Gut.*« Timons Hände lagen in seinem Schoß, als würden sie ihm nicht gehören.

»*Schauen wir dann jetzt den Film weiter?*«, schlug Leni vor, um den peinlichen Moment zu überbrücken.

»*Super Idee.*« Timon lächelte sie an. Dann nahm er die Fernbedienung in die Hand und der Film nahm weiter seinen Lauf.

Leni heftete ihre Augen auf den Bildschirm, um zu vermitteln, dass sie der Handlung folgte, aber sie dachte nur an Timons Hände, die an ihrem Nacken gelegen und welche verwirrenden Gefühle sie in ihr ausgelöst hatten.

* * *

Leni

Unglaublich, dass sie diesen … diesen … sie fand nicht das geeignete Schimpfwort in ihren aufgewühlten Gedanken, das Timon gerecht geworden wäre. Jedenfalls fand sie unglaublich, dass sie ihn jemals gemocht hatte, ja, bis über beide Ohren in ihn verliebt gewesen war vor ein paar Jahren.

Hatte er sie noch nicht genug verletzt? Wie konnte er es nur wagen, auch jetzt noch Witze auf ihre Kosten zu machen, Jahre später? Dieser Mistkerl!

Leni ging zum Kühlschrank. Sie spürte, dass sie nicht gerade lief, sondern hinkte. Immer, wenn sie sich sehr aufregte, verlor sie die volle Kontrolle über ihren Körper. Sie war so wütend auf Timon! Wie konnte er nur so unsensibel sein?

Sie wünschte sich einfach nur so weit weg von ihm wie irgend möglich.

Ein Blick aus dem Fenster verriet ihr, dass das Wetter es auf keinen Fall zuließ, dass sie ihn rauswarf. Es war fast dunkel und ein Schneetreiben tobte, als ob es tiefer Winter wäre. Draußen überlebte man verletzt bei diesem Wetter nicht lange. Sie öffnete die Kühlschranktür und da lag sie – ihre Notschokolade, die sie aus dem Tal mit heraufgebracht hatte.

Leni setzte sich mit der Schoki einfach auf den Fußboden, öffnete das Papier und die Folie mit einem Ruck und der feine Duft der Schokolade drang ihr in die Nase, bevor sie die erste Rippe abbrach und sie sich in den Mund steckte. Sie wünschte, sie hätte die Geduld gehabt, die Schokolade genüsslich zu lutschen, aber dafür war sie viel zu aufgewühlt. Sie biss energisch ab, kaute, schluckte. Eigentlich war die Schokolade für einen gemütlichen Moment am Feuer reserviert gewesen – jetzt musste die Süßigkeit ihr als Frustfutter dienen, sonst wäre sie einfach explodiert.

Von draußen hörte sie ein Rumoren. Dann polterte wieder eine der Krücken zu Boden – dieses Geräusch war unverkennbar. Aber ihr war es egal. Sollte er doch sehen, wo er blieb. Sie war schließlich nicht seine Krankenschwester. Er würde es mit der Zeit schon lernen, das hatte sie selbst schließlich auch geschafft. Sie brach sich eine weitere Rippe Schokolade ab. Zugegeben: Ein winziger Teil von ihr fühlte trotz ihrer Wut die Verpflichtung, sich um Timon zu kümmern. Schließlich wusste sie nur zu genau, wie er sich gerade fühlte – hilflos, vermutlich nicht so viel anders, als sie selbst sich anfangs nach ihrem Unfall gefühlt hatte, nur dass Lenis Fuß amputiert worden war, während Timons Knöchel mit Sicherheit wieder ganz in Ordnung kam. Er würde es schon noch lernen, mit den Krücken umzugehen, überzeugte sich Leni selbst davon, um Timon nicht helfen zu müssen. Schließlich hatte er ihr gerade eben so wehgetan mit seinem dummen Scherz, dass sie beinahe schon die ganze Tafel Schokolade aufgegessen hatte. Mittlerweile war sie bei der vorletzten Rippe angekommen, aber sie spürte, dass die ganze Tafel dran glauben würde.

Von draußen hörte sie ein leises Aufstöhnen. Verdammt noch mal! Sie stand auf und warf den Schokoladenrest auf den Tresen. Dann ging sie hinaus zu Timon. Er war schon an der Tür zur Küche, auf eine Krücke gestützt. Seine Stirn überzog ein dünner Schweißfilm, während er versuchte, einen weiteren Schritt zu machen.

»Du brauchst beide Krücken«, meinte Leni trocken.

»Eine ist runtergefallen. Ich hatte Angst, beim Aufheben das Gleichgewicht zu verlieren und noch mal auf die Nase zu fallen. Und ehrlich gesagt, reicht es mir für heute. Noch dazu tut mir das Handgelenk ziemlich weh.« Er hob den Arm.

Erst jetzt sah Leni, dass seine rechte Hand an der Innenfläche aufgeschürft war und zu bluten begonnen hatte.

»Verdammt! Das haben wir gar nicht verarztet.« Ihre Wut war noch nicht voll verraucht. Trotzdem nahm sie den nächstbesten Stuhl und stellte ihn hinter Timon ab. »Einfach setzen«, befahl sie ihm. »Ich hol den Verbandskasten.«

Timon atmete laut und hastig, als er auf dem Stuhl Platz genommen hatte. »Danke.«

Leni antwortete ihm nicht, stattdessen lief sie zurück in die Küche. Es war kein Fehler, den Verbandskasten im gleichen Raum wie die großen Messer aufzubewahren, das hatte die Praxis schon häufiger gezeigt. Manchmal beeilte man sich zu sehr, dann schnitt man sich in die Finger.

Mit dem Verbandskasten, der einfach an der Wand neben der Schürze gehangen hatte, kehrte sie zurück zu Timon.

»So, das haben wir gleich, streck mal deinen Arm aus und leg die Hand hier ab.« Sie deutete auf den Tisch und er gehorchte.

Jod, Tupfer und eine Mullbinde. Mit geschickten Bewegungen verarztete Leni ihren Patienten. Seine Hände verrieten, dass er mit ihnen arbeitete. Schwielen, dunkel verfärbte Haut an den Fingerspitzen von der Arbeit an der Regenrinne, eine kleine Schnittverletzung am Daumen, die gerade abheilte.

Kein Ring, dachte Leni und verfluchte sich im nächsten Moment selbst. Als ob das wichtig gewesen wäre! Schließlich konnte gerade ihr das völlig egal sein.

Wobei – sollte er eine Frau in seinem Leben haben, war die bestimmt nicht zu beneiden. Der einerseits gehässige, andererseits auch sorgenvolle Gedanke kam Leni ganz automatisch, ohne dass sie es ändern konnte, und sie ermahnte sich selbst zu mehr Freundlichkeit.

»Lebst du eigentlich allein?«, fragte sie, während sie im Verbandskasten nach einer Rolle Pflaster suchte, mit dem sie das Ende der Mullbinde fixieren konnte.

»Natürlich.« Timon antwortete mit solcher Vehemenz, dass Leni aufsah und die Stirn runzelte. Er hatte es so gesagt, als gäbe es die Option auf eine Beziehung gar nicht, als wäre der Gedanke an eine Frau in seinem Leben so abwegig, dass er es nie erwogen hatte.

»Außer du redest von meiner Mutter. Ich wohne bei ihr.«

»Aha.«

Wie alt war er jetzt? Fünfundzwanzig? Leni wühlte sich weiter durch den Verbandskasten.

Da war ja die Pflasterrolle. Sie holte sie heraus und riss ein Stück ab.

»Ich bin noch nicht lang wieder da«, rechtfertigte sich Timon, ohne dass Leni gefragt hatte.

»Wo warst du denn? Im Urlaub?«

Er schüttelte den Kopf. »Nein, ich war auf der Walz. Zwei Jahre, um genau zu sein.«

Timon begutachtete den Verband. »Danke fürs Verarzten.«

Leni nickte. »Klar.«

»Jedenfalls. Ich bin durch ganz Deutschland gezogen und habe in den verschiedensten Handwerksbetrieben gearbeitet oder ausgeholfen.«

»Wie bist du auf die Idee gekommen?«

»Nur so.« Leni sah, dass er sein Gesicht verschloss, einfach eine Tür zuwarf zu einem Raum, in den er sie nicht schauen lassen wollte.

»Na dann.« Sie griff nach der Schere, der Pflasterrolle und ein paar einzeln verpackten Pflasterstreifen und legte alles zurück in den Verbandskasten. Ihr doch egal, wenn er ihr nichts über sich erzählen wollte. Dieser Sturm da draußen konnte nicht ewig dauern, bald wäre sie Timon wieder los. Spätestens morgen, hoffte sie, klarte es zumindest so weit auf, dass der Helikopter wie geplant kam. Dann konnte er Timon gleich mitnehmen.

Als sie den Verbandskasten geschlossen hatte und hochheben wollte, legte Timon die verbundene Hand auf ihre. Sie erschrak so sehr, dass sie sie wegzog.

»Leni, bitte. Ich möchte dich nur etwas fragen, in Ordnung?«

Sie griff wieder nach dem Erste-Hilfe-Kasten. »Ja, okay.«

»Warum warst du vorhin bei meiner Frage nach den Krücken gleich so sauer?«

Leni warf Timon einen prüfenden Blick zu. Als er ihn bemerkte, erwiderte er ihn und sie sah ihm einfach an, ja, spürte, dass er die Frage ernst meinte, ohne jeden Witz. Wusste er tatsächlich nicht, dass sie eine Beinprothese trug?

Timon hielt den Augenkontakt ohne jede Mühe. Er schien nichts zu verstecken, was Leni völlig aus dem Konzept brachte.

Nein, tatsächlich, stellte Leni verwundert fest. Er wusste nicht, warum die Gehhilfen in ihrem Zimmer für sie so selbstverständlich waren wie für andere Leute eine Nachttischlampe, da war sie sich plötzlich ganz sicher.

4. KAPITEL

Leni

»*Kommst du mit mir zum Abschlussball?*« *Timon fragte ganz beiläufig. So, als wäre es gar nichts. Sie gingen gerade von der Schule zum Bus, Timon hatte die Hände tief in den Hosentaschen vergraben und schaute unter seinem langen Pony zu ihr herüber.*

Lenis Herz schlug plötzlich bis zum Hals. Sie hatte gesehen, wie andere Mädchen Timon anschauten, wie sie in seiner Gegenwart mit ihren Haaren spielten und miteinander flüsterten. Ihm schien das nicht aufzufallen. Warum sonst sollte er sie, den Klassenkrüppel, wie sie sich selbst schonungslos in Gedanken nannte, auf den Ball einladen und keines der Mädchen mit den langen blonden Haaren und den perfekten Körpern, die ihm schöne Augen machten? Nicht, dass sie es ihnen hätte verdenken können. Timon hatte sich in diesem Schuljahr sehr verändert. Er war jetzt einer der größten Jungs in der Klasse, kleidete sich gut und trug die Haare gerade so lang, dass sie ihm geheimnisvoll ins Gesicht fielen. Dass sie ihn früher für unscheinbar gehalten hatte, verstand sie heute nicht mehr. Kein Wunder also, wenn die anderen Mädchen ihn mochten. Sie konnte das durchaus nachfühlen. Seine Augen hatten die Farbe von Wüstensand und wenn er einen anschaute, bekam man das Gefühl, etwas ganz Besonderes zu sein. Diesen Blick gab nur er Leni. Und sie genoss es jedes Mal wieder.

»*Also?*«*, drängte Timon, als Leni nicht gleich antwortete.*

»*Warum sollte ich?*« *Ihr Herz schlug Leni bis in die Ohren, sie konnte es hören. Bobom, bobom, bobom, viel schneller als der Takt ihrer Schritte. Sie konzentrierte sich darauf, nicht zu humpeln. Oft, wenn sie aufgeregt war, verlor sie minimal das Gleichgewicht, als ob ihr Innerstes sich in ihrem Gang spiegeln wollte.*

Timon verdrehte die Augen. »*Ach, Leni! Weil ich dich frage.*« *Er lachte sie an, räusperte sich, knuffte sie am Arm.*

»*Hm, ich weiß nicht.*« *Das war eine Lüge. Sie wollte mit Timon alles machen. Sie wollte mit ihm Bücher lesen, sie wollte mit ihm reden, sie wollte mit ihm lachen, sie wollte mit ihm jede freie Minute verbringen und sanfte Engel auf der Terrasse bei ihren Eltern trinken. Sie wollte verbrannte Pfannkuchen mit ihm essen, die er bei sich zu Hause für sie gebacken hatte. Sie wollte. Und deshalb wollte sie auch mit ihm zum Ball: weil sie mit Timon zusammen sein wollte. Das Einzige, was sie nicht wollte, war, sich beim Tanzen zu blamieren. Sie hatte einen Kurs gemacht, damals, bevor sie ihren Fuß verloren hatte, aber seitdem nie wieder auch nur einen einzigen Tanzschritt getan.*

Sie würde üben müssen. Und selbst dann war sie nicht sicher, ob sie das nötige Selbstbewusstsein aufbringen konnte.

Timon blieb abrupt stehen. Er nahm die Hände aus den Hosentaschen und legte die Handflächen zu einer Gebetshaltung aneinander. »*Bitte, Leni. Ich brauch einen Freund an meiner Seite, jemanden, mit dem ich diesen Abend überstehe.*«

Ach, so war das. Es ging nicht um Romantik. Natürlich nicht, schalt sich Leni. Sie war ja der Klassenkrüppel.

»*Ich bin ein ziemlich schlechter Tänzer*«*, fügte Timon hinzu.* »*Aber wir könnten uns ja trotzdem einen netten Abend machen.*«

Daher wehte also der Wind. Leni schluckte hart. Wie hatte sie auch nur eine Sekunde lang glauben können, dass er ihre

Verliebtheitsgefühle erwiderte? Er brauchte einen Freund, keine Freundin. Genau das hatte er schließlich auch gesagt. Und er vermutete ganz richtig, dass sie mit ihrer Behinderung nicht unbedingt scharf drauf war zu tanzen. Es ging ihm also nicht darum, mit ihr zum Ball zu gehen – es ging ihm darum, sich selbst nicht zu blamieren, aber dennoch am Schulabschlussball teilnehmen zu können, obwohl er nicht tanzen wollte.

Kurz dachte Leni darüber nach, ob sie beleidigt sein sollte. Aber dann entschied sie sich, wohlwollend auf Timons Vorschlag zu blicken. Vielleicht meinte er es ja wirklich gut?

Außerdem hatte sie Lust, mit Timon zum Ball zu gehen. Allein die Blicke der anderen Mädchen waren es wert, schließlich wusste keiner, dass sie Timon nur als platonische Freundin einen Gefallen tat, indem sie ihn an einer Blamage wegen seiner tänzerischen Fähigkeiten vorbeilotste.

»Leni, was meinst du?« Er stand noch immer in betender Haltung vor ihr.

»Na gut. Aber verlass dich drauf, dass ich umwerfend aussehen werde«, versuchte sie einen Scherz.

»Oh, daran habe ich überhaupt keinen Zweifel.« Timon ließ die Arme sinken. »Danke, dass du mitgehst.« Er trat einen Schritt vor, als ob er sie umarmen wollte. Doch dann hielt ihn irgendetwas davon ab. Er stockte mitten in der Bewegung, räusperte sich ein weiteres Mal und trat den Schritt dann wieder zurück, um Distanz zwischen sich und Leni zu bringen.

Freunde, dachte Leni, Freunde.

Es war ja auch nicht zu verachten, einen wirklich guten Freund zu haben. Jetzt musste sie nur noch aufhören, so schrecklich verliebt in Timon zu sein, wie sie es nun mal war. Aber etwas in ihr wusste, dass das kein bisschen leicht werden würde.

* * *

»Du sagst also, du hast keinen Schimmer, warum ich vorhin sauer geworden bin?«, vergewisserte sich Leni.

»Keinen Schimmer«, bestätigte Timon. »Ich schwöre.« Er hob die Finger der verbundenen Hand zum Schwur. Aber Leni war nicht nach Humor zumute.

Sie setzte sich auf einen Stuhl Timon gegenüber. »Warum, hast du gedacht, bin ich in deiner Klasse gelandet?«, fragte sie ihn.

Er zuckte mit den Schultern, begutachtete dann den Verband, den Leni ihm angelegt hatte. War das eine Verlegenheitsgeste? »Darüber hab ich mir keine Gedanken gemacht.«

»Nein? Hast du nicht?«

Leni versuchte, seinen Blick wieder einzufangen. Sie wollte unbedingt wissen, ob Timon die Wahrheit sagte. Aber Timon schien sehr mit der Mullbinde beschäftigt zu sein, zupfte daran herum, schien ihren festen Halt zu überprüfen.

»Timon!«

»Nein, echt nicht. Es gab Gerüchte.« Er schaute an ihr vorbei.

»Was denn für Gerüchte?«

»Dass du lang im Krankenhaus warst, dass du nicht wieder ganz gesund bist, solche Sachen halt. Viele haben geglaubt, du hättest eine Essstörung, weil du ziemlich dünn warst.« Er zuckte mit den Schultern. »Ich weiß nicht mehr genau.«

»Aha.« Leni war tatsächlich lang in der Klinik gewesen. Das Essen dort war die reinste Katastrophe gewesen. Obwohl ihre Mutter regelmäßig mit Kuchen im Gepäck zu Besuch gekommen war, war Leni über ein halbes Jahr nach der Klinik noch überdurchschnittlich schlank gewesen. So gesehen konnte sie den Mitschülern von damals ihre Theorie von der Essstörung gar nicht verübeln.

»Außerdem hast du beim Schulsport nie mitgemacht. Das passte irgendwie zu der Essstörung, jedenfalls behaupteten das die anderen Mädchen.« Timon zog die Schultern hoch und ließ sie wieder sinken. »Egal was es war, du warst auf jeden Fall ganz anders als die anderen.«

»Anders?«

»Ja. Irgendwie ruhiger. Keine Ahnung. Ich war kaum mehr als ein hormongesteuerter Junge damals, ein Spätzünder noch dazu, der vom Leben keine Ahnung hatte. Aber ich hatte den Eindruck, dass du dich sehr gut kanntest und genau wusstest, wer du warst. Das hat mir gefallen. Ich mochte dieses Aufgeräumte sehr, das du ausgestrahlt hast. Ich glaube, darum haben dich viele beneidet.« Jetzt erst löste er den Blick von seinem Verband und schaute Leni wieder geradeheraus an. »Ich glaube, das hat viele andere in der Klasse eher eingeschüchtert und eben zu diesen vielen Gerüchten geführt. Schließlich verschwindet kaum jemand so lange, um dann plötzlich wieder aufzutauchen und die Klasse zu wiederholen.«

Das stimmte. Aber Leni hatte nichts von den Gerüchten gewusst, bis heute nicht. Irgendwie war für sie ganz klar gewesen, dass ihre Klassenkameraden Bescheid wussten. Und dass sie beneidet worden war – das war ja ganz was Neues.

»Okay. Dann wollen wir die Gerüchte mal aus dem Weg räumen.« Ein grimmiger Unterton, wild entschlossen, hatte sich in Lenis Stimme geschlichen. Sie zog einen weiteren Stuhl heran und stellte ihr Bein darauf ab. Das hier also war der Moment der Wahrheit. Wann hatte sie zuletzt irgendjemanden einen Blick auf ihre Prothese werfen lassen? Das war schon eine ganze Weile her und es war ihr Physiotherapeut gewesen. Usain passte perfekt und wenn sie ihn unter der Kleidung trug, merkte heutzutage niemand mehr, dass ihr ein Körperteil fehlte.

Es kam ihr wahnsinnig intim vor, jemanden einen Blick auf ihre Behinderung werfen zu lassen. Einfach, weil sie das nie tat. Es war, als würde sie sich gleich nackt vor einem Fremden ausziehen.

Leni beugte sich vor. Dann begann sie, mit zitternden Fingern das Hosenbein ihres Blaumanns nach oben zu krempeln. Zentimeter um Zentimeter kam Usain zum Vorschein. Während selbst barfuß kaum auffiel, dass einer von Lenis Füßen künstlich war, sah man am Unterschenkel, der ab der Hälfte amputiert war, sehr wohl, dass sie eine Prothese trug. Denn hier war Usain dünn und aus Metall. Als Leni ihre Hose also kaum mehr als fünfzehn Zentimeter hochgekrempelt hatte und zu Timon hinüberschaute, wusste sie eines sofort: Er hatte bis zu diesem Augenblick nichts von ihrer Prothese gewusst, das verrieten seine geweiteten Augen, sein betroffener Blick, die Art, wie er auf ihr nicht vorhandenes unteres Bein starrte.

»Darf ich vorstellen, das ist Usain. Ich habe ihn nach Usain Bolt benannt, dem berühmten Läufer. Er bringt mich überall hin, sogar hier herauf.« Leni machte eine allumfassende Geste. »Nur nachts nicht. Da steht er neben meinem Bett. Deshalb habe ich immer Krücken dabei, weil es nachts zu mühsam ist, die Prothese anzulegen, nur um auf die Toilette zu gehen«, sagte sie.

Dann krempelte sie ganz schnell ihre Hose wieder nach unten. Timons intensiver Blick war ihr unangenehm und tatsächlich hatte sie sich sehr nackt gefühlt unter seinen Augen.

Jetzt sah man wieder nur zwei Hosenbeine und zwei Turnschuhe, die daraus hervorschauten. Timon sagte nichts. Stattdessen starrte er noch immer auf Lenis Bein, bis ihr die Situation zu unangenehm wurde.

»Und jetzt? Willst du Kaffee?«, wollte sie das Thema wechseln und stand auf. Nicht einmal seine Antwort wollte sie abwarten, sondern lieber zurück in die Küche fliehen, an den Ort, wo sie sich am wohlsten in der ganzen Hütte fühlte, neben ihrem kleinen Zimmer natürlich, das ihr längst Heimat geworden war.

»Leni!« Timon griff nach ihrer Hand und hinderte sie so daran, wegzulaufen.

»Hm?«

»Ach, Leni!«

Als sie ihm ins Gesicht sah, konnte sie es kaum glauben. In seinen Augen standen Tränen. »Es tut mir so leid.«

»Muss es nicht. Ich brauche kein Mitleid.«

»Das meine ich nicht. Und das weißt du genau.« Timon räusperte sich, blinzelte, wischte sich mit der verbundenen Hand über die Augen, als ob die Mullbinde ein Taschentuch wäre. »Ich habe es nicht gewusst und komme mir sehr blöd vor.« Er klang fassungslos, völlig fassungslos.

»Ist schon gut.«

»Nichts ist gut.« Er wischte sich ein weiteres Mal über Augen und Wangen, als wollte er den wunden Ausdruck auf seinem Gesicht einfach wegwischen.

Leni hatte keine Antwort für ihn. Sie hatte auch gar nicht das Bedürfnis, ihn zu trösten. Sie sah sich selbst in ihrem roten, bodenlangen Ballkleid vor dem Spiegel stehen mit Mascaraspuren auf beiden Wangen vom Weinen und mit Augen, die einem Albino-Meerschweinchen zur Ehre gereicht hätten. Nein, sie musste ihm nicht sagen, dass alles in Ordnung war. Denn das war es tatsächlich nicht. So stand sie vor ihm, während er sie an der Hand festhielt, und hatte keine erleichternden Worte für Timon.

Die Kuckucksuhr tickte im Hintergrund so laut wie nie zuvor, jedenfalls erschien es Leni so. Sie tickte und tickte.

»Wenn ich doch nur die Zeit zurückdrehen könnte!«, sagte Timon schließlich in den Raum hinein. Er suchte Lenis Blick, aber sie wandte sich ab, entwand auch ihre Hand der seinen. So einfach würde sie ihn nicht davonkommen lassen, auf gar keinen Fall.

»Ich mach jetzt endlich Kaffee«, sagte sie und wie sehr hätte sie sich gewünscht, dass ihre Stimme in diesem Moment feste Entschlossenheit demonstrierte. Aber sie tat nichts dergleichen. Sie zitterte verräterisch, wie zuvor ihre Hände, als sie ihr Hosenbein nach oben gekrempelt hatte.

Nackt, dachte sie bei sich, konnte man nicht nur von außen sein.

Dann wandte sie sich ab und zwang sich zu Entschlossenheit. Sie nahm sich zusammen, holte tief Luft, wie sie es in der Physiotherapie gelernt hatte. Leni machte einen ersten Schritt und ging dann kerzengerade, ohne auch nur den Ansatz eines Humpelns, hinaus in die Küche.

* * *

Timon

O Gott, was hatte er nur getan damals? Erst jetzt wurde ihm klar, welches Ausmaß an Verletzung er ihr zugefügt hatte. Ein Abschlussball, bei dem er aus eigener Unsicherheit heraus immer wieder Witze übers Tanzen gemacht hatte und darüber, wie froh er war, dass sie auch nicht auf Tanzen stand. Was wusste er schon? Nichts, gar nichts! Er hatte gerade auf die Prothese gestarrt wie ein Idiot, als Leni ihre Hose hochgekrempelt hatte, in seiner totalen Fassungslosigkeit war es ihm schlicht nicht aufgefallen. Und damals war ihm auch nichts aufgefallen. Leni hatte ihm nichts davon erzählt. Ja, natürlich hatte er sie nach ihrer Krankheit gefragt, aber mehr als mit einem stummen Lächeln und einem Kopfschütteln hatte sie ihm nicht geantwortet – also hatte er sie in Ruhe gelassen. Erst in dem Moment, wo er die Gehhilfe, die ihren Fuß ersetzte, sah, wurde ihm alles klar. Die langen Hosen im Sommer, die bodenlangen Röcke, die Tatsache, dass Leni nie mit ins Schwimmbad wollte, das alles fügte sich jetzt zu einem Bild, das Leni plötzlich nicht mehr so geheimnisvoll erscheinen ließ, wie sie ihm früher vorgekommen war.

Und dann, auf dem Ball, als sie zu dieser langsamen Ballade schließlich doch miteinander getanzt hatten ... Wie musste sie mit sich gerungen haben, allen Mut zusammengenommen? Und dann der Kuss, der unselige Kuss, die zehn Sekunden seines Lebens, die den größten Einfluss überhaupt auf ihn genommen hatten – und auf sein ganzes Leben, hatten sie doch seine Zukunft bis zum heutigen Tag nachhaltig beeinflusst. Und wohl auch darüber hinaus ...

Zehn Sekunden. Die Zeit, die ein Kurzstreckenläufer bei Olympia für einhundert Meter brauchte. Zehn Sekunden waren gar nichts. Aber bei ihm hatten sie gereicht, sein Leben zu erschüttern. Niemals hätte er geglaubt, dass es ein Kuss sein könnte, ausgerechnet ein Kuss, den er sich von ganzem Herzen gewünscht hatte, der ihn so einsam machen würde.

Er hätte alles anders machen können. Es hatte allein in seinen Händen gelegen. Aber dann hatte er ein paar Bier getrunken, war es aber nicht gewohnt gewesen, Alkohol zu trinken, und als Jeremy und seine Kumpels, die auch Timons Kumpels waren, kurz zum Rauchen rausgegangen waren, da hatte er sich selbst nachgegeben.

Ihre Lippen hatten süß und salzig geschmeckt, weich und fest zugleich. Aber dann hatte Jeremy sein Feuerzeug vergessen gehabt oder irgendetwas anderes, ein sechster Sinn hatte ihn zurück in den Festsaal getrieben und ...

Er musste zu Leni. Unbedingt.

Timon stand auf, mit viel zu viel Schwung, belastete dabei sein Bein und spürte, wie der Schmerz in Richtung Kniescheibe zuckte. Lautlos sank er zurück auf den Stuhl. Gut so, der Schmerz lenkte ab. Jetzt erhob er sich langsamer, griff nach den Krücken und hinkte ungeschickt los.

Längst duftete es herb, leicht nussig nach Kaffee. Er musste eine Weile allein dagesessen haben, gefangen in seinen Gedanken.

Als Timon versuchte, die Küchentür aufzudrücken, verlor er wieder fast das Gleichgewicht und krachte erst mal dagegen. Na toll!

Er machte einen weiteren Versuch, balancierte dazu eine der Krücken in die andere Hand. Dass die Handfläche rechts verletzt war, half jetzt auch nicht unbedingt weiter. Aber dieses Mal schaffte er es, die Tür aufzudrücken.

»Darf ich reinkommen?«, fragte er vorsichtig. Leni lehnte am Tresen mit einer Tasse in der Hand, die die Aufschrift »Lächle, du kannst sie nicht alle töten« trug. Mit Sicherheit hatte sie das Trinkgefäß nicht zufällig gewählt.

»Klar.« Sie nippte an ihrem Getränk und schaute Timon über den Tassenrand hinweg an. Ihre Miene verriet keinerlei Emotion.

»Danke.«

»Ich schenk dir auch 'nen Kaffee ein.« Es war ihr selbstverständlich. Sie war hier oben die Wirtin – sie bewirtete. Das hatte, Timon sah es an ihren Gesten, nichts mit einer Emotion zu tun, die sie ihm entgegenbrachte. Es war einfach nur Freundlichkeit.

»Vielen Dank.« Meine Güte. Wie oft wollte er sich noch bedanken? Es war an der Zeit, andere Dinge zu sagen.

»Ein Stück Zucker, keine Milch.« Sie hielt ihm die Tasse hin, die sie mit schnellen Bewegungen mit Kaffee gefüllt hatte. Selbst das wusste sie noch – wie er seinen Kaffee am liebsten trank. Irgendwie rührte es Timon, dass Leni sich noch an so viele Details von früher erinnerte.

Er versuchte wieder, beide Krücken in eine Hand zu nehmen, bevor er nach dem Kaffee griff. Timon kam sich ungeschickt, ja, tollpatschig vor dabei.

»Danke. Also, was ich eigentlich sagen möchte ...« Die Tasse war viel zu heiß, er hatte sie nicht am Henkel angefasst. Er stellte sie auf die Arbeitsplatte und schüttelte die Hand, um die gefühlte Hitze zu vertreiben. Er hatte sich nicht verbrannt – zum Glück. Eine weitere Verletzung konnte er nicht gebrauchen. Aber es war haarscharf gewesen.

Leni schaute ihn abwartend an, gegen die Arbeitsplatte gelehnt und die Beine locker übereinander verschränkt. Sie schien nichts von seinem Missgeschick bemerkt zu haben.

Timon holte tief Luft. »Ich habe das mit deinem Bein nicht gewusst. Woher auch? Ich war wirklich und wahrhaftig nichts weiter als ein lausiger Tänzer, der froh war, dass du keine Ambitionen hattest, mich auf die Tanzfläche zu zerren.«

»Hm.«

»Ehrlich. Es tut mir wahnsinnig leid. Wenn ich das mit deinem Bein gewusst hätte, hätte ich dir erklärt, dass es an mir lag. Mein Weglaufen hatte mit dir nichts zu tun. Aber du musst dich fürchterlich gefühlt haben.«

»Das trifft das Ausmaß nicht so ganz.«

»Ich weiß.« Timon räusperte sich. Er war kein großer Mitteiler. Er machte Konflikte für gewöhnlich mit sich selbst aus. »Ich glaube, ich finde die richtigen Worte nicht. Es war wohl eine zwischenmenschliche Katastrophe. So muss man es sagen. Ich war eine zwischenmenschliche Katastrophe.«

»Ja, ungefähr so wie das Wetter da draußen. Ein eisiger Sturm, mit dem man in keinem Universum gerechnet hätte.« Leni sagte es wieder ohne jede erkennbare Emotion. Draußen rüttelte der Wind an den Fensterläden, wie um ihr recht zu geben.

»Ja. Das trifft es ziemlich genau. Ich weiß oft nicht so richtig, wie ich etwas formulieren soll, wenn es um Gefühle geht, aber genau so ist es.« Eine neuerliche Windböe griff nach der Hütte, schien an ihr zu zerren. Der Wind pfiff regelrecht ums Haus, bevor es ganz plötzlich wieder für einen Moment leise wurde.

»Okay.« Leni trank Kaffee – mit viel Milch, ohne Zucker. Auch er erinnerte sich noch ganz genau an ihre Vorlieben.

»Okay? Was heißt denn okay?«, wollte er wissen und das Herz schlug ihm bis zum Hals. Die Frage zu stellen, hatte ihn Überwindung gekostet.

»Vergessen wir es für die Zeit, die du hier oben bist. Es wird ja nicht ewig dauern. Du kannst ja mal auf deinem Handy schauen, wie das Wetter wird. Und bis dahin halten wir es miteinander aus.« Sie stellte ihre leere Tasse ab.

»Das würde ich, wenn ich eins hätte.« Er lächelte Leni an. »Auf Wanderschaft darf man keines besitzen, das ergibt sich aus der Ethik der Wandergesellen. Vielleicht könntest du das übernehmen und mir sagen, wann du mich wieder los bist.«

»Mach ich.«

»Danke. Für den Kaffee, die Hilfe und deine Gastfreundschaft und überhaupt ...«

Es zuckte um Lenis Mundwinkel. »Ich denke, du kannst jetzt aufhören, dich zu bedanken.«

»Äh, ja. Da hast du sicher recht. Danke.«

Und da prustete Leni einfach los. Es war eine der Situationen, die man später niemandem so richtig gut erklären könnte. Die Komik lag im Erleben des Moments. Aber als Leni anfing zu lachen, konnte auch Timon nicht anders. Er fiel in ihr Lachen ein und schaffte es nicht mehr, die Kaffeetasse wieder abzustellen, die er, jetzt schon vorsichtiger, nur am Henkel in der Hand gehalten hatte, sondern verschüttete schwarze Flüssigkeit.

Es war ihm superpeinlich. Besonders, weil er gemerkt hatte, wie gut Leni mit ihrer Behinderung klarkam. Gut, sie hatte sich jahrelang weiterentwickelt. Dennoch fühlte Timon sich zu Unrecht behinderter, als Leni es war.

Aber Leni schien seine Verlegenheit gar nicht aufzufallen. Sie ging, noch immer lachend, zum Waschbecken, holte einen

Lappen und wischte mit einer einzigen Bewegung den Kaffee weg.

»Sag es nicht«, wies sie ihn an, als ob sie ihn noch immer gut genug gekannt hätte, um zu wissen, dass er innerlich erneut zu einem Dank ansetzte. Denn genau das hatte er schon getan.

Stattdessen schüttelte er jetzt einfach den Kopf und grinste breit. Sie kannte ihn besser, als ihm lieb war.

Dennoch war Timon noch immer ein Lügner, denn die ganze Wahrheit hatte er Leni nicht gesagt. Obwohl dieses Gespräch der Moment hätte sein können, auf den er seit Jahren wartete, um reinen Tisch zu machen, war er den bequemen, feigen Weg des Schweigens gegangen.

Aber dass sie miteinander gelacht hatten und dass er sie um Entschuldigung gebeten hatte, tröstete er sich selbst, das war doch zumindest ein Anfang.

5. KAPITEL

Leni

Leni tat, was sie immer tat, wenn sie sich beruhigen wollte: Sie kochte. Nur leider war nicht viel da, das verkocht werden konnte. Normalerweise wäre ihr psychischer Zustand ein Grund gewesen, ein Viergangmenü zu zaubern. Stattdessen stellte sie Wasser auf den holzbeheizten Küchenofen und nahm ein weiteres Glas Pesto aus der Speisekammer. Gut, dass sie immerhin davon reichlich eingelagert hatte. Sie fand noch getrocknete Tomaten, die sie in winzige Stücke schnitt, und eine Dose Oliven. Das musste reichen. Morgen in der Frühe gab es vielleicht noch Apfelmus. Der Apfelbaum im Garten ihrer Eltern hatte im letzten Jahr so viele Äpfel getragen, dass die Mutter Unmengen davon eingemacht hatte und ihrer Tochter für die Hütte geschenkt hatte.

Das Nudelwasser blubberte schon. Leni riss die Packung Spaghetti auf und warf die Pasta ins Wasser, dass es nur so spritzte. Einer der kochend heißen Tropfen traf ihren Handrücken, sie zog die Hand reflexartig zurück und rieb sie an ihrer Arbeitshose trocken. Dann gab sie eine großzügige Prise Salz in den Topf.

Sie schnippelte weiter an den eingelegten Tomaten, die längst schon in winzig kleinen Stücken vor ihr auf dem Brett lagen. Trotzdem schnitt sie die Stückchen fast zu Brei, während sie sich das Gespräch mit Timon erneut in allen Details durch den Kopf gehen ließ.

Erstaunlich, dachte sie bei sich, dass Timon ihr Bein nicht aufgefallen war. Ja, sie hatte sich darum bemüht, andererseits war sie sich sicher gewesen, dass es sich bereits herumgesprochen hatte und die Mitschüler einfach nur zu höflich waren, um sie auf ihre Behinderung anzusprechen. Schließlich waren da die Blicke gewesen, die oft verstörend lang auf ihr ruhten und sie ihr Anderssein so deutlich hatten spüren lassen.

Und dann: Timon und sie hatten so viele Nachmittage unter dem Apfelbaum sitzend verbracht, eben diesem Apfelbaum, der im vergangenen Herbst für eine Unmenge eingewecktes Apfelmus gesorgt hatte, dass sie überzeugt gewesen war, ihm sei ihr Bein aufgefallen.

Dass dies nicht der Fall war, hieß doch zumindest, dass er auch auf die Gefahr hin, mit ihr tanzen zu müssen, mit ihr zum Ball hatte gehen wollen, oder?

Aber warum dann Jeremias' seltsame Reaktion, Timons Verlegenheit und schließlich der Moment, wo er ihr gesagt hatte, dass er sie nie wiedersehen wollte – gleich nach dem Kuss, den sie geteilt hatten? Hatte sie so schlecht geküsst?

Guter Gott, der Kuss! Lenis Magen krampfte sich zusammen. Sie gab die musigen Tomaten, das Pesto und die Oliven zusammen in eine Pfanne, rührte sehr energisch um und begann dann damit, die entstehende Soße zu würzen. Chili, viel Chili, entschied sie, war jetzt genau richtig. Sie goss noch einen winzigen Schuss Wein in die Soße. Es war nur eine Nuance, würde den Geschmack der anderen Zutaten aber perfekt ergänzen. Etwas Gemüsebrühe und ein paar getrocknete italienische

Kräuter, außerdem noch eine Messerspitze Zucker, um die Soße abzurunden.

Timon saß draußen am Ofen. Er war mit seinen Verletzungen zu kaum etwas zu gebrauchen, das war ganz klar. Sie erinnerte sich noch ganz genau daran, wie es sich angefühlt hatte, als sie sich an ihre Behinderung noch nicht gewöhnt gehabt hatte und nicht damit umgehen konnte.

Wie er sie angesehen hatte, als sie ihn zu seinem Platz in der Gaststube geführt hatte! Wenn Leni den Blick richtig gedeutet hatte, dann … Nein, diesen Gedanken wollte sie sich gar nicht erlauben.

Ebenso hatte sie gespürt, dass seine Augen ihr folgten, als sie zurück in die Küche ging, um die Pasta zuzubereiten, und … Leni schüttelte den Kopf, um ihn frei zu bekommen und anderen Ideen Platz zu machen.

Sie nahm die Dose mit dem Chilipulver und gab noch etwas davon in die Soße. Das Nudelwasser brodelte wie wild. Leni rührte um. Die Spaghetti würden gleich fertig sein.

Auf dem großen Serviertablett lagen schon Besteck und Servietten bereit. Dazu zwei Gläser, die Flasche Wein, die restlichen Dosenpfirsiche in zwei kleinen Schüsseln. Was Leni eben noch da hatte, würde es geben. Kurz überlegte sie. Kerzen – ja oder nein? Welche Botschaft wollte sie senden? Auf keinen Fall wollte sie die Situation romantisch wirken lassen. Am Ende hatte sie Timons Blicke falsch interpretiert und blamierte sich zu Tode. Wie er es wohl fand, dass sie behindert war? Stieß es ihn ab?

Sie zwang sich, ihre Gedanken nicht mehr in alle Richtungen eskalieren zu lassen.

Sie entschied sich für Teelichter in unauffälligen kleinen Glasbehältnissen. Schließlich war das hier kein Candle-Light-Dinner, sondern eine Notversorgung. Ein wenig Gemütlichkeit war in Ordnung, aber romantisches Ambiente war nicht das, was sie mit der Tischdekoration ausstrahlen wollte.

Leni ging zurück zum Herd, holte mit der Gabel eine Spaghetti heraus und warf sie gegen die Fliesen hinter dem Herd. Sie blieb kleben, also waren die Nudeln gar. Der alte Pasta-Trick ließ Leni wie immer lächeln. Das verblüffte Gesicht von Elsa, als sie Leni zum ersten Mal dabei beobachtet hatte, war unbezahlbar gewesen.

Sie goss die Spaghetti ab und schüttete sie anschließend in die Soße, damit sie den Geschmack noch ein wenig aufnehmen konnten. Dann verteilte sie die Pasta auf zwei Teller und warf noch eine Handvoll gehackte Walnüsse obendrauf. Das war zwar keine klassische Kombination, aber Leni fand es lecker.

Mit dem Tablett in den Händen ging sie hinaus zu dem Tisch, der dem Kachelofen am nächsten war. Timon hatte zwischenzeitlich angefangen zu schnitzen. Er hatte eines der Holzscheite aus dem Korb genommen, saß auf der Ofenbank und ließ Späne in den Korb mit dem Holz fliegen. Es ging kaum etwas daneben. Wie es aussah, war er durchaus geschickt mit dem Messer. Leni hätte zu gern gewusst, was er da anfertigte, aber sie war noch immer zu stolz, um sich für irgendetwas zu interessieren, das Timon machte, auch wenn ein Teil ihrer schweren Geschichte von früher ganz offenbar auf einem Missverständnis beruhte. Schließlich hätte Timon damals zu ihr kommen und nachfragen können, nicht wahr? Stattdessen hatte er sich aus ihrem Leben geschlichen wie ein Dieb. Und genau das war er auch, ein Dieb. Denn er hatte viele ihrer Träume und Hoffnungen einfach mitgehen lassen, als ob sie ihm gehörten.

Ihn hier in ihrer Gaststube sitzen zu sehen, verwirrte Leni noch immer. Sie hatte keine Ahnung, was sie fühlte. Da war so viel, das sie in ihrem Inneren sortieren musste.

Außerdem ließ Timon das Werkstück sofort in seiner schwarzen Handwerkerhose verschwinden, als er Leni auf sich zukommen sah. Diese Art Hosen, das wusste Leni, gehörten zur Kluft der Wandergesellen. Vielleicht war sie ein Überbleibsel vergangener Tage.

Leni stellte das Tablett ab. Eines der Weingläser fiel klirrend um, blieb aber zum Glück heil.

»Schaffst du es bis hierher?«, fragte Leni Timon und begann aufzudecken. Sie stellte die Teelichter auf den Tisch, beschloss aber, sie doch nicht anzuzünden.

Timon steckte sein Messer zu seinem Schnitzwerk in die Hosentasche. »Klar. Ich komme.«

Er stand auf, ganz vorsichtig, und langte nach seinen Krücken. Noch immer wirkte er recht hilflos und ungeschickt. Das hätte ihnen gerade noch gefehlt, dass Timon das Gleichgewicht verlor, hinfiel und sich am Ende noch mehr verletzte.

»Warte.« Widerstrebend ging Leni die paar Schritte zu ihm hinüber. »Bleib mal stehen und schau mir zu.«

Sie nahm ihm die Krücken ab und hob ihr Bein mit der Prothese an. »So, schau. Du stellst beide Krücken ein Stück vor dir auf den Boden, nicht zu weit weg von deinem Körper, sondern so, dass du dein Gewicht leicht nach vorne verlagern kannst, direkt auf die Gehhilfen. Dann setzt du das verletzte Bein auf, aber belastest es kaum oder gar nicht und kommst mit dem gesunden Bein nach.«

Routiniert machte Leni ein paar Schritte durch den Raum, kehrte dann zurück und hielt Timon die Krücken hin.

»Okay, ja. Sieht eigentlich ganz leicht aus.«

»Ist auch nicht so schwierig, das schaffst du schon. Man muss nur etwas üben.« Leni stellte sich vor Timon, wie der Physiotherapeut in der Klinik sich damals vor sie gestellt hatte, bereit, einen Sturz abzufangen.

»Geht schon«, sprach Timon sich selbst Mut zu, dann positionierte er die Krücken energisch vor sich auf den Boden und bevor Leni etwas sagen konnte, verlagerte er auch schon sein Gewicht nach vorne. Aber der Winkel stimmte nicht ganz, Leni sah es kommen. Und Timon rutschte weg. Er verlor den Halt und Leni trat einen Schritt nach vorne. Ihre Hände legten sich an seine Brust, stemmten sich quasi gegen Timon und er fand sein Gleichgewicht wieder.

»Geht es?« Leni spürte seine Brust unter ihren Händen, sie spürte seine Muskeln, die sich in Erwartung eines Sturzes verhärtet hatten. Timon nickte, und endlich konnte sie loslassen.

Aber es blieb ein Pochen in ihren Fingern, ein Kitzeln, ein Unruhegefühl. Obwohl sie Timon nicht mehr berührte, spürten ihre Hände ihn noch.

»Lass uns mal was essen, bevor wir einen weiteren Versuch starten, die Pasta wird sonst kalt«, befahl Leni und Timon nickte bereitwillig. Wenn auch er einen Verlegenheitsmoment gespürt hatte, ließ er es Leni nicht wissen. Sein Gesicht verriet ihn nicht. Er ging kein Risiko mit den Krücken mehr ein, sondern hüpfte auf dem gesunden Bein zum Tisch und setzte sich.

»Wow. Ich dachte, du hast nichts im Haus. Ich finde, dafür sieht das großartig aus.«

»Dann hast du wenig Ahnung vom Kochen«, gab Leni zurück, die das Lob insgeheim freute.

»Zugegeben.« Timon lachte. »Aber ich bin ganz sicher, dass die Pasta superlecker schmeckt. Ich liebe Walnüsse!«

Er ließ sich auf einen Stuhl fallen wie ein Stein. Dann begann er, eine der roten Servietten, die Leni mitgebracht hatte, zu falten. Sie runzelte die Stirn, legte Besteck an beide Plätze, nahm die Weinflasche und goss sowohl sich selbst als auch Timon Weißwein ein.

»Hier, für dich.« Er war zwischenzeitlich mit der ersten Serviette fertig geworden und legte sie an Lenis Platz. Eine Rose! Er hatte tatsächlich eine Rose aus der Serviette gefaltet. Sie war ihm perfekt gelungen.

»Wo hast du das denn gelernt?«, fragte sie, um über die Verlegenheit, die sie spürte, hinwegzutäuschen.

»Ach, auf der Walz lernt man so einiges, weißt du?« Er faltete jetzt seine eigene Serviette. Leni folgte den Bewegungen seiner Finger. Geschickt und zielstrebig führten sie jede Bewegung aus, bis am Ende ein Schmetterling entstanden war. Wie schon beim Gehen mit den Krücken ließ sich Timon auch beim Serviettenfalten nicht von seiner kleinen Handverletzung beeinträchtigen. Er schien sie gar nicht mehr zu spüren.

»Na, das war sicher eine aufregende Zeit.« Leni setzte sich und griff nach ihrer Gabel.

»Das war es wohl, ja. Ich habe alle möglichen Jobs gemacht. Unter anderem eben auch in der Gastronomie. Seitdem beherrsche ich alle möglichen Serviettenfalttechniken.« Timon langte ebenfalls nach seiner Gabel. Eine große Portion Pasta wanderte in seinen Mund. Er kaute, bekam große Augen, schluckte und nahm einen großen Schluck Wein, wartete eine Sekunde, nahm dann noch einen. Sein Glas war fast leer. Offenbar lernte man auf der Walz auch, maßlos zu trinken, dachte Leni. Dann führte sie selbst die erste Gabel zum Mund und wusste augenblicklich, dass Timon nicht der Wein so köstlich schmeckte, sondern dass die Pasta im Mund brannte wie Feuer.

»O Gott!«, brachte sie nur hervor, nachdem sie geschluckt hatte. Dann nahm auch sie selbst einen großzügigen Schluck vom Weißwein.

»Schmeckt wunderbar.« Timon hatte schon den nächsten Bissen im Mund, drum waren seine Worte kaum mehr als ein Nuscheln.

»Grauenvoll, einfach grauenvoll«, entgegnete Leni und stand auf. Sie brauchten Wasser, so viel war klar. »Ich hol mehr zu trinken.«

»Nun lass doch«, beschwichtigte Timon. Ihm stand schon der Schweiß auf der Stirn, aber seine Gabel war schon wieder wohlgefüllt. »Ich esse gern mal ein wenig schärfer. Außerdem schwitze ich eh schon, weil ich viel zu nah am Feuer gesessen habe.«

Ein *wenig* schärfer – das war die Untertreibung des Jahrhunderts! Nie zuvor hatte Leni sich so verwürzt wie bei diesem Nudelgericht, das so scharf war, als käme es direkt aus der Hölle.

»Bist du sicher, dass du nicht verbrennst, wenn du das isst?« Leni war sich nicht sicher, ob sie selbst einen weiteren Bissen runterkriegen würde. Sie schenkte daher erst mal Wein nach.

»Sehr sicher. Es ist großartig. Da sind getrocknete Tomaten mit drin, oder?« Er lächelte. Tatsächlich hatte er in fast schon unglaublichem Tempo bereits die erste Hälfte seiner Portion aufgegessen, während sich sein Gesicht immer röter färbte. Immer wieder nahm er kräftige Schlucke Wein zwischen den Bissen. Leni konnte es ihm auf keinen Fall verübeln. Sie pickte eine Gabel voll Walnüsse von ihrer Pasta und steckte sie sich in den Mund. Die waren wenigstens nicht scharf.

Sie hatte eh keinen richtigen Hunger, redete sie sich ein und nippte erneut an ihrem Wein.

»Ja, da sind getrocknete Tomaten drin. Und Chili. Also nur, falls es dir nicht aufgefallen sein sollte.« Ihre Mundwinkel zuckten leicht.

»Echt?« Timon grinste breit. Mittlerweile war seine Stirn von einem dicken Schweißfilm bedeckt.

»Doch, ja. Wirklich. Nur so viel, dass es reicht, um mal ein *wenig* schärfer zu essen.« Leni versuchte vergeblich, ernst zu bleiben. Das Lachen platzte einfach aus ihr heraus.

»Jetzt, wo du es sagst, merke ich es auch.« Timon begann ebenfalls, leise zu lachen. Er griff nach der Weinflasche und schenkte sowohl sein Glas als auch das von Leni erneut randvoll.

»Auf dich, Leni. Vielen Dank für alles.« Er hob sein Glas.

»Fängst du jetzt wieder damit an, dich zu bedanken?« Leni lachte noch immer.

»Nein!« Timon fühlte sich sichtlich von Leni ertappt und legte die Hand vor seinen Mund, in gespieltem Entsetzen.

»Prost!« Leni stieß ihr Glas gegen das seine. Etwas Wein schwappte über, aber das machte nichts. Dann nahm sie einen Schluck des erfrischenden Veltliners. Ihr Mund brannte noch immer wie Feuer.

* * *

Timon

Er spürte die Wirkung des Alkohols. Die Stimmung zwischen ihm und Leni hatte sich gelockert, obwohl sein Mund samt Kehle wie Feuer brannte. Aber das war es wert. Außerdem aß er tatsächlich gern scharf, das passte also. Allerdings war die feurige Currywurst, die er bei Curry & Chili in Berlin gegessen hatte, nicht schärfer gewesen als Lenis Pasta-Kreation, die ihn so ordentlich ins Schwitzen brachte.

Einstweilen saß Leni ihm gegenüber, die Wangen vom Lachen und der Schärfe des Nudelgerichts gerötet. Der Kachelofen verbreitete obendrein noch eine ordentliche Hitze, sodass sich alles, innen wie außen, warm und weich anfühlte. Leni hatte die Träger ihrer Arbeits-Latzhose aufgemacht und das enge T-Shirt, das sie darunter trug, verriet, dass sie auf weitere Kleidungsstücke – sprich: einen BH – verzichtet hatte. Timon kostete es ordentlich Anstrengung, seine Augen nicht immer wieder genau dorthin wandern zu lassen. Aus dem Schulmädchen von früher war eine wunderschöne Frau geworden. Hohe Wangenknochen, ein Lächeln, das ihre Augen einschloss, Lachfältchen, die sich irgendwann, wenn sie mal älter wäre, in ihre Haut graben würden, jetzt aber nur auftauchten, während sie lachte. Er hatte sich zuvor schon dabei ertappt, dass er sie lachen sehen wollte, nur um kurz diese Fältchen zu sehen – und das Strahlen in ihren Augen. Augen, die

Timons Meinung nach viel besser ans Meer gepasst hätten, denn sie hatten die Farbe der Nordsee an einem Sonnentag. Sie blau zu nennen, wäre die Untertreibung des Jahrhunderts gewesen. Die Augen waren meerfarben – früher war ihm das nicht klar gewesen –, und er selbst noch immer in Leni verliebt. Es war nicht schwer, sich das einzugestehen, dafür war sein Gefühl viel zu dominant.

»Wo warst du dann überall als wandernder Handwerker?«, fragte Leni und griff damit das Thema wieder auf.

»Ach, überall. Ich bin durch ganz Deutschland getingelt. Wir dürfen ja kein Geld fürs Reisen ausgeben, drum muss man sich manchmal danach richten, wo einen die nächste Mitfahrgelegenheit hinführt.« Timon zuckte mit den Schultern.

»Verstehe. Und hast du dann meist als Schreiner gearbeitet?«

»Das war ganz unterschiedlich. Ich habe sogar in der Gastronomie ausgeholfen, war auf einer Hallig, habe in einer Pflasterei mit angepackt oder bei der Renovierung eines alten Bauernhofs. Da war ich ziemlich lange. Ich hab sogar was über Lüftlmalerei gelernt, du weißt schon, diese kunstvollen Verzierungen, die man über manchen Fenstern hier in der Gegend sieht.«

Leni nickte. »Fassadenmalereien, schon klar.«

»Ja, entschuldige. Natürlich weißt du, was das ist. Schließlich wohnst du in der Nähe von Oberammergau.« Er ließ echt kein Fettnäpfchen aus. Jetzt dachte sie sicher, er halte sie für eine Idiotin, was er auf keinen Fall tat, im Gegenteil. Warum war Kommunikation überhaupt so kompliziert? Die Frage schoss ihm ganz plötzlich durch den Kopf und er wollte sie schon laut stellen, aber Leni kam ihm zuvor.

»Sicher weiß das nicht jeder«, beschwichtigte sie Timon, als könnte sie seine Befürchtungen von seinem Gesicht ablesen und vielleicht konnte sie das ja auch. »Erzähl mir mal lieber, was dein interessantestes Erlebnis unterwegs war.«

»Hm.« Timon dachte nach. Es hatte schon spannende Erlebnisse auf der Reise gegeben. »Oh, ich weiß was.«

»Erzähl!«

»Ich habe eine Nacht auf einer Polizeiwache in Brandenburg verbracht.«

»Wie bitte?«

»Das gehört dazu. Man darf als Wandergeselle darum bitten, in der Arrestzelle schlafen zu dürfen. Wir Gesellen dürfen auch kein Geld fürs Schlafen ausgeben, weißt du?«

»Und dann hast du dich einsperren lassen?« Leni machte große Augen.

»Sozusagen. Allerdings kam dann irgendwann kurz nach Mitternacht ein schwer Betrunkener dazu und da hat eine Polizeibeamtin, die in dieser Nacht Dienst hatte, mich mit zu sich nach Hause genommen.«

Leni starrte Timon noch immer an.

Er verdrehte die Augen. »Nicht, was du denkst.«

»Du weißt ja gar nicht, was ich denke.« Leni klang leicht gereizt.

»Nein, das stimmt natürlich.«

»Außerdem kannst du tun und lassen, was du willst.«

Timon überlegte, wie er das schwierige Terrain umschiffen sollte. Hätte er doch eine andere Geschichte erzählt! Zum Beispiel die, wo ein Geselle, mit dem er eine Zeit lang gereist war, auf Husum überraschend geheiratet hatte und dortgeblieben war. Oder von dem Bauern, der sich mit seiner Hilfe einen Warriorground in die Scheune hatte bauen lassen. Nein, er hatte mit einer Frauengeschichte angefangen, die gar keine gewesen war.

»Ich mochte den Dackel.«

»Wie bitte?«

»Die Polizistin hatte einen alten Dackel namens Perle. Total süß. Und es war so ein klassisches Paar, wo die Hundehalterin genau wie der Hund aussieht. Das ist doch oft so, dass man Hunde perfekt ihren Haltern zuordnen kann.«

Leni lachte und trank noch einen Schluck Wein. »Die Polizistin hat ausgesehen wie ein alter Dackel?«

»Na ja – ja. Aber ich war in erster Linie froh, dass ihr Sofa so lang war, dass ich mit ausgestreckten Beinen darauf nächtigen konnte. Da hatte ich deutlich schlechtere Schlafplätze in meinen Wanderjahren.«

Er erzählte von dem Heuschober in Schleswig, der Bank in der Lüneburger Heide, der alten Fischerhütte, wo er nachts von einem Pärchen, das ein einsames Plätzchen gesucht hatte, aufgeschreckt wurde. Einmal hatte er sogar vor einem großen Kaufhaus gepennt, übergangsweise zwischen zwei Arbeitsplätzen. Es war sicher nicht seine angenehmste Nacht gewesen.

»Aber ich habe viel gelernt in der Zeit und schätze jetzt umso mehr, wie gut es mir geht.«

»Das kann ich mir vorstellen.« Leni hatte Timon ganz aufmerksam zugehört, den Kopf in die Hand gestützt.

»Ja, es sind die kleinen Dinge, die das Leben schön machen. Ein Dach über dem Kopf, genug Essen, so was.«

Timon hätte für immer hier mit Leni am Tisch sitzen und Wein trinken können, während draußen nach wie vor der Sturm tobte, an den Fensterläden rüttelte und sie hier gefangen hielt. Jetzt krachten dicke Regentropfen gegen die Fenster und man wollte sich gar nicht vorstellen, wie es gewesen wäre, draußen zu sein.

»Eigentlich haben wir es ja ganz gemütlich«, meinte Leni und sprach damit Timons Gedanken aus. Sie waren bei der zweiten Flasche Wein, die Leni aus der Küche geholt hatte. Sie war noch gut zur Hälfte gefüllt. Mehr wollte Timon auf gar keinen Fall trinken, das hier war sein letztes Glas, nahm er sich vor. Er hatte gesehen, dass das Feuer runtergebrannt war und die

Glut im Kachelofen langsam weniger wurde. Vorsichtig stand er auf und versuchte, sein wundes Bein ein wenig zu belasten. Zu seiner Überraschung ging es ein wenig leichter als zuvor.

»Bleib sitzen, ich geh schon.«

»Ne, ich muss eh mal auf die Toilette.« Timon konnte das Gleichgewicht erstaunlich gut halten, fand er selbst, als er beherzt nach seinen Krücken griff.

»Soll ich dir noch mal zeigen, wie es geht?«

»Damit ich dir wieder in die Arme fallen kann?« Er grinste verschmitzt. Oh, da sprach der Wein, aus jedem seiner Worte. Timon ermahnte sich zur Vorsicht. Schon einmal hatte der Alkohol ihm böse mitgespielt und eigentlich trank er seitdem keinen mehr, nie, zu keinem Zeitpunkt. Das alkoholfreie Radler war das einzige bierverwandte Getränk, das er zu sich nahm. Doch als Leni mit dem Wein aus der Küche gekommen war, hatte er keine Extrawünsche äußern wollen.

»Genau das sollst du ja eben *nicht* tun. Du hast da offenbar etwas falsch verstanden.«

Nie hätte Timon gedacht, dass sie noch einmal in ihrem Leben so locker und gelöst miteinander umgehen würden – auch wenn sicher der Wein dabei eine Rolle spielte.

Beherzt setzte er die Krücken auf und schaffte einen ersten Schritt. »Oder vielleicht habe ich es leider doch noch kapiert.«

»Leider?« Leni hob die Augenbrauen.

»Na klar leider.« Er machte einen weiteren Schritt. »Ich hätte nichts dagegen, noch mal von dir aufgefangen zu werden.«

* * *

Leni

Ihr Herz klopfte bis zum Hals. Vielleicht, weil sie auf der Tanzfläche war, vielleicht, weil sie spürte, dass die Luft zwischen ihr und Timon sich zunehmend elektrisch aufgeladen hatte und kurz vorm Kochen schien, vielleicht, weil er zuvor unter dem Tisch, für alle unsichtbar, zart ihren Handrücken gestreichelt hatte. Wie lange kannten sie sich nun? Deutlich über ein halbes Jahr. Er war ihr erster und ihr letzter Gedanke des Tages, Timon, immer wieder Timon. So lange versuchte sie sich schon einzureden, sie seien nichts weiter als Freunde, nur Freunde, und das werde auch so bleiben. Sie hatte es sich schon fast geglaubt – und jetzt das. Timon, der aufgestanden war, ganz energisch plötzlich, als die Musik langsamer wurde, und sie zur Tanzfläche zog, während seine Freunde, von der Schnulze genervt, hinausgingen zum Rauchen.

Seine Hände auf ihren Hüften, die Lichter der Discokugel, die sie beide immer wieder streiften, Leni selbst, die ihren Blick nicht von Timon abwenden konnte. Wie er sich sanft mit ihr wiegte, schließlich seine Stirn gegen ihre gelehnt, Haut an Haut, weit weg von »nur Freunde«, so weit weg. Und Leni, die nicht wusste, was sie mit ihren Händen tun sollte. Auf seine Schultern legen? Um seinen Hals schlingen? Und sich schließlich entschied, es ihm nachzumachen, und sie um seine Taille legte. Sie konnte ihn riechen, so nah war er. Pfefferminzkaugummi und ein herbes Aftershave, die vertrauten Gerüche, die ihn begleiteten. Er roch so gut für Leni, so vertraut, dass sie die Minze schmecken wollte. Näher, noch näher wollte sie Timon kommen.

Er hob den Kopf, schaute ihr in die Augen. Dann beugte er sich leicht zur Seite und küsste ihren Hals, es war kaum mehr als eine sanfte Lippenberührung, aber Lenis Arme überzogen sich schlagartig mit Gänsehaut. Sie standen jetzt still, obwohl das Lied noch nicht zu Ende war. Timon schien Leni mit seinen Lippen zu streicheln, wanderte mit ihnen langsam in Richtung ihrer Wange hinauf, während er gleichzeitig mit den Händen ihren Rücken streichelte. Wo der weite Rückenausschnitt Lenis nackte Haut aussparte, strich er ihre Wirbelsäule entlang nach oben bis in Höhe ihrer Schulterblätter und wieder zurück.

Leni wollte alles in sich aufnehmen, wollte es festhalten, wollte, dass dieser Augenblick niemals, nie, nie, nie vorüberging. Es war so schön, von Timon berührt zu werden. Sein zartes Streicheln berührte nicht nur ihren Körper, sondern floss direkt in ihre Seele. Nie hatte jemand sie so sehr gesehen, wie Timon sie in diesem Moment mit seinen Händen wahrnahm, das spürte Leni genau. Das machte sie für diesen einen Augenblick zur schönsten Frau des Universums. Timon tanzte mit ihr! Timon streichelte sie! Und alle konnten es sehen. Er schämte sich nicht für sie. Reines Glück durchströmte sie, als Timons Lippen schließlich ihren Mundwinkel erreichten und Leni vorsichtig küssten, ganz sanft auch jetzt, vorsichtig, jederzeit bereit, einen Rückzieher zu machen, falls Leni ihm ein entsprechendes Signal geben sollte. So fühlte es sich jedenfalls an. Genau deshalb wollte Leni ihn auch küssen, deshalb gab es keinen Zweifel, dass sie das Richtige tat.

»Ich küsse Timon, ich küsse Timon, ich küsse Timon!«, schrie es in ihrem Kopf – und genau das tat sie. Sie schmeckte Pfefferminze, als ihre Zungenspitze vorsichtig seine Unterlippe berührte, ihre Zungenspitzen ertasteten einander, keine Sekunde lang, dann zogen sie sich zurück, fanden einander wieder und ihre Münder schienen den Tanz wiederaufzunehmen, den ihre Körper beendet hatten. Sie standen da, mitten auf der Tanzfläche, und es war schön. Es war so, so schön, geküsst zu werden und zurückzuküssen. Das hier, da war Leni sicher, war der glücklichste Moment in ihrem ganzen Leben.

Sekunden später aber war dieser Moment ein für alle Mal vorbei und sollte nie wiederkehren.

* * *

Leni

Hatte Timon da gerade tatsächlich mit ihr geflirtet? Leni fragte sich, wie sie so viel Dreistigkeit überhaupt finden sollte. War das Mut oder Ignoranz?

»Pass du mal besser auf, dass ich dich nicht fallen lasse«, erwiderte sie, froh darüber, in ihrer Zeit als Wirtin ihre Schlagfertigkeit bedeutend erhöht zu haben. So oft galt es, Gästen Paroli zu bieten, besonders, wenn sie ein paar Bier zu viel getrunken hatten. Manchmal kam auch der Stammtisch der Landjugend herauf oder ein paar junge Männer aus dem Trachtenverein machten einen Ausflug. Erfahrungsgemäß floss dann schon mal eine Maß Bier mehr und die Sprüche wurden derber, je weiter der Alkoholpegel stieg.

Timon humpelte einen weiteren Schritt vorwärts. Er stellte sich jetzt wirklich ganz gut an, trotz des Weins. »Siehst du, ich kann es auch allein«, sagte er mit einem gewissen Stolz.

»Eben. Und im Tal gibt es dann bestimmt genug Frauen, die dich mit Handkuss nehmen.« Leni brauchte Distanz. Sie brauchte Distanz, weil sie sich viel zu gut an Timons Nähe erinnerte. Ob seine Küsse wohl noch immer nach Pfefferminze schmeckten?

Er war beim Kachelofen angekommen und hatte die Krücken umständlich auf der Ofenbank platziert.

»Wenn ich mich nehmen lasse«, sagte er und öffnete die Klappe des Kachelofens, um einen großen Holzscheit hineinzuwerfen. Ein paar Funken stoben in die Luft.

Leni zuckte mit den Schultern. »Na, das liegt ja dann bei dir.«

Timon richtete sich auf. Er balancierte mit der Zehenspitze des wehen Fußes, verlagerte sein Hauptgewicht aber natürlich auf das andere Bein.

»Ich bin damals nicht gern gegangen. Du weißt schon, beim Abschlussball.« Timon schaute zu Leni.

»Warum hast du es dann gemacht? Noch dazu, wo du gar nichts von meinem Bein wusstest?« Leni verstand ihn nicht.

»Ich musste einfach weg.« Er hob die Arme zu einer hilflosen Geste, im Kachelofen knackte das brennende Holz laut.

»War das dann so ein Freiheitsdings?« Das hätte Sinn ergeben, fand Leni. Schließlich hatte sich Timon in den letzten Jahren in ganz Deutschland herumgetrieben. »Oder küsse ich so schlecht?« Da war es wieder, das Teufelchen auf ihrer Schulter, das die Schuld für sein Verschwinden jahrelang bei ihr selbst gesucht hatte, ihre Behinderung oder auch wahlweise ihr Gesicht dafür verantwortlich gemacht hatte, dass Timon sie beim Ball sitzenließ – direkt nach einem Kuss.

In Timons Gesicht zeigten sich einander widersprechende Emotionen. Leni sah ihm förmlich an, wie er nach einer Erklärung suchte – vergeblich. Vielleicht wollte er sie auch nicht finden, das war genauso gut möglich, dachte Leni voller Bitterkeit.

»Du küsst wundervoll, aber …«, sagte Timon schließlich und blickte zu Boden. Er konnte nicht sehen, wie Leni rot wurde. Aber sicherheitshalber begann sie dennoch, die Teller zurück auf das Tablett zu stellen. Es hatte einen Grund, dass sie nie Pfefferminzkaugummis aß.

Sie hörte Timon zurück zum Tisch humpeln.

»Jetzt wäre genau der richtige Moment für Orangensaft mit Vanilleeis. Weißt du noch?«

Ja, sie wusste noch. Unter dem Apfelbaum, so kam es ihr vor, waren sie das ganze Frühjahr über miteinander gesessen und hatten sanfte Engel getrunken, über Bücher diskutiert und miteinander gelacht. Seitdem hatte sie es mit sanftem Engel wie mit Pfefferminzkaugummis gehalten.

»Ich hab die Zutaten nicht da. Der Heli kommt morgen, wenn das Wetter mitspielt, was ich schwerstens hoffe.« Dann würde er auch Timon mit ins Tal nehmen können, aber das sagte sie nicht laut.

»Komm, setz dich mal. Ich hab da eine Idee.« Timon zeigte auf Lenis Platz und ließ sich auf seinen Stuhl fallen, jetzt schon viel geübter als zuvor.

»Was hast du vor?«

»Schau mal, hier hab ich dein Glas.« Er reichte ihr – nichts. Und dazu grinste er verschmitzt.

»Warte, ich gieße dir den Saft ein. Ich hab sogar Sahne, sie steht gleich hier drüben, neben den Trinkhalmen.« Er zeigte auf eine leere Stelle auf dem Tisch. Dann tat er so, als würde er Saft aus einer imaginären Flasche eingießen.

»Das Vanilleeis habe ich selbst gemacht. Das wirst du gleich schmecken – es ist köstlich geworden.«

»Aha.« Irgendwie fand Leni seine Idee witzig. Immerhin hatte er Fantasie. »Hast du auch weiße Schokostreusel?«

»Klar.« Er wedelte mit einer Hand in der Luft. »Hier ist die Tüte.«

»Spitze.« Tatsächlich konnte Leni das leckere Getränk schon schmecken. »Ich könnte in der Küche auch noch was zum Knabbern dazu holen.«

»Warum in die Ferne schweifen, wenn hier schon eine Tüte Chips liegt?« Er zeigte wieder auf den leeren Tisch. Dann nahm er die Tüte, die es nicht gab, zur Hand. »Sieh einer an, Paprika! Das ist das gute Zeug, da haben wir Glück.«

Mit Verschwörerblick holte er die Schachtel Zündhölzer aus der Hosentasche, die Leni im Holzkorb beim Kachelofen lagerte, und von denen er ein Päckchen eingesteckt hatte. »Und richtiges Kerzenlicht haben wir gleich auch noch.«

Er entnahm dem Schächtelchen eines der Hölzer und entzündete damit die Teelichter, die bis jetzt auf dem Tisch gestanden waren, ohne zu brennen.

Irgendwie fand sie süß, wie er sich anstrengte und aus Dingen, die nur in seiner Fantasie existierten, eine schöne Atmosphäre zauberte – wenn man mal von den drei Flämmchen absah, die jetzt mit ihrem Licht für eine Prise Romantik sorgten.

Er nahm sein nicht existierendes Glas und formte mit den Lippen ein winziges O, als würde er einen Trinkhalm in den Mund nehmen. »Köstlich! Du musst unbedingt auch probieren.«

»Eigentlich wäre eine heiße Schokolade für das Wetter draußen viel passender.« Leni wollte nicht, dass ihr seine Fantasie imponierte. Sie wollte überhaupt nicht, dass ihr irgendwas an ihm gefiel. Sie wollte die schöne Stimmung, die auch sie spürte, nicht.

Aber Timon war ein sturer Brocken. Er schnippte mit den Fingern. »Hiermit ist dein sanfter Engel zu einer herrlichen heißen Schoki mit Sahne und dunklen Streuseln geworden.«

»Pft.« Leni würde sich nicht so kindisch benehmen und aus einer imaginären Tasse trinken.

»Na los, probiere sie wenigstens. Ich hab sie ganz liebevoll zubereitet.«

Leni rollte mit den Augen, sehr bemüht um den Gesichtsausdruck eines genervten Teenies, der für derlei Albernheiten nichts übrig hatte. Auch wenn das gar nicht stimmte, denn am liebsten hätte sie ihm noch ein erfundenes Himbeertiramisu neben den sanften Engel gestellt – nach ihrem Geheimrezept gefertigt. Aber nein, so weit würde sie es nicht kommen lassen!

»Leni, bitte! Der guten alten Zeiten willen.« Sein flehender Blick glich dem eines Hundewelpen.

Sie seufzte und verdrehte die Augen erneut, um ihm sehr klar zu vermitteln, dass sie eigentlich überhaupt nichts für seine Idee übrighatte. »Na gut, ist ja eigentlich auch egal.«

Ihre Hände schlossen sich um die nicht existierende Tasse. »Ist ganz schön heiß«, sagte sie und pustete.

»Oh, nimm noch einen Marshmallow«, riet Timon und warf die imaginäre Schaumgummisüßigkeit zwischen Lenis Hände. Jetzt endlich konnte sie nicht mehr anders, als zu kichern. Das alles war so absurd und zugleich so schön, dass sie gar nicht anders konnte, als zu lachen. Auch Timon nahm einen weiteren Schluck seines nicht vorhandenen Getränks, machte dicke Backen und schluckte. »Köstlich, einfach köstlich!«

Leni tat, als würde sie die Tasse wieder abstellen, dann wischte sie sich mit ihrer Rosen-Serviette über den Mund.

Timon beugte sich über den Tisch hinweg in Lenis Richtung und sein Gesicht zeigte eine Art heiligen Ernst. »Hiermit frage ich dich, Leni, hast du ›Mittsommernächte‹ gelesen?«

6. Kapitel

Timon

Timon hätte ein Vermögen dafür bezahlt, Leni glücklich zu machen. Ihr jetzt ins Gesicht zu sehen, während sie über »Mittsommernächte« sprach, ein Buch, bei dem er an sie hatte denken müssen, während er es gelesen hatte, war ein unbeschreiblich schönes Gefühl. Ihren Eifer, ihre Leidenschaft für solch ein Buch zu sehen – genau deshalb hatte er sich damals in sie verliebt. Sie las Dinge zwischen den Zeilen, die niemand sonst wahrnahm und die ihm Aha-Erlebnisse bescherten. Auch bei »Mittsommernächte« hatte sie die Beziehung zwischen den beiden Protagonisten ganz anders interpretiert, als er es getan hatte, und so seinen Blick auf das Buch noch mal verändert.

Er fühlte sich wunderbar wohl, obwohl sein Fuß noch immer pochte. Leni redete mit den Händen, erzählte, betonte Aussagen, indem sie wild gestikulierte, und Timon lehnte sich zurück, nickte, hörte zu, spürte sich lächeln. Der innere Friede, den er empfand, tat ihm wahnsinnig gut.

Timon griff nach der Weinflasche und schenkte sich nach. Dann schenkte er auch Leni ohne zu fragen noch mal ein und sie nahm ebenfalls einen kräftigen Schluck. Das viele Reden musste ihr Durst gemacht haben und von imaginärer heißer Schokolade wurde der nicht gestillt.

»Sag, stehst du eigentlich eher auf Männer?« Lenis Frage kam aus so heiterem Himmel, dass Timon sie zunächst gar nicht einordnen konnte.

»Wie bitte?« Er war so damit beschäftigt gewesen, Leni zu betrachten, dass er überhaupt nicht mit einem Themawechsel gerechnet hatte.

»Ich dachte, du bist vielleicht schwul.« Da war es wieder, das Schulterzucken, das so typisch für Leni war.

»Äh, nein.«

»Du warst so dicke mit Jeremy, da dachte ich …«

»Auf keinen Fall!« Oh, Timon verstand, was sie sich da zusammenreimte. Er hatte zuvor gesagt, er habe kein Interesse an einer Beziehung mit einer Frau, und nach ihrem gemeinsamen Kuss war er aus Lenis Leben verschwunden – auf Nimmerwiedersehen. Aber er war nicht schwul, er war einfach nur ein Feigling, der nicht zu sich selbst stehen konnte.

»Also – nicht dass ich es schlimm fände, schwul zu sein, gar nicht. Das ist mir herzlich egal. Aber ich mag Frauen.« Besonders eine, noch immer, und das, obwohl er so viel räumliche Distanz zwischen sich und Leni gebracht hatte. Es hatte nicht geholfen. Jetzt, miteinander am Tisch, fühlte er sich wohler als in jeder Handwerkerrunde auf der Walz, an jedem Esstisch, an den er eingeladen worden war. Jetzt, als er ihr gegenübersaß, wusste er, dass er auf Wanderschaft vergeblich nach einem Ort gesucht hatte, an dem er zu sich selbst finden konnte. Sein Platz war genau hier. Beziehungsweise konnte er es sein, aber nur, korrigierte er sich, wenn es ihm gelang, seinen Platz in Lenis Leben zurückzubekommen.

»Ich wünschte, ich könnte die Zeit zurückdrehen«, sagte Timon plötzlich. Er hatte gar nicht gemerkt, dass ihm die Worte laut über die Lippen gekommen waren. Erst Lenis verständnisloser Blick verriet es ihm. Aber vielleicht, dachte Timon, war jetzt auch der richtige Moment, um sich – sprichwörtlich – auszuziehen.

»Ich würde zu gern noch mal mit dir tanzen. Ich würde alles anders machen, weißt du. Ich würde mich nicht wie der gottverdammte Feigling aufführen, der ich damals war.«

»Tatsächlich?«

»Ja, tatsächlich. Ich habe dir damals nicht mal gesagt, wie gut du ausgesehen hast in deinem Kleid. Dabei war es wie ein Wunder, als ich dich sah. Hättest du ein Brautkleid getragen, du hättest nicht hübscher aussehen können.«

»Ach, Timon!« Ihre Augen füllten sich mit Tränen.

Er wünschte, er hätte sie einfach von ihren Wangen wischen können, aber Leni nutzte bereits ihre Fäuste dazu. Die Geste war hart, fast brutal. Er hätte so gern ihre Hände öffnen wollen, jede Fingerspitze küssen. Stattdessen saß er ihr hilflos gegenüber.

»Du hast mich so verletzt damals.« Leni presste die Worte hervor und Timon konnte nur nicken.

»Ich weiß.« Sein Ton ein Flüstern, eindringlich und hilflos zugleich.

Er legte einem inneren Impuls folgend seine Hand auf den Tisch, die Handfläche nach oben, und schob sie langsam zu Leni hinüber. Er war ein körperlicher Mensch.

Erneut wanderten die Fäuste über Lenis Gesicht, wischten Tränen von ihren Wangen. Dann hörte er sie tief Atem holen. Sie starrte seine Hand an, die sich immer weiter in ihre Richtung schob. Timon war sich sicher, sie würde ihn zurückweisen, sie würde seine dargebotene Verletzlichkeit nutzen und ihn verlachen.

Aber dann legte sie ihre Fäuste auf den Tisch. Ihre Knöchel standen weiß hervor, so sehr hatten sich ihre Fingernägel in die Handflächen gegraben. Sie ließ ihren Blick zu ihren eigenen Händen wandern, als ob es einen Befehl ihrer Augen bräuchte, um die Fäuste zu öffnen. Dann tat sie es, ganz langsam, Bewegungen in Zeitlupe. Ruhig lagen ihre Hände jetzt vor ihr auf dem Tisch, während Timon seine Hand noch immer in ihre Richtung wandern ließ, bis sich die Spitzen ihrer Mittelfinger berührten. Er verharrte, wartete darauf, dass sie ihre Hand zurückzog, aber sie tat es nicht. Es war nur eine ganz kleine Berührung. Timon erhöhte den Druck, aber nur ein wenig. Er wünschte, er hätte unter ihre Hand schlüpfen können, sodass sie gemeinsam eine Muschel bildeten. Er verharrte still und sprachlos. Alleine ihre Fingerspitze zu berühren war so viel. Er war sich der Besonderheit des Augenblicks so sehr bewusst, als würde er den Moment bis ins kleinste Detail durch eine Lupe betrachten.

* * *

Timon

Alle hatten den Saal verlassen, endlich! Jeremy, Kolia, Bert, Micha und Robin, die ganze Clique. Timon atmete auf. Endlich hatte er nicht mehr das Gefühl, unter Beobachtung zu stehen, sondern wurde in Ruhe gelassen. Die ständigen Blicke der Jungs, die eindeutig in seine und Lenis Richtung gingen und die er sich am liebsten verboten hätte – wenn ihm die Anerkennung der Jungs nicht so wichtig gewesen wäre. Er war ein Außenseiter gewesen, viel zu lang, bis Jeremy ihn unter seine Fittiche genommen hatte. Timon, der Kanarienvogel-Züchter – ein einziges Referat hatte ihn zum Gespött der Klasse gemacht, bis Jeremy ihn schließlich aufnahm. Dazuzugehören kam Timon wie die reinste Verheißung vor.

Und wenn er Leni nicht küsste, jedenfalls nicht im Beisein der Jungs, dann konnte es so weitergehen, oder? Er konnte tagsüber Leni treffen und mit den Jungs die Abende im Freibad verbringen.

Und Leni war wunderschön an diesem Abend. Sie sah so sehr aus wie eine Märchenprinzessin, dass Timon sich wie ein Prinz fühlte. Ein Prinz, der sein Glück kaum fassen konnte. Ihre Augen strahlten in dieser Farbe, die er nicht definieren konnte, jenem einzigartigen Grau, und sie war glücklich – wie er. Er konnte nicht glauben, dass ein Mädchen wie Leni, eine junge Frau, die jeden Mann haben konnte, ihn für den Ball gewählt hatte.

Leni hatte nur ihre Augen mit Schminke betont. Sie roch nach Flieder und ein wenig wie eine Bettdecke, die den Tag über in der Sonne gehangen war und das Licht des Tages in sich eingefangen hatte.

Die Umarmung zur Begrüßung war keine Umarmung zur Begrüßung gewesen, sondern eine echte Umarmung, innig und warm. Er hatte ihre Kontur an seinem Bauch und seiner Brust gespürt. Sein Körper hatte unweigerlich reagiert. Schon an ihrer Haustür hatte er Leni küssen wollen, den ganzen Abend wollte er sie auf die Tanzfläche führen, obwohl er behauptet hatte, ein Tanzmuffel zu sein, aber er war so stolz, so wahnsinnig stolz, dass sie seine Begleitung war. Timon wollte allen zeigen, dass er mit Leni hier war. Stattdessen saßen sie gemeinsam am Tisch, tranken Cocktails und Timon war voller Anspannung, weil er immer wieder die Blicke seiner Clique auf sich spürte, die nur darauf wartete, dass er Leni nahe kam und sie küsste. Wie würden sie reagieren? Er trank einen weiteren Schluck seines Cocktails. Und dann standen die Jungs auf und gingen hinaus.

Timon sprang vom Tisch auf und zog Leni ohne sie zu fragen auf die Tanzfläche. Das hier war sein Moment, und er würde ihn auf keinen Fall einfach so verstreichen lassen. In diesem Moment wurde aus »500 Miles«, einem klassischen Discofox, eine Liebesballade.

* * *

Timon

»Ich hab eine Idee. Gib mir mal dein Handy, bitte«, bat Timon.

»Hier, bitte.« Leni griff in die Brusttasche ihrer Arbeitslatzhose und holte ihr Telefon hervor.

»Danke. In meiner Zeit als Wandergeselle ist mir aufgefallen, wie mächtig Mobiltelefone geworden sind. Ich glaube, ich bin ganz froh, dass ich keines habe«, sinnierte Timon laut.

»Oh, das ist mir allerdings auch schon öfter aufgefallen, selbst hier oben. Weißt du, manchmal ist der Empfang echt mies und dann reagieren die Leute schnell ungehalten.« Leni zuckte mit den Schultern. »Ich meine, dabei sind wir in den Bergen. Man kommt doch nicht hierher, um für alle erreichbar zu sein.«

»Nein. Wirklich nicht. Und wenn man an Bahnhöfen ist oder an Bushaltestellen, ist es noch viel extremer.« Timon hielt sich die Hand vors Gesicht, um zu demonstrieren, was er meinte. »Ist doch total schade, wenn man die Realität um sich herum aufgibt, um online zu sein.«

Leni nickte.

»Ich glaube, manchmal ist das auch eine Flucht vor der Realität. Besonders schlimm finde ich es bei Kindern und Jugendlichen. Ist dir mal aufgefallen, wie oft die Kids im Restaurant an den Handys der Eltern hängen – oder sogar ein eigenes Gerät besitzen?«, fragte Timon.

»Ganz sicher. Da musst du nur hier bei mir durch den Gastgarten schauen im Sommer.«

»Siehst du. Ich meine, bei uns ging es doch früher auch. Wir hatten ein paar Buntstifte und Papier – wenn es gut lief. Ansonsten haben wir uns einfach gelangweilt und das hat uns auch nicht geschadet.«

»Ich bin da ganz deiner Meinung. Aber das ist wohl eine Krankheit der modernen Zeit, dass sich viele nicht mehr langweilen können. Ich glaube nämlich, auch das ist eine Fähigkeit. Oder?«

Jetzt war es Timon, der zustimmend nickte. »Ganz sicher. Und auf Wanderschaft habe ich erst realisiert, wie viel Zeit ich mit Technik verbracht habe. Im Jahr 2019, als ich aufgebrochen bin, haben die Leute durchschnittlich drei Komma sieben

Stunden pro Tag am Handy verbracht. Kannst du dir das vorstellen? Das ist mehr als ein Sechstel von 24 Stunden, dabei ist hier noch gar nicht berücksichtigt, dass sie auch einige Stunden schlafen!«, rief Timon aus. Das Thema regte ihn auf, seit er die Erfahrung gemacht hatte, wie befreiend es war, kein Smartphone zu besitzen. Er wünschte sich von Herzen, dass mehr Leute die gleiche Erfahrung machten und sich die Chance gaben, einen Schritt in eine andere Richtung zu leben, wo sie mehr reale und weniger virtuelle Kontakte pflegten. Das hatte er auf der Walz gelernt: Das Handy abzugeben war die reinste Bereicherung. Jetzt atmete er tief durch, bevor er weitersprach. »Entschuldige, dass ich mich so echauffiere. Natürlich muss jeder selber wissen, wie er mit dem Handy umgeht. Ich kann nur für mich selbst sagen, dass ich es nach meiner Rückkehr nicht wieder aus der Schublade geholt habe, in das ich es vor meiner Abreise gesteckt hatte.«

Leni lächelte ihn an. »Das hab ich immer an dir gemocht, früher schon. Dass du jemand bist mit Leidenschaft für Dinge. Ich glaube, Menschen, die für nichts brennen und keine Meinung haben, sind mir einfach zu langweilig.«

»Äh, also …« Das Kompliment machte Timon so verlegen, dass es seinem Redeschwall ein Ende setzte und er fast sein eigentliches Vorhaben vergaß.

Leni schob ihm ihr Smartphone hin. »Ich denke, manchmal ist so ein Handy aber ganz praktisch, oder?«

»O ja, stimmt. Ich hatte da ja was vor. Gibst du deinen Code ein?«

»Klar.« Leni entsperrte das Gerät und Timon nahm es in die Hand. Er tippte darauf herum, bis er gefunden hatte, was er suchte. Anschließend stellte er es auf höchste Lautstärke.

Dann stand er auf, es ging ganz leicht jetzt, ganz leicht. Er streckte die Hand aus. »Darf ich bitten?«, fragte er nur.

Er sah ihr an, dass sie das Lied sofort erkannt hatte: Mumford and Sons, »Ghosts That We Knew«. »Die schlimmste

Geschmacksverirrung des DJs dieser Nacht«, sagte sie und er erinnerte sich. Genau diesen Satz hatte sie damals gesagt und lachend nach seiner Hand gegriffen. Und so tat sie es auch jetzt. Sie griff nach seiner Hand.

Dann standen sie da, ein wenig unbeholfen, schauten einander in die Augen und schließlich wagte Timon, seine Arme um Leni zu legen, die ihre Hände an seine Hüften legte, nah, aber nicht ganz. Er vergaß die Welt, die Hütte, den Schmerz in seinem Bein. Stattdessen glitt er auf der Musik dahin.

»I will hold as long as you like«, brummelte Timon zur Musik. Und wie schon beim letzten Mal vor fünf Jahren traf er keinen einzigen Ton und Leni kicherte leise an seiner Schulter.

Dann hob sie den Kopf. An dieser Stelle im Song hatten sie sich geküsst damals, er hatte sich hinuntergebeugt und sich an ihre Schulter geschmiegt und dann das Schlüsselbein vorsichtig mit den Lippen berührt.

»Wiederholt sich gerade die Geschichte und du läufst gleich weg?«, fragte Leni und der Schmerz, den dieser eine Satz in ihr auslöste, ließ ihr Tränen in die Augen steigen.

Er schüttelte den Kopf, energisch und sicher, so sicher, dass er bei ihr bleiben wollte, bei Leni – und dableiben, wenn sie ihn denn ließ. Dass ihr das damals Geschehene noch immer so wehtat wie ihm selbst, versetzte ihm einen Stich ins Herz.

»But we'll live a long life.« Er brummelte nicht. Er sagte den Satz zur Musik, zu den letzten Tönen des Songs, der mit diesen Worten des Sängers verklang. Dazu schaute er ihr in die Augen. Wahrhaftigkeit, dachte er, war alles, was er Leni geben konnte. Dann zog er sie zu sich heran, um sie mit allem, was er hatte, zu umarmen. Er schloss die Arme fest um ihren schmalen Körper, hielt sie, wie es in dem Song beschrieben wurde, ganz fest in der Stille des Augenblicks, während draußen der Wind an der Hütte rüttelte.

Dass Leni seine Geste erwiderte und ihre Arme um ihn schloss, war fast zu schön, um wahr zu sein. Sie hielten einander fest, standen reglos, wie damals. Nur dass heute niemand dazwischenkam. Dafür sorgte das Wetter sehr eindrucksvoll. Aber Timon wusste, dass auch er dafür sorgen würde, dass sich niemand mehr zwischen sie beide drängte. Er würde Leni gegen alle Stürme des Lebens verteidigen, wie er es schon damals hätte tun sollen.

»Ich bin für dich da«, sagte er leise und küsste sie auf den Scheitel, wie man ein Kind küsste, um ihm Sicherheit zu vermitteln. Dann hob Leni den Kopf und streckte sich ihm entgegen. Als ihre Lippen sich fanden, war es, als hätten sich zwei Freunde wiedergefunden, die einander seit Jahren vermisst hatten. Und wenn man es genau betrachtete, war das ja auch wirklich der Fall. Timon hätte schwören können, dass Leni nach Schokolade und Sahne schmeckte, wohl wissend, dass das eigentlich nicht sein konnte. Aber was hatte er schon der Kraft der Imagination entgegenzusetzen?

* * *

Leni

Sie küssten einander, als würden sie sich wiederfinden. Leni roch sein Aftershave, es war noch das gleiche wie früher, so stellte sie überrascht fest. Es wurde ein Kuss, mit dem sich all ihre Sehnsucht erfüllte. Es wurde ein Kuss, der eine Geschichte, die mit »Es war einmal« begonnen hatte, mit einem »Und sie lebten glücklich bis an ihr Lebensende« abzurunden schien. Aber es war nur ein Kuss, ermahnte sich Leni, nur ein Kuss, nicht mehr. Sie wollte sich kein weiteres Mal ganz fallen lassen, so wie sie es damals als junges Mädchen getan hatte. Sie war vorsichtiger geworden, geprägt von ihrem Misstrauen, das sie seit damals an jedem einzelnen Tag begleitet hatte. Bei jedem Mann, der ihr nahegekommen war, hatte Leni die Notbremse gezogen, bevor es zu einem Kuss kam oder ihr zu intim geworden war. Und jetzt küsste sie ausgerechnet den Mann, der das Misstrauen in ihr Leben gebracht hatte, als hinge selbiges von diesem Kuss ab.

Sie waren beide wie Ertrinkende, die sich aneinanderklammerten. Timons Hände wanderten über ihren Rücken, hinunter in Richtung Po, lagen dann kurz über dem Ansatz ihres Hinterns, als ob es Zufall wäre, dass es sie genau dorthin verschlagen hatte.

Kurz wich Leni zurück, studierte Timons Gesichtszüge. Sie lächelte nicht, sie versuchte, ihn zu ergründen, aber wie so oft hatte sie das Gefühl, ihn nicht ganz zu verstehen, etwas nicht zu durchschauen, das seltsame Gefühl, dass etwas an Timon ein Mysterium blieb. Er lächelte sie an, nur eine Andeutung, aber sichtbar, und Leni konnte gar nicht anders, sie wollte ihn weiterküssen. Ja, sie begehrte Timon noch immer, auch nach all den Jahren.

»Glaubst du, wir schaffen noch einen Kuss, oder musst du dann weg?« Sie hatte einen Scherz machen wollen, nur einen Scherz. Aber ihre eigenen Worte trieben ihr Tränen in die Augen. Ja, er hatte gesagt, dass er für sie da war. Doch konnte sie ihm vertrauen?

»Ich muss nicht weg, Leni. Ich möchte noch so viel Zeit mit dir verbringen.« Er sprach ganz intensiv mit ihr. Dann küsste er die Tränen von ihren Wangen. »Und zwar ganz egal, ob du lachst oder weinst. Ich bin für dich da.«

Leni wollte ihm so gern glauben, suchte seinen Blick. Aber Timon zog sie zu sich heran, nahm sie fest in den Arm und hielt sie an sich gedrückt. Er kam ihr viel zu vertraut vor und viel zu fremd. Wie konnte das möglich sein?

Dann küsste Timon ihr Schlüsselbein, wie er das schon einmal vor vielen Jahren getan hatte, und Leni hörte auf zu denken und ließ sich stattdessen einfach in den Augenblick fallen. Sie küssten einander wieder. Und wieder. Es war, als gäbe es nur diese Küsse und sonst nichts auf der Welt.

7. Kapitel

Leni

Timon stand am Fuß der Treppe und hielt sich an beiden Geländern fest. Leni hatte ihm gezeigt, wie er am effektivsten nach oben kam.

»Hartwachsöl«, murmelte er jetzt mit Blick auf die Stufen, »eindeutig.« Er streckte die Hand aus und fuhr mit den Fingerspitzen über die frisch abgeschliffenen Stufen. »Ich könnte dir das machen, wenn du magst. An sich ist es einfach. Ich würde das wirklich gern für dich tun.«

»Danke. Das würde mich freuen.« Das hieß, er würde wirklich wiederkommen, dachte Leni bei sich. Und er würde seinen Worten Taten folgen lassen. Vielleicht war er ja wirklich kein Dampfplauderer, sondern meinte, was er unten gesagt hatte.

»Gut, gerne«, sagte sie knapp.

»Prima. Ich bring dann auch eine Wachspolierbürste mit, dann wird die Treppe wie neu. Das krieg ich bestimmt hin. Aber schleif sie bitte nicht noch mehr ab.«

Leni verfolgte Timons Bewegungen genau. Seine Liebe zum Holz sprach deutlich daraus, wie er fast zärtlich darüberstrich. Sie selbst hatte noch nie von einer Wachspolierbürste gehört, war sich aber sicher, dass Timon genau wusste, wovon er redete. Sie hätte es ihm gegenüber nie zugegeben, aber seine Allgemeinbildung wirkte auf Leni unglaublich attraktiv. Er speicherte jegliches Wissen wie ein Schwamm – auch scheinbar unnützes, das er dann zum Besten gab, wenn ein entsprechendes Stichwort fiel oder er etwas erlebte, das zu seinem Wissen passte. Sie mochte es genauso, wenn er über Luftplankton sprach, wie wenn er sich über Hartwachsöl oder die Maserung von Teakholz ausließ. Genau genommen war es sogar so, dass sie Timon dafür bewunderte, was er sich alles merken konnte. Sich mit ihm zu unterhalten, sich auszutauschen, war immer ein Genuss und eine Bereicherung.

Leni nickte. »Ne, hab ich nicht vor. Ich lass die Treppe ein für alle Mal in Ruhe. Ich hab eh in der Saison genug andere Sachen zu tun. Es war mehr so, als wollte ich mein Revier markieren.« Sie lachte angesichts des Bildes, das bei ihrer Formulierung in ihrem Kopf entstand.

»Bist du das erste Jahr hier oben?«, fragte Timon.

»Nein. Ich hatte die Hütte schon länger gepachtet. Aber jetzt habe ich sie dem alten Besitzer abgekauft. Er ist sehr krank geworden und kann nicht mehr raufkommen. Er hat mir das Angebot gemacht, die Gaupenhütte ganz zu übernehmen. Da konnte ich nicht anders. So eine Berghütte war immer schon mein Traum. Hier bin ich also und genieße es sehr. Auch wenn ich natürlich eine große Verantwortung gleich mitgekauft habe, liebe ich es einfach, hier zu sein.«

Timon nickte. »Ich versteh das. Allein die Ruhe hier oben ist herrlich.«

»Ja. Jedenfalls jetzt noch. In der Saison gibt es natürlich viel zu tun und es übernachten ja auch Leute hier oben. Da bin ich eigentlich immer unter Menschen und komme etwas weniger zur Ruhe, als ich das gern hätte. Aber manchmal steh ich früh auf und stehle mich raus, um ein bisschen zu wandern.«

»Ich finde toll, dass das alles so locker geht mit deinem Bein.« Timon zuckte zusammen, als er seine eigenen Worte laut hörte. »Entschuldige, ich wollte dich nicht verletzen.«

Leni schüttelte den Kopf. »Oh, das tust du nicht. Mittlerweile gehört mein Bein zu mir.« Sie lachte. »Also der fehlende Fuß, den meine ich. Der gehört zu mir. Ich habe eine perfekt sitzende Prothese.« Leni schwenkte das Bein mit Usain hin und her.

Plötzlich kam sie sich sehr blöd vor – und sehr unattraktiv. Das Letzte, was ein Mann wollte, war mit Sicherheit eine Frau, die mit ihrer Behinderung kokettierte.

Aber Timon wirkte überhaupt nicht irritiert.

»Hast du dann alles von der Pike auf gelernt, was du hier oben brauchst?«, wechselte er stattdessen einfach das Thema, wie um ihr zu zeigen, dass Usain gar nicht wichtig war.

»Nicht wirklich. Ich wollte eine Ausbildung im Gastrobereich machen, aber meine Eltern haben mir dann so dringend davon abgeraten, weil man immer zu Unzeiten arbeiten muss und vermutlich auch, weil sie wegen meiner Behinderung Angst hatten, ich könnte es nicht schaffen – auch wenn sie das so nie formuliert haben. Also bin ich Steuerfachgehilfin geworden. Da hier auf der Hütte natürlich auch Buchhaltung anfällt, ist es gar nicht mal so verkehrt.« Leni zuckte mit den Schultern. Sie war nicht wirklich ein Bürotiger, aber ihre Ausbildung brachte ihr durchaus Nutzen. Immerhin musste sie keine Steuerkanzlei beauftragen und teuer bezahlen.

»Und den Rest hast du dir dann selbst beigebracht?« Timon schaute Leni ungläubig an.

»Ja. Aber das war nicht so schwierig. Ich habe während meiner Ausbildung nebenbei in der Gastronomie gearbeitet, habe bedient, war in der Küche – eben alles, was dazugehört. Meine Leidenschaft konnte man mir wohl so leicht nicht austreiben.« Leni musste lachen. »Jedenfalls habe ich bei den Nebenjobs viel gelernt, das ich heute gut auf der Hütte gebrauchen kann. Und gekocht habe ich eigentlich schon immer gern, seit der frühen Pubertät. Anfangs hatte ich in der Küche trotzdem so meine Probleme, logistisch, das kannst du dir sicher vorstellen. Es ist ganz anders, für eine Familie zu kochen als für eine Hütte voller Gäste. Aber mittlerweile läuft hier oben alles ziemlich rund, muss ich sagen.«

Timon nickte. »Ich fand schon damals in der Schule, dass du eine ziemlich runde Sache warst.«

»Eine *runde Sache*?« Leni wusste, wie er es meinte, aber sie genoss es, dass Timon knallrot anlief.

»So meinte ich es nicht. Ich wollte damit sagen …«

Ein Lachen platzte aus Leni hervor. »Ich weiß, was du sagen wolltest. Vielen Dank.«

Timon lachte ebenfalls, ein warmes, leises Perlen, dessen Klang Leni sehr gefiel. Sobald sein Lachen verklungen war, wollte sie es wieder hören, sofort, immer wieder, jeden Tag. Sie fühlte sich wie eine Brausetablette, die man in ein Glas Wasser geworfen hatte. Gleich würde sie einfach explodieren vor lauter Gefühl.

»Ich wollte damit sagen«, ließ Timon sich nicht beirren, »dass ich mochte, wie anders als die anderen Mädchen du warst. Irgendwie reifer und auch ruhiger, bedachter. Jetzt ist mir klar geworden, warum. So ein schwerer Schicksalsschlag verändert einen Menschen. Ich denke, du wusstest einfach schon viel mehr über das Leben.«

»Kann schon sein.« Leni dachte an die Zeit in der Reha-Klinik, an die vielen endlosen Gehübungen, die Anpassung der Prothese, die Schmerzen und ihren festen Willen, nach der Entlassung so normal wie möglich weiterzuleben. Den Traum von der Hütte hatte sie schon damals gehabt – und sie war nicht bereit, so jung schon ihre Träume aufzugeben. »Natürlich hat mich der Verlust des Beins sehr geprägt.«

»Das glaub ich. Was ist eigentlich passiert?«

»Nur ein dummer Unfall.« Es war wirklich unglücklich gelaufen damals. Sie war mit Jasmin, ihrer Schwester, in einer Sommerrodelbahn gefahren und aus irgendeinem Grund hatte ihr Schlitten gestoppt. Leni war ausgestiegen, um anzuschieben, und das Fahrzeug hinter ihrem hatte sie so unglücklich gerammt, dass es am Ende zum Verlust ihres Fußes geführt hatte.

Sie umriss das Geschehen in kurzen Worten.

»Das tut mir so leid.« Timon klang bestürzt.

»Muss es nicht. Ich glaube nicht, dass ich insgesamt durch den Unfall heute ein unglücklicherer Mensch bin. Im Gegenteil, mein Eindruck ist, dass ich all die schönen Dinge in meinem Leben viel mehr zu schätzen weiß. Wenn man mal ziemlich weit unten war, ist jede Verbesserung ein so großer Gewinn, dass man automatisch dankbar wird für das Gute, das einem widerfährt.«

Timon nickte. Er hatte ganz aufmerksam zugehört. »Das kann ich mir vorstellen. Ich meine, ich humple seit ein paar Stunden – aber ich freue mich jetzt schon darauf, dass ich irgendwann wieder richtig laufen kann. Es war bestimmt eine große Leistung und viel Arbeit, bis du wieder zur Schule konntest damals.«

»Das war es wirklich. Aber ich hab tolle Eltern, die mich unterstützt haben, und ich bin stur wie eine Bergziege.« Leni lachte.

»Auf jeden Fall ist es toll, wie du alles hinbekommen hast. Da hab ich riesigen Respekt und du kannst echt superstolz auf dich sein.«

Leni fühlte sich ganz verlegen angesichts des Kompliments. Sie war es nicht gewohnt, gelobt zu werden.

»Na komm, ich zeig dir dein Zimmer.« Sie wandte sich kurz ab, schaute auf ihre Turnschuhe hinunter, die sie im Haus anstatt der Bergstiefel trug.

Nicht, dass er ihr ihre Stimmung noch ansah. Sie wollte nicht ertappt werden. »Versuch es mal vorsichtig mit der Treppe, wie ich es dir gezeigt habe. Ich geh hinter dir und pass auf, dass du nicht rückwärts runterfällst.«

»Danke. Ich bin ja nur froh, dass meine Hand sich schon wieder ganz gut anfühlt.« Timon drehte beide Handgelenke, um zu demonstrieren, dass die Verletzung an der Hand nicht schlimm war. »Sonst käme ich nicht mal die Treppe rauf.«

»Aber echt, zum Glück!«, bestätigte ihn Leni. »Dann versuchen wir es mal, oder?«

»Gern. Ach, Leni, und danke.« Er drehte sich zu ihr herum und küsste sie. Es war ganz selbstverständlich, bemerkte Leni verwundert. Timon so nah zu sein, war nichts als wunderschön. Sie schloss die Augen und erwiderte den Kuss, öffnete leicht ihre Lippen, spielte mit seiner Zungenspitze. Wie eine Brausetablette, dachte sie erneut, eindeutig eine ins Wasser geworfene Brausetablette, so fühlte sie sich. Ihre Hand schlüpfte wie von selbst unter Timons T-Shirt und strich über seinen leicht behaarten Bauch, wollte mehr, mehr, mehr, aber Leni ermahnte ihre ungehorsame Hand und zwang sie, wieder hervorzuschlüpfen und ihr zu gehorchen.

Ihre Lippen lösten sich von den seinen und Leni räusperte sich, um das kribbelnde Gefühl in ihrer Hand zu vertreiben – als ob ein direkter Zusammenhang zwischen Hand und Kehle bestünde. »Na los, dann wollen wir mal.«

* * *

Timon

Er keuchte und fühlte sich wie ein Schwächling, während er sich die Treppe hinaufkämpfte. Noch immer durchzuckte seinen Knöchel ein stechender Schmerz, wenn er ihn belastete.

Umso dankbarer war er, dass es zuvor beim Tanzen so wenig wehgetan hatte.

Zugleich tauchte schon jetzt die Frage auf, wie er diese Treppe morgen wieder hinunterkommen sollte, wenn schon das Hinauflaufen gefühlt so beschwerlich war wie die Besteigung der Zugspitze, die er mal mit der kleinen Sport-AG in der Schule absolviert hatte. Damals war er überzeugt davon gewesen, niemals die Geschicklichkeit für den Abstieg aufzubringen, und hatte sich so sehr in den Gedanken hineingesteigert, dass er dann, als es an den Abstieg ging, tatsächlich zitternde Beine gehabt hatte. Zum Glück war sein Lehrer ein sensibler, verständnisvoller Mann gewesen, der im Nebenberuf als Bergführer tätig war. Er hatte Timon am kurzen Seil wunderbar hinunter ins Tal geführt.

Daran musste Timon denken, als er Stufe um Stufe in den ersten Stock überwand. Einmal taumelte er sogar ein wenig, spürte dann aber sofort Lenis Hand auf seinem Rücken. Die Berührung stabilisierte ihn auf wundersame Weise und er fand das Gleichgewicht sofort wieder. Hier würde es Leni sein, die ihn morgen sicher ins Erdgeschoss brächte. Langsam entspannte er sich ein wenig und sofort ging es die nächsten Stufen leichter nach oben. Zugleich half Leni ihm mit guten Ratschlägen weiter.

»Lehn dich ein wenig mehr nach vorne«, befahl sie mit ruhiger Stimme und er tat, wie ihm geheißen. Sofort klappte es noch besser. Timon hielt auf einer der letzten Stufen noch einmal inne.

»Boah, das ist anstrengend.«

»Kann ich mir gut vorstellen.« Leni war kein bisschen außer Atem. Stattdessen schenkte sie ihm ein mitfühlendes Lächeln, das Timon sofort wieder an ihre Küsse erinnerte.

Sie hatten einander endlich geküsst! Gerade eben erst und vorhin in der Gaststube auch. Wenn jemand ihm am Morgen gesagt hätte, dass er am Abend bei Leni wäre, er hätte die Person wohl ausgelacht, so weit weg war diese Möglichkeit gewesen. Jetzt war es so, dass er seinem Fuß fast schon dankbar war, dass er unter ihm nachgegeben hatte. Und dem Gewitter natürlich. Sonst hätte Leni ihn ohne den Wetterumschwung vermutlich hinausgejagt – nicht, dass er das nicht verdient gehabt hätte!

Aber die Möglichkeit, Leni so nah zu sein, war ein Geschenk. Er würde sie behandeln wie ein rohes Ei. Er würde vorsichtig mit ihr umgehen, rücksichtsvoll und mit Respekt. Denn dass das Gefühl, das er für Leni hatte, nicht nur Verliebtheit, sondern ein großes Gefühl war, das konnte Timon nicht abstreiten – und wollte es auch gar nicht.

Mein Gott, vorhin war ihre Hand auf seinem Bauch gelegen, und wenn sie nicht viel zu gut erzogen gewesen wäre, um ihm auf den Schritt zu schauen, hätte sie bemerkt, was ihre kurze Berührung mit ihm gemacht hatte. Zum Glück ging Leni hinter ihm die Treppe hinauf.

»Geschafft.« Timon holte tief Luft, als er endlich oben angekommen war.

»Hier entlang. Schau, da sind deine Krücken.« Leni belächelte ihn nicht für seine körperliche Schwäche. Stattdessen strich sie ihm liebevoll über die Schulter. »Zäh, oder? Ich verspreche, nach dem Muskelkater morgen wird es einfacher.«

»Danke.« Er lächelte.

»Da vorn ist schon dein Zimmer.« Sie deutete auf eine Tür. »Ein Einzelzimmer.«

Timon setzte sich vorsichtig in Bewegung, um nicht auf dem Holzboden auszurutschen. Es ging tatsächlich schon einfacher als zuvor.

Leni öffnete die Tür und ließ ihn eintreten. Erst dann machte sie Licht.

»O – mein – Gott!« Timon schloss erst einmal die Augen, als ihm der Duft, der den Raum erfüllte, in die Nase stieg.

Nichts roch so gut wie der Duft der Zirbelkiefer. Er liebte dieses Holz. Timon nahm einen tiefen Atemzug.

»Mein schönstes Zimmer. Erst wollte ich dich ja in einen Schlafsaal stecken, aber jetzt …« Sie zuckte mit den Schultern und als Timon die Augen öffnete, sah er Lenis breites Grinsen.

»Wusstest du, dass man die Zirbe auch Arbe oder Arve nennt und sogar Likör aus den Zapfen hergestellt wird? Der Duft soll beim Einschlafen helfen – und das sind nur zwei kleine Vorzüge der Zirben. Sie können auch bis zu tausend Jahre alt werden, kannst du dir das vorstellen?« Timons Begeisterung für Holz war ungebrochen, auch nach all den Jahren in seinem Handwerk. Er humpelte in den Raum. Der Boden, die Wände, die Decke: Das ganze kleine Zimmer war holzgetäfelt. Schnitzereien am Bett, Schnitzereien am Kleiderschrank, jedes kleine Detail verriet die Liebe, mit der dieser Raum gestaltet worden war. Noch dazu war der Schreiner, der hier am Werk gewesen war, offenbar ein Meister seines Faches gewesen.

»Weißt du, wer das hier gemacht hat?« Timon ließ sich schwer aufs Bett fallen und strich mit der Hand über den Balken an der Stirnseite, in den große Blüten geschnitzt waren. Der Raum strahlte so viel Wärme aus, wie es weder Kerzen noch eine Heizung vermocht hätten.

»Nein. Ich könnte aber den Vorbesitzer fragen.« Leni setzte sich neben Timon und schaute sich um.

»Dieser Raum ist etwas ganz Besonderes, spürst du das auch? Kannst du es riechen? Es ist wie ein Wunder. Und der Mensch, der das alles geschnitzt und verziert hat, ist unglaublich talentiert gewesen. Vermutlich ist es aber auch schon ein paar Jährchen her, dass diese Arbeiten entstanden sind. Allein der Duft ist für mich fast unwirklich gut.« Erneut schloss Timon die Augen und atmete tief ein. Jetzt roch er allerdings nicht nur den Zirbenduft, sondern auch Leni, die neben ihm saß. Und bevor er ein zweites Mal die Augen öffnete, spürte er ihre Hand auf seinem Oberschenkel und hielt den Atem an. So beruhigend der Duft des Zirbenholzes auch war, gegen die Hitze, die Lenis Berührung in Timon entzündete wie ein Buschfeuer, wäre er niemals angekommen.

* * *

Leni

Sie tat es einfach. Es passierte. Er berührte das Holz so zart, wie er zuvor sie berührt hatte, und ihre Hand wanderte zu ihm. Als Timon kurz zusammenzuckte, wollte sie ihre Hand wieder wegnehmen, doch seine Hand lag zu schnell auf der ihren und er wandte sich ihr zu.

»Oh, Leni!« Timon stöhnte leise auf.

Er küsste sie voller Zärtlichkeit und dennoch spürte sie die Leidenschaft, die dahinter lag, wie einen Schwelbrand, der nur noch ein wenig mehr Sauerstoff brauchte, um sich zu einem wilden Feuer zu entwickeln. Dann zog er sie nach hinten, sodass sie auf dem schmalen Bett zu liegen kam. Es gab keine klaren Gedanken, es gab ihre Körper, die miteinander sprachen. Sie spürte ihn durch die Kleidung, spürte seine Erregung, wollte seine Haut, seinen Körper, seinen Duft – alles – noch intensiver empfinden, aber … Zugleich bekam sie plötzlich Angst. Wie hatte man Sex mit einer Prothese? Sie schob Timon von sich, ihr Brustkorb hob und senkte sich unter schweren Atemzügen. Vierundzwanzig Jahre war sie jetzt alt. Und sie hatte noch nie Sex mit einem Mann gehabt – wegen ihres fehlenden Beins und ihres damit einhergehenden fehlenden Selbstbewusstseins. Timon hatte sie damals zurückgewiesen – wenn auch nicht wegen ihres Beins, wie sie bis vor ein paar Stunden noch geglaubt hatte. Es ging nicht so schnell, ihren Kopf einfach umzuprogrammieren, und sie hatte in den letzten fünf Jahren geglaubt, niemand, auch niemand, den sie gut zu kennen glaubte, würde sie trotz ihrer Behinderung lieben können.

»Entschuldige«, sagte Timon sofort, als Leni ihn von sich schob. »Ich hab mich verleiten lassen, ich …«

Leni schüttelte den Kopf, legte einen Finger an ihre Lippen. »Nein, nein. Es ist gut. Ich habe nur Angst wegen Usain. Ich meine, ist das nicht fürchterlich unerotisch, so eine Prothese?«

»Was?« Timons ehrliche Verwirrung, gefolgt von dem Moment, in dem er verstand, spiegelte sich in seinem Gesicht wider. Er sah, dass Leni fast weinte vor Scham.

»Ach, Leni, meine Leni«, sagte Timon schließlich. Langsam beugte er sich wieder zu ihr hinunter und küsste sie. Jetzt versuchte er nicht mehr, seine Leidenschaft zu verstecken. Er öffnete die Verschlüsse ihrer Latzhose mit schnellen Griffen. Dann zog er sie ihr einfach aus. Da war die Prothese. Leni hätte im Boden versinken mögen, als Timons Hände in Richtung ihres Stumpfes streichelten. Dass der Raum hell erleuchtet war, wurde ihr sehr schmerzlich bewusst.

»Darf ich – äh – also … ich meine, kannst du Usain ausziehen?« Timon klang verlegen. »Ich weiß nicht, wie man das macht.«

»Ich … ja, klar.« Für Leni waren es ein paar schnelle Handgriffe. Dann hatte sie nur noch T-Shirt und Slip an – und war trotz der verbliebenen Kleidungsstücke so nackt wie nie zuvor. Sie stützte sich auf ihre Ellbogen auf, um zu sehen, was Timon gerade tat.

Sie sah, wie seine Hände zu ihrem Bein wanderten, nachdem sie ihre Latzhose achtlos zu Boden geworfen hatten, wie sie über ihre Narbe strichen, mit der gleichen ehrfürchtigen Berührung, mit der er zuvor über die Schnitzerei am Bett gestrichen hatte. Leni spürte die sensible Stelle ganz neu und es trieb ihr fast die Tränen in die Augen, als Timon sie sanft streichelte und sich dann über ihr Bein beugte, um die Narbe zu küssen. Sie fühlte etwas, das sie seit Jahren nicht gespürt hatte: totale

Akzeptanz mit all ihren vermeintlichen Fehlern. In diesem Moment lief Leni tatsächlich eine Träne der Rührung aus dem Augenwinkel und rollte unbemerkt ihre Wange hinunter.

Dann legte sie sich zurück auf den Rücken und schloss die Augen, während Timons Hände weiterwanderten, nach oben, in Richtung ihres Höschens, in Richtung des Pochens, das ihrer Lust Gestalt verlieh. Als Timon sie zwischen den Beinen berührte, wusste sie endgültig, dass sie ihn wollte, dass dies der Moment war, auf den sie so lange gewartet hatte, und sie bäumte sich ihm entgegen.

* * *

Timon

Als Timon sich auszog, holte er unauffällig ein Kondom aus seiner kleinen Brieftasche. Er hatte immer welche dabei. Nicht, weil er immer plante, mit einer Frau intim zu werden, sondern weil er es für seine Pflicht als Mann hielt, auf gewisse Situationen gut vorbereitet zu sein.

Als er Augenblicke später vorsichtig in sie eindrang, ihre schönen Brüste betrachtend, mit einer Hand streichelnd, ganz, ganz langsam den Moment auskostend, spürte er, wie bereit Leni für ihn war. Da war so viel Lust, dass es ihm schwerfiel, sich zu beherrschen.

Und Leni war wie ein Wunder für ihn. Sie hatte ein Muttermal, genau zwischen den Brüsten, sie hatte einen etwas zu großen Nabel und sie war perfekt, einfach perfekt – jedenfalls in seinen Augen, weil sie Leni war und er jede Besonderheit an ihr liebte. Sie musste nicht perfekt sein, sondern nur sie selbst.

Langsam begann sie, sich zu bewegen, zeigte ihm ihren Rhythmus und er hielt still, ganz still, jede Sekunde in sich aufsaugend und das Wunder des Augenblicks genießend.

Als Lenis Bewegungen schneller wurden, war er es, der sich ganz und gar dem Moment hingab.

Schließlich lagen sie nebeneinander, gerade so, dass Timon nicht aus dem schmalen Bett fiel. Das Licht war noch immer an, aber sie waren miteinander unter die Bettdecke geschlüpft. Noch immer war Timon warm, fast heiß, aber zugleich wollte er Leni, der kalt geworden war, nah sein, sie noch immer mit seinen Händen erkunden, sie streicheln, ihren Bauch, das Fettpölsterchen über ihrer Hüfte, das sie nur noch attraktiver machte, die volle Brust, die genau in seine Hand passte. Er wusste, es würde nicht allzu viel Zeit vergehen, bis seine Lust neu erwachen würde. Sein Hunger war riesengroß.

»Das war wunderschön«, flüsterte Timon in Lenis Ohr und biss zärtlich in ihr Ohrläppchen, was Leni leise kichern ließ.

»Du!«, sagte sie und streichelte ihm über die stoppelige Wange, bevor sie ihren Kopf auf seinem Brustkorb ablegte.

Ein paar Minuten vergingen in trautem Schweigen. Sie waren zusammen – das reichte! Doch dann richtete Leni sich auf. »Warte hier, ich hol uns was zu trinken.«

Erst als sie es sagte, spürte er, wie groß sein Durst war. »Super Idee. Geht's mit dem Bein?«

Leni verdrehte die Augen, während sie schon behände über ihn hinweg kletterte. »Mit Sicherheit besser als bei dir.«

Tatsächlich hatte sie überhaupt keine Mühe beim Aufstehen. Im Gegenteil – jede ihrer Bewegungen wirkte grazil und natürlich. Sie nahm die Krücken vom Boden neben dem Bett und war auch schon aus der Tür – splitterfasernackt! Timon verschränkte die Hände hinter dem Kopf und schaute zur Decke. Ja, nicht nur dieses Zimmer war einfach perfekt!

Timon

Leni kam mit zwei Flaschen zurück und hielt sie ihm entgegen: Spezi und Radler. Sie hatte es geschafft, die Flaschen trotz der Krücken zu transportieren, indem sie sich eine Stofftasche umgehängt hatte. Ganz offensichtlich wusste sie sich einfach immer zu helfen.

»Was magst du lieber? Ich trink beides gern.«

»Wenn es dir nichts ausmacht, nehme ich das Spezi.«

»Klar, kein Thema.« Leni lächelte. Dann zauberte sie noch einen Flaschenöffner aus der Tasche und kroch zurück zu Timon unter die Decke. Sie saßen nebeneinander, gegen das Kopfteil des Bettes gestützt. Längst war Timon sich Lenis Nacktheit wieder so bewusst, dass sein Körper auf sie reagierte – und er genoss es, Haut an Haut mit ihr unter der Bettdecke zu sitzen.

Timon nahm einen kräftigen Schluck aus seiner Flasche und Leni tat es ihm nach. Sie trank fast die halbe Flasche mit einem einzigen, riesigen Zug leer.

»Boah, hatte ich Durst!« Leni hielt die Flasche gegen das Licht, um zu sehen, wie viel sie getrunken hatte.

»Das ist das beste Spezi meines Lebens«, meinte Timon und Leni nickte.

»Geht mir mit dem Radler ähnlich.« Sie wollte noch etwas hinzufügen, aber dann musste sie aufstoßen. Sie wollte das damit einhergehende Geräusch unterdrücken. Es gelang ihr nicht ganz, und sie lief rot an. »Tut mir leid.« Leni warf Timon einen verlegenen Blick zu, der sie wie ein kleines, schuldbewusstes Mädchen aussehen ließ und der ihn sofort zum Lachen brachte.

Er schüttelte den Kopf. »Du musst dich echt nicht entschuldigen. Ich komme aus sehr bodenständigen Verhältnissen, wie du weißt. Als ich noch klein war, hat mein Vater ab und an sehr laut gerülpst, wenn meine Mutter besonders gut gekocht hat. Er meinte dann, dass das mittelalterlich zu verstehen wäre und ergo ein großes Kompliment. Gehen wir also davon aus, es ist tatsächlich das leckerste Radler deines Lebens.«

Bei der Erinnerung an früher wurde Timon warm ums Herz. Oft hatte er seinen Vater in der Kindheit nicht um sich gehabt. Er war, ganz untypisch für einen Bayern, zur See gefahren. Das Meer hatte ihn immer gereizt und so war er Kapitän auf einem Frachtschiff geworden, was dazu führte, dass er nicht selten über Monate nicht zu Hause war. Einerseits hatte Timon dadurch ein sehr enges Verhältnis zu seiner Mutter entwickeln können, andererseits fehlte ihm die männliche Bezugsperson. Ja, heute glaubte er sogar, dass er es in der späten Pubertät deutlich leichter gehabt hätte mit einem Vater im Haus, der ihm Richtung und Vorbild hätte sein können.

So waren ihm deutlich weniger Erinnerungen an den Mann mit dem dicken Bauch und dem vollen Haar geblieben, unter anderem eben seine etwas eigenwillige Art, die gute Hausmannskost seiner Frau zu loben. Und heute würde er es ihm nachtun, damit Leni sich nicht blamiert fühlte.

Timon rülpste vernehmlich, so laut, dass er sich am Ende fast doch schämte. »Siehst du, ich kann das auch.«

Leni musste so sehr lachen, dass sie es gerade noch schaffte, den Mundvoll Radler hinunterzuschlucken, den sie gerade hatte trinken wollen. Sie lehnte sich gegen Timon und er küsste sie – irgendwo auf den Kopf, er wusste es nicht genau.

Dann dauerte es einen kurzen Moment, bis ein eindrucksvolles Rülpsgeräusch von Leni den Raum erfüllte und auch Timon wieder laut lachte. Vielleicht war es noch immer der Wein, der da nachwirkte und alles so witzig machte, dass sie sich gegenseitig hochschaukelten. In jedem Fall war es etwas

Besonderes, so kurz nach dem Sex so vertraut miteinander zu sein und herumzualbern.

Aber, dachte er, vielleicht geht so die wahre Liebe. Vielleicht ist die wahre Liebe die zu einer Frau, mit der man über Bücher sprechen – und eben auch einen Rülps-Wettbewerb nach dem Sex veranstalten konnte, ohne dass es blöd oder peinlich war. Eine Frau, mit der man alles sein konnte, albern, sexy, verletzlich und einfach seltsam, weil man unnützes Wissen ansammelte.

Er war nun mal ein sehr bodenständiger Typ und die Tatsache, dass Leni ein weibliches Gegenstück war, eine Frau, die sich nicht scheute, sie selbst zu sein, hatte einen gehörigen Anteil daran, dass er sich mit ihr so wohl fühlte. Liebe war für ihn nicht nur Kerzenlichtromantik. Liebe war mindestens genauso sehr, miteinander um die Wette zu rülpsen, stellte Timon fest. Er überlegte kurz, Leni das zu sagen, seine Gefühle zu offenbaren, aber dann verwarf er den Gedanken wieder. Der Augenblick war einfach viel zu schön und viel zu witzig, um ihn schon enden zu lassen. Es war großartig, wie viel Spaß sie miteinander hatten. Außerdem wollte Timon Leni nicht mit der großen Liebe erschrecken. Nach allem, was zwischen ihnen passiert war, schien es ihm eher geboten, die Sache langsamer anzugehen. Auf keinen Fall wollte er sie mit seiner Zuneigung überrennen. Im besten Fall würde es noch sehr viele Momente geben, in denen er ihr seine Liebe gestehen konnte.

Als Leni ein weiteres Mal laut und undamenhaft rülpste, nahm er ihr deshalb lachend die Flasche aus der Hand und stellte sie gemeinsam mit seiner eigenen auf den Boden neben dem Bett ab.

»Das war sehr eindrucksvoll.« Er lachte noch immer. Sie stimmte ein, kein bisschen verlegen.

»Ich finde es wunderschön, hier bei dir zu sein«, sagte Timon, beugte sich vor und küsste Leni.

Dann schaute er ihr tief in die grauen Augen, die ihm schon früher so geheimnisvoll und verführerisch erschienen waren. Einmal mehr fiel ihm auf, dass er niemanden sonst mit dieser Augenfarbe kannte. Timon legte seine Hand um eine ihrer Brüste und begann, zärtlich über die Brustwarze zu streicheln. Dann beugte er sich über Leni und spielte mit seinen Lippen und seiner Zunge mit ihrem Nippel. Dass ihr das gefiel, hatte er zuvor schon bemerkt, und auch jetzt kam es ihm vor, als würden sich ihre Augen vor Lust verdunkeln. Die Stimmung war in ein anderes Extrem umgeschlagen und das binnen kurzer Augenblicke.

Allein das erregte ihn so sehr – die Veränderung der Atmosphäre im Raum, weg von Albernheit, hin zu Begehren, sichtbar in der Farbe von Lenis Augen.

»Noch mal«, flüsterte sie, bevor sie ihn zurück auf das Kissen drückte. Sie zeigte ihm sehr eindeutig, was sie wollte, indem sie sich einfach auf Timons Schoß setzte.

Noch mal, ja, noch mal. Wenn es nach Timon ginge, würde es von jetzt an viele Nochmals geben.

8. Kapitel

Leni

Leni schaute zu Timon, der einfach eingeschlafen war, quasi mitten im Satz, als sie sich über das letzte Buch, das sie miteinander gelesen hatten, unterhielten. Einfach so, in Lenis Garten unter dem Apfelbaum, waren ihm die Augen zugefallen. Bestimmt war er am Vortag wieder lang unterwegs gewesen. Er roch noch nach kaltem Rauch und einem Rest Alkohol. Seine Blässe ließ seine Haut fast durchscheinend wirken. Er konnte nicht viel geschlafen haben in der vergangenen Nacht. Aber Leni sprach ihn nicht darauf an. Sie hatte das Gefühl, er würde dann abwehren, sich kritisiert fühlen. Und in gewisser Weise war es ja auch so, dass ihm dieser seltsame Jeremias ganz offensichtlich nicht guttat – auch wenn sie es nicht begründen konnte –, von den Partynächten mal abgesehen. Aus ihrer Sicht passten Partys auch gar nicht zu Timon, aber was wusste sie schon? Zudem fühlte sie sich auch von diesem Jeremy beobachtet, immer dann, wenn Timon in der Schule mit ihr sprach. Leni fühlte sich dabei seltsam beäugt, als wollte er … ja, was? Sie wollte Timon fragen, aber sobald das Gespräch in Jeremys Richtung ging, wechselte er das Thema oder machte eine flapsige Bemerkung.

Seit ihrer Operation war sie nicht mehr ausgegangen. Aber das war auch nichts mehr, das sie reizte oder das sie vermisst hätte. Lieber verbrachte sie Zeit in der Natur – oder bei der Krankengymnastik, wo sie ihre Mobilität noch immer weiterentwickelte und Bewegungsabläufe verfeinerte. Sie hatte keine Zeit zu verschwenden, das hatte niemand, denn es gab immer nur den einen Augenblick, das war die Essenz dessen, was sie durch ihren Unfall gelernt hatte. Aber mit dieser Einstellung war sie mit Sicherheit nicht die typische neunzehnjährige Frau. Kein Wunder, dass sie lange für sich geblieben war. Selbst mit Jasmin, ihrer Schwester, kam sie auf keinen gemeinsamen Nenner mehr, seit die sich nur noch in ihren sozialen Medien fortzubewegen schien. Jasmin lebte in dieser Scheinwelt – und Leni hatte den Zugang zu ihrer Schwester in dem Moment verloren, wo sie selbst ins Krankenhaus eingeliefert worden war. Das viele Alleinsein verbunden mit dem Kampf, ihre körperlichen Fähigkeiten zurückzuerlangen, hatte sie zu einem anderen Menschen gemacht.

Ein Schmetterling landete auf Timons Nase und er verzog im Schlaf das Gesicht. Sie zückte ihr Handy und machte ein Foto von ihm mit dem Zitronenfalter auf der Nase. Das würde sie ihm später schicken. Der Schmetterling hob ab und flog davon, ganz so, als wäre er zuvor überhaupt nur gelandet, um ein gutes Motiv abzugeben. Leni schaute auf den Bildschirm und grinste breit. Das Foto war ihr gelungen. Dann packte sie das Handy zurück in ihre Tasche und legte sich neben Timon. Seine Nase war leicht schief. Sie nahm sich vor, ihn bei Gelegenheit zu fragen, wie es dazu gekommen war. Aber dann vergaß sie ihr Vorhaben wieder.

Timons Hand, die locker auf seinem Brustkorb lag, zuckte leicht im Schlaf und Leni konnte nicht widerstehen. Ganz sanft strich sie mit ihren Fingern über seinen Handrücken. Er merkte es nicht, schlief einfach weiter, aber für Leni bedeutete die kleine Berührung die Welt.

* * *

Leni

Ungläubig schaute Leni Timon an, der nach ihrer gemeinsamen Nacht noch selig schlief, obwohl ihm die Sonne mitten ins Gesicht schien. Er hatte ihr Bein gestreichelt, die Stelle, wo sich die Amputationsnarbe entlangzog, er war nicht von ihrer Verletzung abgestoßen gewesen, nein, er hatte ihr das Gefühl gegeben, sie voll und ganz zu akzeptieren.

Jetzt schlief er neben ihr, als wäre das kein Wunder, sondern das Selbstverständlichste auf der ganzen Welt. Tiefe, regelmäßige Atemzüge verrieten, dass Timon noch eine ganze Weile schlafen würde. Leni schaute ihn an, prägte sich seine Züge ein. Den kleinen, fast unsichtbaren Höcker auf seiner Nase, die Linie seiner Augenbrauen, die feine Falte neben dem Mundwinkel, die leicht geöffneten Lippen. Am liebsten hätte sie ihn schon wieder berührt, aber stattdessen versuchte sie, so reglos wie möglich dazuliegen, um ihn nicht im Schlaf zu stören.

Doch er schien jetzt ihre Anwesenheit zu spüren, grummelte leise, fast ein Seufzen war es. Dann streckte er seine Hand in einer suchenden Bewegung aus, fand Lenis Unterarm und legte seine Finger auf ihre nackte Haut. Erst jetzt fand er wieder Entspannung und glitt zurück ins Land der Träume, ein kleines Lächeln auf dem Gesicht.

So viel Magie in so wenigen Stunden, dachte Leni. Sie hatte sich wahnsinnig in ihm getäuscht. Wenn er später wach würde, wollte sie ihn fragen, was ihn auf dem Ball damals so erschreckt hatte. Und warum er sich nicht mehr gemeldet hatte, das auch. Schließlich hatte sie gewartet, damals. Die Tatsache, dass er sich nicht mehr gemeldet hatte, war hart und schmerzhaft für Leni gewesen und mit jedem verstrichenen Tag wurde ihr klarer, dass Timon den Kuss zwischen ihnen bereute. Das tat ihr am meisten weh: dass nur sie selbst diesen Kuss genossen zu haben schien.

Jetzt aber lag er hier, in einem ihrer Gästezimmer, splitternackt. Und sie musste nur die Hand ausstrecken, um seinen Rippenbogen nachzufahren, der sich, wenn Timon auf dem Rücken lag, unter seiner hellen Haut abzeichnete.

Irgendetwas war damals gehörig schiefgelaufen und sie wollte zu gern herausfinden, was es gewesen war.

* * *

Timon

Timon dachte, es sei eine Feder, aber als er die Augen aufschlug, waren es Lenis Finger, die ganz sanft eine seiner Rippen nachzeichnete. Er wollte die Augen sofort wieder schließen, aber stattdessen trafen sie auf Lenis liebevollen Blick, ihr einzigartiges Lächeln, ein Blitzen in ihren hellgrauen Augen und er war wie gefangen genommen davon.

»Das hätte ich gern öfter«, sagte Timon. Seine Stimme war ganz dunkel, als würde der Schlaf noch in den Stimmbändern hängen. Draußen schien die Sonne und erwärmte das Dach der Hütte. Die Balken knackten wegen der Hitze, realisierte er am Rande.

Leni lachte leise. »Kannst du kriegen. Ich kann deinen Rippenbogen gern häufiger streicheln.«

Er verdrehte die Augen. »Das habe ich nicht gemeint.«

»Ach was? Und was hast du gemeint?«, neckte sie ihn. Ihr Streicheln war jetzt fester. Timon spürte ihre Finger, jeden einzelnen, und musste lachen. Er krümmte sich unter der Berührung und kicherte. Ganz albern klang das, aber er war nun mal kitzlig. Das realisierte auch Leni und lachte laut. »Also? Krieg ich jetzt eine Antwort oder muss ich dich noch mal kitzeln?«

»Bei dir sein. Das meinte ich. Ich wäre gern öfter bei dir.«

»Na, das kannst du haben. Ich brauch ja noch wen, der meine Treppe wachst.« Leni zwinkerte Timon zu. »Außerdem weiß ich jetzt endlich was über Zirbenholz, und ganz sicher ist da drin noch mehr!« Sie klopfte ihm sanft gegen die Stirn.

»Darauf kannst du dich verlassen.« Unnützes Wissen war schließlich Timons Spezialität und dass Leni das mochte, war umso besser.

»Aber erst musst du mir was erklären. Mir spukt da was im Kopf rum.« Lenis Gesichtsausdruck war plötzlich ganz ernst.

»Was denn?« Timon hatte sich einen Arm unter den Kopf geschoben, um ein wenig höher zu liegen. Ganz automatisch hatte sie seine volle Aufmerksamkeit.

»Warum bist du beim Abschlussball weggelaufen?«

Er hatte geahnt, dass sie ihn das irgendwann fragen würde. Gestern beim Einschlafen war sein letzter Gedanke gewesen, dass er ihr reinen Wein einschenken musste, endlich einmal ehrlich sein, nicht lügen, nicht weglaufen. Trotzdem traf ihn die Frage seltsam unvorbereitet. Wie konnte er der Frau, die er liebte, auch sagen, dass er zu feige gewesen war, um zu ihr zu stehen? Wie hätte sie einen Feigling respektieren können, geschweige denn lieben?

»Darf ich die Frage später beantworten?«, bat Timon schließlich nach einer unangenehm langen Denkpause. »Bitte.«

Leni musterte ihn, schien seine Gesichtszüge zu studieren und am liebsten hätte Timon hinunter zu seinen Zehenspitzen geschaut, in alter Gewohnheit, aber er tat es nicht, er hielt Lenis prüfendem Blick stand.

»Gut. Später.« Begeistert war Leni nicht davon, dass er sich vor der Antwort drückte, und man sah es ihr an.

In diesem Moment hasste Timon sich selbst. Er war ein ewiger Feigling. Dabei wusste er genau, dass Liebe Ehrlichkeit verlangte, und dennoch hatte er viel zu viel Angst vor den

Konsequenzen seiner Antwort. Denn die Angst, Leni wieder zu verlieren, war so unerträglich, dass er nicht einmal den Gedanken zulassen wollte.

»Sag mal, hast du etwas zum Frühstücken da?«, fragte er deshalb betont lässig, um von dem leidigen Thema abzulenken.

Zu seiner Erleichterung ging Leni auf seine Frage ein, denn schließlich traf er damit ihre Gastgeber-Instinkte. Allerdings verzog sie das Gesicht. »Ein Rippchen Schokolade und die restliche Pesto-Pasta. Nicht unbedingt in dieser Reihenfolge. Bis der Heli kommt, hab ich nicht viel mehr.«

Timon grinste. »Für mich klingt das prima.«

Er schlug die Bettdecke zurück, um aufzustehen. Als er die Füße über die Bettkante schwang, spürte er wieder das schmerzhafte Stechen in seinem Knöchel und fluchte leise.

»Na komm, ich helf dir.« Für Leni war es ganz selbstverständlich, Timon die Krücken zu reichen. Erst dann half sie sich selbst mit ihrer Prothese, die sie ruckzuck angelegt hatte. Wieder war Timon beeindruckt von der Selbstverständlichkeit, mit der Leni ihre Behinderung bewältigte.

Was für eine tolle Frau sie war, dachte er bei sich. Wie oft ihm dieser Gedanke seit gestern durch den Kopf geschossen war!

»Komm her und küss mich«, forderte er, und als Leni seiner Aufforderung nachkam, war er nicht sicher, ob sie dieser Kuss nicht schnurstracks zurück ins Bett befördern würde.

* * *

Leni

»Gleich kommt der Heli«, informierte Leni, nachdem sie auf ihr Handy geschaut hatte. »Genau genommen dürfte er jede Minute hier sein«, fügte sie bedauernd noch hinzu. Es war später Vormittag und sie fand es schade, dass Timon jetzt jede Minute abgeholt wurde. Der Helikopterservice war so zuverlässig, dass sie wusste, das Zeitfenster, das vorgegeben worden war, würde sicher eingehalten werden. Und da elf nun mal die vereinbarte Uhrzeit war, wusste Leni, dass der Abschied von Timon unmittelbar bevorstand.

Sie setzte sich zu Timon, der draußen in der Sonne auf der Hausbank saß. Sofort wärmten die Sonnenstrahlen ihren Körper. Timon griff nach ihrer Hand. »Ich könnte jetzt nicht sagen, dass es mich freut, gehen zu müssen.«

»Nein. Mich auch nicht. Aber du musst dein Bein ansehen lassen.«

Eine dicke Hummel flog vorbei. Ihr tiefes Brummen erfüllte die warme Luft.

»Es war wunderschön mit dir heute Nacht.« Timon hob Lenis Hand an seine Lippen und küsste ihren Handrücken zärtlich, eine Geste, die sie tief in ihrem Inneren berührte.

»Weißt du, ich hatte schon lang keine Frühlingsgefühle mehr.« Timon grinste breit und Lenis Herz tat einen Sprung. Sie drückte fest seine Hand und er erwiderte den Druck. Selbst war Leni viel zu emotional in diesem Moment, um geeignete Worte zu finden.

»Frühlingsglücksgefühle, sozusagen«, fügte Timon hinzu. Er lachte leise.

Zu hören, dass sie Timon glücklich machte, machte wiederum Leni glücklich und die Frühlingsluft schien durchgetränkt von ihrem persönlichen Glück zu sein. Das Brummen der Hummel klang zufrieden, der kleine Bläuling, der vorbeitanzte, war mit Sicherheit ein fröhlicher Schmetterling und die Brise, die durch die Gräser strich, war mild und streichelte über die jungen Blätter der Birke, die ein kleines Stück weiter mit ihrem neuen Laub im leichten Wind raschelte. Der neue Morgen war wie ein Wunder und Leni sah jedes herrliche Detail rundum in all seinen leuchtendsten Farben.

»Du hast mich auch glücklich gemacht.« Sie dachte an die vergangene Nacht zurück, den intensiven Kuss am Morgen, wie Timon hochzufrieden und mindestens genauso bescheiden kalte Pasta gefrühstückt hatte, ohne mit der Wimper zu zucken, und wie sehr sie gemocht hatte, dass er dazu etwas über die Arten von Marienkäfern erzählt hatte, die auch gerade vom Überwintern zurückkamen. Sie sammelten sich nämlich im Herbst zu Gruppen, um gemeinsam den Winter zu überstehen. Leni hätte ihm stundenlang zuhören können, wenn er sich begeistert und mit wilder Gestik über ein Thema ausließ, mit dem sie sich bis dahin noch nie beschäftigt hatte. Timon war ein Geschichtenerzähler und Leni ein glückliches Publikum.

Er löste seine Hand aus ihrer und legte stattdessen den Arm um Leni, drückte sie näher zu sich heran. »Sobald mein Fuß wieder gut ist, komme ich rauf und mach deine Treppe. Und wer weiß, was wir sonst noch so tun können.« Sein breites Grinsen bewies, dass er sehr genau wusste, was er noch tun wollte, und Leni kicherte ein für sie völlig untypisches, albernes Kichern.

Sie wollte Timon gerade ein weiteres Mal fragen, warum er beim Ball damals weggelaufen war, aber da hörte sie das Brummen des Helikopters in der Ferne. Lieber wollte sie Timon ein weiteres Mal küssen, sich von ihm halten lassen und den Augenblick genießen. Vorher hatte er bei dieser Frage so viel Schmerz in seinen Augen gehabt, da musste sie ihre letzten Momente miteinander nicht davon überschatten lassen. Stattdessen wollte sie Timon noch mal schmecken. Längst roch man sein Aftershave nicht mehr, der Duft hatte sich zu einer vagen Ahnung verflüchtigt, als sie Timon ein weiteres Mal küsste. Langsam fuhr sie mit ihrer Hand in Richtung seines

Schritts, ein Versprechen für andere Tage, auf das er mit einem leisen Stöhnen reagierte.

Dann kam der Helikopter in ihr Blickfeld und Leni stand auf. Hoffentlich würde alles gut klappen. Normalerweise musste der Heli nicht landen, er hatte alles, was Leni bestellt hatte, ordentlich verschnürt als Paket dabei, das er an einer vereinbarten Stelle vor der Hütte abstellte. Heute allerdings würde er landen und Timon als Patient aufnehmen, um ihn ins Tal zu bringen, wo er mit dem Taxi in ein Krankenhaus fahren konnte.

9. KAPITEL

Timon

Der Hubschrauberpilot war ein Könner. Er positionierte ein riesiges, verschnürtes Paket direkt auf der Terrasse der Gaupenhütte. Dann erst setzte er zur Landung an, um Timon aufzunehmen. Er fand einen Platz ein kleines Stück weiter vorne, wo die Wiese flach genug war. Langsam senkte sich der Helikopter, kam sicher zum Stehen und es wurde still. Timon dachte darüber nach, dass es ein ganz ordentliches Stück zum Hubschrauber war, das es auf Krücken zu überwinden galt, doch Leni schien seine Gedanken zu erraten.

»Ich helf dir. Das geht schon.« Sie drückte seinen Arm und schenkte ihm ein aufmunterndes Lächeln, das er dankbar erwiderte. Er beugte sich zu ihr hinüber und küsste sie auf die Wange. Was für ein Wunder, dachte er. Was für ein Wunder!

Die Gefühle der vergangenen Nacht hüllten ihn noch immer ein und er konnte nicht glauben, dass er ein neues Kapitel in seinem Leben aufgeschlagen hatte – einfach so. Auch wenn sein Bein gebrochen sein mochte, war es ein angemessener Preis für diesen Neustart.

Leni wandte ihm ihr Gesicht zu und legte ihre Hand in seinen Nacken, um ihn zu sich heranzuziehen.

»Schade, dass du ins Tal musst«, sagte sie. Dann küsste sie ihn, als wollte sie sichergehen, dass er die Leidenschaft der vergangenen Nacht auf keinen Fall vergaß. Als ob das möglich wäre, dachte er bei sich und erwiderte den Kuss.

Leni fuhr sich mit der Zunge über die Lippen. »Ich merk mir einfach, wie du schmeckst.«

Timon grinste. »Nach Pestonudeln.«

Leni knuffte ihn in den Arm. »Nein, nach Timon.«

»Schon klar. Ach, Leni, ich bin so froh, dass ich mir das Bein verletzt habe, ich kann es dir gar nicht sagen.«

Sie lachte. Es war ein unbeschwertes, wunderschönes Lachen. »Ich für mich selbst nicht ganz so sehr. Aber ich hab mich dran gewöhnt.«

»So hab ich es doch nicht gemeint, ich meine ...« Er spürte, wie er rot wurde.

»Das weiß ich doch. Ich hab nur einen Spruch gerissen. Jetzt aber los!« Leni deutete mit dem Kinn in Richtung des Helikopters. Der Pilot machte Anstalten, auszusteigen.

Ihre Unbeschwertheit war etwas, das er unheimlich bewunderte, besonders nach allem, was sie schon durchgemacht hatte. Er wollte übergehen vor lauter Zuneigung, wenn er ihr in die blitzenden Augen schaute, wollte sie nie wieder loslassen. Selbst jetzt, wo es darum ging, sein Bein behandeln und den Schmerz lindern zu lassen, fiel ihm der Abschied schwer.

»Ich ... ach, egal.« Timon ermahnte sich innerlich. Es war einfach zu früh, von Liebe zu sprechen, auch wenn er um diese Liebe schon seit dem Abschlussjahr des Gymnasiums wusste und sie ein altes, vertrautes Gefühl war, das er jahrelang bekämpft und verdrängt hatte.

»Pass gut auf dich auf hier oben«, sagte er also statt-dessen und küsste Leni erneut, dieses Mal nur federleicht, ein Abschiedskuss nur noch, ganz schnell.

»Bis dann!« Leni strich ihm über die Wange. Dann trat sie einen Schritt zurück. Sie schaute nicht mehr ihn an, sondern ihr Blick war in Richtung des Helikopters gewandert. Erstaunen und Überraschung spiegelten sich gleichermaßen in ihren Zügen. Timon folgte ihrem Blick und erstarrte mitten in der Bewegung.

Nein, nein, nein!

Nur das große Nein war in Timons Kopf, als er sah, wer da auf sie zuschritt. Er erkannte ihn sofort. Es gab keinen Zweifel. Der leichte Rundrücken, der ihm schon als Jugendlichem einen charakteristischen Zug verliehen hatte, war noch immer prägend für seine Statur, hatte sich über die wenigen Jahre sogar noch etwas verstärkt. Die Haare trug er schulterlang, wie früher, aller-dings waren sie schon lichter geworden, obwohl Jeremy erst in den frühen Zwanzigern war. Jeremias, den er seit dem Abschlussball nicht gesehen hatte. Die Haare standen ihm wie früher nach allen Seiten ab und er versuchte, sie zu bändigen, indem er sie mit bei-den Händen an den Kopf klatschte. Als er Timon erkannte – auch er brauchte dafür kaum mehr als einen Sekundenbruchteil –, stahl sich sofort das typische Grinsen in sein Gesicht.

»Wen haben wir denn da?«, fragte Jeremias süffisant, als er Leni und Timon erreichte. »Wenn das nicht das Traumpaar vom Abschlussball ist.«

* * *

Timon

Er musste Leni einfach küssen. Die Jungs waren gerade nicht im Raum, die Musik war herrlich romantisch, eine Discokugel sorgte für zusätzliche Stimmung. Das Licht gedämpft und Leni schmiegte

sich an ihn, nachdem er sie auf die Tanzfläche gezogen hatte.
Längst war der offizielle Teil des Balls mit den Eltern vorbei und
die jungen Leute waren unter sich, nachdem sich die stolzen Mütter
und Väter der Abiturienten verabschiedet hatten.

Er wusste, dass er eigentlich warten sollte, wegen der Jungs, er
wusste um das Risiko, aber Leni war so schön. Sicher, so sprach er
sich Mut zu, würde die Clique draußen rauchen, sich unterhalten,
ein Bier trinken. Das dauerte.

Und Leni war so unfassbar schön in ihrem roten Kleid mit dem
tiefen Rückenausschnitt, dass er es kaum noch aushalten konnte. Als
sie tanzten, zum langsamsten Lied der Welt, lag seine Hand auf ihrer
nackten Haut. Sein ganzer Körper, sein ganzes Sein hatte schon viel zu
lange darauf gewartet, Leni nah zu sein. Alles in ihm schrie danach.
Auch nur eine Stunde, eine Minute länger zu warten, kam Timon
unmöglich vor. Vorsichtig streichelte er Lenis Rücken. Er musste sie
küssen. Er MUSSTE sie küssen. Ihre Lippen glänzten, aber nur ein
wenig, genau richtig, um geküsst zu werden. Ganz vorsichtig näherte
er sich ihrem Mund, zügelte sich zu einem zärtlichen Kuss. Doch
Leni signalisierte ihm ganz deutlich, dass auch sie ihn küssen wollte,
spielte mit ihrer Zunge mit seinen Lippen, sodass auch Timon mehr
Leidenschaft wagte. Leni, dachte er bei sich, oh, Leni! Sie schmeckte
genau so, wie er es sich vorgestellt hatte – nach Leni eben.

Die Zeit wurde zum Vakuum, alles um sie herum war verges-
sen, als sie miteinander in einem Kuss versanken, der Timons Welt
für immer veränderte. Er war wie kurz vor dem Verdursten. Es gab
kein Genug. Er wollte immer weiter küssen und nie wieder damit
aufhören.

Und dann klopfte ihm jemand auf die Schulter und er fuhr
zurück, weg von Leni, als hätte man ihn beim Stehlen ertappt.
Denn es fühlte sich an, als hätte ihm die Realität ins Gesicht geschla-
gen und er wusste ganz genau, was als Nächstes passieren würde.

»Ihr seid ja das Traumpaar vom Abschlussball. Gratuliere,
Timon!« Jeremy baute sich vor ihnen auf und klatschte in die

Hände, als wäre Timon ein Schauspieler, der soeben den Grammy gewonnen hatte.

Timon wandte sich an Leni, deren verwirrter Blick ihn tief schmerzte. »Es tut mir leid, Leni. Es tut mir so wahnsinnig leid. Aber ich will dich nie wieder sehen.«

Dann wandte er sich ab, in Richtung Ausgang, und verließ den Ballsaal, ohne noch einen Blick zurückzuwerfen.

* * *

Leni

»Wenn das nicht das Traumpaar vom Abschlussball ist.« Jeremy grinste breit.

Ähnliche Worte hatte Leni doch schon einmal gehört, dachte sie ungläubig.

Und dann war Timon weggerannt, einfach weggerannt, weil er nicht Teil eines Traumpaars mit der verkrüppelten Leni sein wollte. Es war egal, ob er damals von ihrer Behinderung gewusst hatte oder nicht – er hatte nicht zu ihr gehören wollen, und der Stachel saß tief. Jetzt, wo sie Jeremy sah, spürte sie erst, wie tief.

»Dann hatte unsere Wette ja am Ende doch Erfolg! Hättest dich ruhig mal melden und berichten können.« Jeremy lachte, schüttelte ungläubig den Kopf und klopfte Timon so heftig auf die Schulter, dass er fast das Gleichgewicht verlor und sich schwer auf die Krücken stützte. Ein Zitronenfalter flog vorbei, Leni sah ihn aus dem Augenwinkel, während sie versuchte, die Situation in ihrer Gänze zu erfassen. »Eine Wette?« Sie runzelte die Stirn.

Jeremy grinste breit, legte den Arm um Timon und sagte: »Hat er dir echt nicht davon erzählt, der alte Schwerenöter?«

Timon räusperte sich, schaute zu seinen Füßen hinunter und Leni sah in dieser vertrauten Geste, dass er sich gerade an jeden Ort der Welt gewünscht hätte, nur um der Situation zu entkommen.

»Wir hatten damals eine Wette laufen, dass Timon dich küsst. Ach, ist eine lange Geschichte. Aber ja ganz offensichtlich mit einem Happy End.«

»Wie bitte? Happy End?« Lenis Verstand versuchte noch immer, alle Puzzleteile zusammenzukriegen. Aber sie sah immer nur, wie Timon sich aus dem Staub machte, sie allein dastand und Jeremias lachend zurück zu seiner Clique ging, die am Rand der Tanzfläche grölend die Bierflaschen in seine Richtung streckte, um mit ihm anzustoßen.

Timon hatte sie im Stich gelassen. Er hatte sie wegen einer Wette geküsst und war dann aus ihrem Leben verschwunden.

Leni starrte Timon an, dann Jeremy, dann wieder Timon, der sich auf ihre Krücken stützte.

»Weißt du was, Timon? Verschwinde! Und nimm deinen Kumpel hier mit«, sagte sie schließlich.

Wie dumm ich bin, dachte sie bei sich, wie unfassbar dumm ich bin. Nein, sie würde nicht weinen, sie würde einfach nicht weinen – zumindest nicht, bis Timon mit seinem sauberen Kumpel aus ihrem Blickfeld verschwunden war.

»Leni, ich …« Timon versuchte, einen Schritt auf Leni zuzuhumpeln, verzog das Gesicht und blieb stehen.

»Ehrlich? Nein. Bleib, wo du bist. Ich brauch dich nicht. Und ich will nichts mehr von dir hören oder sehen. Ich bin fertig mit dir. Das hier war für mich eh nur ein Flirt.« Es tat unfassbar weh, die Sätze laut auszusprechen, aber Leni wusste, dass es das einzig Richtige war, ihm das zu sagen, auch wenn sie log. Von wegen Flirt! Aber sie konnte nicht anders in diesem Moment, sie wollte ihm wehtun, wie er ihr wehgetan hatte. Sie konnte nicht anders. Und was wusste sie schon? Vermutlich tat sie ihm ja gar nicht weh, dachte sie, vermutlich war es Timon einfach nur egal, wie sie ihn sah und was sie zu ihm sagte.

Irgendwann später würde sie stolz darauf sein, zumindest das Gesicht gewahrt zu haben.

Timon stolperte einen weiteren Schritt in Lenis Richtung, Schweiß stand ihm auf der Stirn und er verlor das Gleichgewicht, stöhnte auf, stützte sich auf die Krücken und schaute zu Leni. Aber Leni trat einen Schritt zurück. »Weißt du was, nimm die Krücken mit. Ich will sie nicht mehr – und brauch sie auch gar nicht so dringend wie du.«

Jeremy stand da, als hätte er mit der ganzen Situation nichts zu tun, irritiert schaute er zwischen den beiden hin und her. Dann drehte er sich mit einem Schulterzucken um und ging zurück in Richtung des Hubschraubers. Offenbar kam er gar nicht auf die Idee, seinem Freund zu helfen. Und Leni würde es jetzt ganz sicher nicht tun.

Sie wandte sich ab und ging in Richtung ihrer Hütte. Jedes Detail nahm sie besonders stark wahr: das Brummen des Hubschraubers beim Start, das all die feinen Naturgeräusche brachial übertönte, die Hütte im harten Mittagslicht des überraschend heißen Frühjahrstags, der die vergangene Nacht absurd wirken ließ. Das Unwetter war einfach verschwunden, ohne Spuren zu hinterlassen. Heute blühten sogar mehr Krokusse als gestern, stellte Leni überrascht fest. Eine Biene flog von Blüte zu Blüte.

Leni sah ihren Schatten, ihre gleichmäßigen, kräftigen Schritte. Heute brachte Timon sie nicht aus dem Gleichgewicht, heute nicht und nie mehr. Sie biss fest die Zähne zusammen. Später würde ihr Unterkiefer schmerzen, aber jetzt zählte nur der Moment. Und sie war wütend, so wütend auf Timon. Und ja, auch auf sich selbst, besonders auf sich selbst.

Wie hatte sie nur denken können, dass der Abschlussball ein Missverständnis gewesen war, dass Timon einfach überreagiert und es keine Gelegenheit gegeben hatte, den Konflikt zu lösen? Naive, kleine, dumme Leni mit dem fehlenden Fuß, dachte sie bei sich. Als ob es für dich Liebe gäbe!

Und da spürte sie, wie ihr die Tränen kamen. Sie konnte nichts dagegen tun. Aber sie würde sich ohnehin nicht umdrehen, nein, auf keinen Fall, diese Befriedigung würde sie weder Timon noch seinem Busenkumpel gönnen. Leni hörte, wie sich das Motorengeräusch noch intensiverte, und spürte den Wind der Rotorblätter im Haar. Jetzt hatte sie ohnehin die Terrasse erreicht. Sie ging auf die Hüttentür zu, als sie den Helikopter starten hörte, öffnete sie und trat ein. Wie ein schützender Kokon fühlte sich die Gaupenhütte an, dachte Leni, als sie sich von innen gegen die Tür lehnte. Dennoch, der Wunsch, in ihr Bett zu gehen – in dem Timon zum Glück nicht gelegen hatte, weil sie ihm ein Gästezimmer gegeben hatte und sie dort gelandet waren –, war übermächtig. Sie rang ihn nieder. Nein, dieses Mal nicht. Heute würde sie ihre Trauer nicht gewinnen lassen. Heute würde sie stärker sein als damals nach dem Abiball, wo sie tagelang das Bett nicht verlassen hatte.

Lebensmittelvergiftung, das war ihre Ausrede gewesen. Dass sie etwas Falsches gegessen hatte. Dabei war es das Leben selbst gewesen, an dem sie sich verschluckt hatte. So würde das heute nicht ausgehen. Leni stieß sich von der Tür ab und wischte sich die Tränen aus dem Gesicht.

»So!«, sagte sie und klatschte in die Hände. Es war Zeit, die Lebensmittel ins Haus zu bringen. Es war Zeit, sich um die Speisekarte zu kümmern. Außerdem hatte sie eine Treppe zu wachsen. Sie würde es schon irgendwie hinkriegen, dass ihr Werk am Ende zumindest nicht negativ ins Auge fiel. Sie brauchte Timons Hilfe nicht. Sie brauchte überhaupt keinen Mann. Das hatte sie schließlich bis jetzt auch nicht getan.

Wut war ein produktives Gefühl, das Leni zu Hochleistungen antrieb, während Trauer sie nur lähmte.

Also würde sie Letztere erst mal einfach nicht zulassen. Wenn sie alles erledigt hatte, war noch Zeit genug, um über diese ganze Sache nachzudenken, jetzt ging es darum, die nächste

Stunde zu überstehen. Deshalb kämpfte sie ihre Tränen nieder und lauschte nach draußen. Das Geräusch des Helikopters wurde immer leiser. Timon war damit endgültig aus ihrem Leben verschwunden und sie würde jetzt ihre Speisekammer einräumen, entschied sie mit Vehemenz. Leni klatschte ein weiteres Mal in die Hände, ihr eigener Cheerleader durch und durch. »Auf geht's!«, feuerte sie sich an. Dann öffnete sie die Hüttentür mit Schwung und trat wieder hinaus in die Sonne, wo das Lebensmittelpaket darauf wartete, verräumt zu werden.

* * *

Timon

Er rannte, sobald der Ballsaal hinter ihm lag. Er rannte, als müsste er vor einem schlimmen Sturm fliehen. Timon war schon lange nicht mehr so schnell gelaufen. Doch jetzt blieb ihm nichts anderes übrig, sein Körper wurde einfach getrieben. Er raste davon, um den Abend hinter sich zu lassen. Flucht lag ihm gut, ihm, dem Außenseiter. Dabei hatte er doch jetzt Jeremys Anerkennung gewonnen, den sicheren Platz im sozialen Gefüge. Aber in dem Moment, wo Jeremy ihm auf die Schulter geklopft hatte, war ihm klar geworden, dass ihm diese Anerkennung gar nichts mehr wert war. Leni war etwas wert. Das Ausmaß seines Verhaltens wurde ihm erst in diesem Moment klar. Und der Fehler war nicht gewesen, Leni zu küssen. Der Fehler war gewesen, dass er Jeremias und seinen Freunden nicht gesagt hatte, dass er aus der Wette aussteigen wollte. Er hatte es versäumt, Position zu beziehen, weil er ein Feigling war, der sich nach Anerkennung und einem Platz im sozialen Gefüge seines Jahrgangs gesehnt hatte. Dafür hatte er sich selbst aufgegeben und nicht das getan, was er hätte tun sollen, nämlich zu Leni zu stehen, als er sich Hals über Kopf in sie verliebt hatte.

Stattdessen hatte er versucht, sie heimlich zu küssen – auf einem Ball. Jetzt, wo er die Situation nüchtern betrachtete, fühlte er sich wahnsinnig dämlich.

Obwohl er vor Seitenstechen kaum noch atmen konnte, blieb er nicht stehen. Er lief in Hemd und Anzughose bis zu sich nach Hause ins Nachbardorf. An das Sakko, das noch über der Stuhllehne im Ballsaal hing, würde er erst am nächsten Tag überhaupt denken. Auf den Lippen spürte er noch immer Lenis Kuss. Er glaubte, ihren Duft noch auf seiner Haut zu riechen, und konnte kaum fassen, dass er sie verloren hatte. Die Leere, die sich vor ihm auftat, fühlte sich an wie ein schwarzes Loch, das alles einfach auffraß, das ihm etwas bedeutet hatte in der letzten Zeit: ihre Gespräche, Lenis blitzscharfer Verstand, wenn es um Bücher ging, ihr Lachen, ihre Locken, ihre ruhige Art. Leni war für ihn wie ein Wunder gewesen. Sie hatte dafür gesorgt, dass er besser still sitzen konnte. Sie hatte ihm Perspektiven eröffnet und damit ganz viele Wunder geschenkt. Sie hatte ihm bei der Bewerbung in der Tischlerei geholfen. Sie hatte ihn bei der Idee unterstützt, Schreiner zu werden. Sie sagte, dass es richtig war für ihn, mit den Händen zu arbeiten, weil sein Verstand Bewegung brauchte, um sein wildes Wissen im Zaum zu halten. Pfeif auf Gymnasium! So hatte sie es formuliert und ihm dieses Lächeln geschenkt, dieses ganz bestimmte Leni-Lächeln, wie er es insgeheim für sich formulierte. Und ihre Worte hatten ihm am Ende geholfen, seine Entscheidung für einen Handwerksberuf auch tatsächlich zu fällen. Ach, Leni. Leni, Leni, Leni!

Der Fall war so tief und Timon fiel noch immer. Als hätte er noch immer nicht den Boden der Tatsachen erreicht.

Ein Leben ohne Leni war das Leben, das vor ihm lag, und irgendwie fühlte es sich überhaupt nicht nach Leben an, wenn er es ohne sie leben musste. Es fühlte sich an wie Bruchstücke, die zusammenzuführen zu etwas Neuem ihm unmöglich sein würde.

Als er bei sich zu Hause ankam, brannte im Wohnzimmer noch Licht.

»Ich habe es verdorben, Mama«, sagte Timon zu seiner Mutter, die ihn erwartet hatte. »Ich habe Leni verloren.«

Sich selbst laut zu hören, machte es wahr. Und als Timons Mutter ihn umarmte, kamen ihm unweigerlich die Tränen. Heute hätte ein Anfang sein können, aber stattdessen hatte seine Zukunft ein Ende gefunden, bevor sie überhaupt losgegangen war. Er schämte sich nicht seines Weinens, aber er schämte sich sehr wohl wegen seines Verhaltens.

»Na komm, setz dich erst mal, hm? Ich hole Taschentücher und mache uns heißen Kakao.« Seine Mutter dirigierte ihn zum Sofa und schaltete die Samstagabendshow aus, von der sie sich hatte unterhalten lassen.

Als sie wieder aus der Küche kam, setzte sie sich ihrem Sohn gegenüber und hörte ihm zu. Er ließ kein Detail aus, sondern redete und redete. Als er fertig war, war der Kakao, der schon zu Kindertagen als Trostpflaster gedient hatte, ausgetrunken. Und er selbst fühlte sich auch ganz ausgehöhlt, wie er da saß, in der Stille des Wohnzimmers.

»Das hast du wirklich ganz schön verbockt.« Man konnte seiner Mutter viel nachsagen, aber Unehrlichkeit gehörte ganz sicher nicht zu ihren Eigenschaften.

»Ich weiß.«

»Du solltest dringend mit Leni reden.«

Alles in Timon sträubte sich. Er würde ihr nie wieder unter die Augen treten, das wurde ihm in diesem Moment klar. »Nein, das schaffe ich auf keinen Fall.«

»Es wäre aber der richtige Schritt.«

Er senkte den Kopf, starrte auf seine Füße hinunter, die noch in den teuren Lederschuhen steckten, die seine Mutter ihm gekauft hatte.

»Ja, ich weiß. Aber …«

»Dann weißt du sicher auch, dass es in dieser Sache kein Aber gibt«, schnitt seine Mutter ihm das Wort ab, bevor er seine Ausrede zu Ende formulieren konnte.

»Ich … ja. Ich weiß.«

Timons Mutter stand aus ihrem Sessel auf, kam um den Couchtisch herum und setzte sich neben ihren Sohn.

»Dich wird das einholen, das ist dir klar, oder? Wenn du die Sache mit Leni nicht klärst, wird dich das für immer verfolgen!« Ihre Stimme hatte einen eindringlichen Ton angenommen und sie hatte ihren Arm um Timons Schulter gelegt, um ihren Worten Nachdruck zu verleihen.

Aber Timon hielt es nicht mehr aus und stand auf. »Ich weiß. Denkst du denn wirklich, ich wüsste das nicht?«

Er ließ seine Mutter einfach da sitzen und stürmte in sein Zimmer hinauf. Er war schon wieder weggelaufen. Ein zweites Mal an einem einzigen Abend. Aber er wusste einfach, dass er Leni die bittere Wahrheit niemals würde sagen können, niemals!

* * *

Timon

Der Hubschrauber hatte abgehoben, aber Timon hatte es nicht realisiert. Der ihn umgebende Lärm tat auf gewisse Weise gut, denn so fühlte er sich von der Außenwelt isoliert und konnte gedanklich bei sich sein. Die herrliche Berglandschaft, die weiß gezuckerten Gipfel, das kräftige Frühjahrsgrün, all das zog unter ihm vorbei, aber er realisierte die landschaftliche Schönheit nur am Rande, ohne sie bewusst wahrzunehmen. Es war egal. Alles war egal. Dieses Mal hatte er verloren, endgültig. Jeremias bedeutete ihm, Kopfhörer aufzusetzen, aber er wollte nicht, wollte nicht mit Jeremy reden, auf keinen Fall, wollte einfach nur ankommen, diesen engen Raum wieder verlassen und weg von dem Mann, dessen Zuneigung zu erlangen ihn Lenis Liebe gekostet hatte. Damals schon und, so empfand es Timon, heute erneut.

Er sei nur ein Flirt gewesen, hatte sie gesagt, nichts weiter. Die Worte hatten geschmerzt, egal ob sie den Tatsachen entsprachen oder nicht. Ein Flirt war etwas Unbedeutendes ohne Gewicht, etwas, das verzichtbar war. Und genau so hatte er sich schließlich Leni gegenüber verhalten: wie jemand, auf den man getrost verzichten konnte. Sie hatte völlig recht. Er stampfte mit dem wunden Bein auf. Ein stechender Schmerz durchfloss ihn wie eine Welle. Timon stampfte gleich noch ein weiteres Mal auf.

»Hey, setz den verdammten Kopfhörer auf!« Jeremy brüllte in Timons Richtung und warf ihm das Teil in den Schoß. »Na los!«

Das Pochen in Timons Bein trieb ihm die Tränen in die Augen. Er griff nach dem Kopfhörer und klemmte ihn sich widerwillig auf die Ohren.

»Könntest du mir jetzt mal erklären, was das eben war?«, drang es an seine Ohren.

Timon schaute zu Jeremy hinüber, aber der konzentrierte sich aufs Fliegen. Sein Gesicht zeigte einen ernsten Ausdruck und er schien ganz in seine Tätigkeit vertieft zu sein.

Sollte er ihm alles erzählen, was passiert war, wirklich alles? Timon dachte nur Sekunden darüber nach. Dann entschied er sich dafür. Es war egal, oder? Es gab schließlich nichts mehr zu verlieren.

»Offenbar erinnerst du dich gut an die Wette, die wir damals wegen Leni laufen hatten«, startete Timon und Jeremy nickte. Timon sprach erst langsam, als müsste er die Worte erst noch finden. Immer wieder schaute er zu Jeremias hinüber, der manchmal nickte, manchmal lächelte, aber die Augen nie von seinen Geräten abwandte.

Irgendwie bestätigte seine Reaktion Timon darin, weiterzusprechen. Er kam regelrecht in Fahrt und die Sätze flossen ganz automatisch aus seinem Mund und verwoben sich zur Geschichte der letzten fünf Jahre seines Lebens.

10. KAPITEL

Leni

Elsa kam zur Hütte gerannt, als Leni gerade angefangen hatte, erste Lebensmittel in die Hütte zu tragen. Kein Wunder. Natürlich hatte auch sie den Helikopter gehört. Sie war ja nicht taub.

»Ist dir was passiert?« Sie hatte ihren Wanderrucksack auf den Schultern und Schweißflecken unter den Achseln. Elsa musste gerannt sein. »Ich war grade oben am Teufelstättkopf, da hab ich den Hubschrauber landen gesehen.« Sie holte tief Luft. Der Teufelstättkopf war Elsas Lieblingsgipfel, das wusste Leni.

»Nein, alles gut.« Leni wollte nicht erzählen. Sie konnte einfach nicht.

»Sicher? Was war denn? Warum ist er gelandet?«, hakte die nichtsahnende Elsa nach. Sie wusste ja nicht einmal, dass Timon hier gewesen war, wer Timon war und warum die Situation sich für Leni so schrecklich anfühlte.

Leni nahm einen tiefen Atemzug. »Es tut mir leid, Elsa. Aber ich will wirklich nicht drüber reden. Vielleicht in ein paar Tagen oder besser Wochen mal. Okay?«

Elsa nickte. Sie war niemand, der aufdringlich war. »Ist gut. Du weißt ja, wo ich bin.«

»Danke.« Leni war der Freundin wirklich dankbar für ihr Einfühlungsvermögen.

Als Elsa sich schon zum Gehen abgewandt hatte, blieb sie noch mal stehen. Sie wandte sich um und ihr Gesicht zeigte einen Ausdruck, den Leni noch nie an ihr gesehen hatte. »Männer können einfach fürchterlich sein«, sagte sie und ihr Ton klang so schmerzvoll, dass es jetzt Leni war, die die Freundin am liebsten umarmt hätte. Alles, was sie selbst gerade fühlte, hörte sie in den Worten ihrer Freundin widergespiegelt. Trotzdem nickte sie nur und Elsa ging in Richtung ihrer Alm davon.

Vermutlich hatte sie am Vorabend Timon bei der Arbeit am Hüttendach oder auf der Terrasse gesehen und jetzt eins und eins zusammengezählt, dachte Leni, bevor sie sich wieder an die Arbeit machte, um ihrem Kummer Paroli zu bieten.

Die Lebensmittel waren in Rekordzeit an ihrem Platz in der Speisekammer, die Servietten, die Kerzen, das Benzin für das Notstromaggregat, das Leni nach einem Stromausfall im vergangenen Jahr angeschafft hatte, waren auch schon aufgeräumt. Immer, wenn Leni zwischendurch die Tränen gekommen waren, hatte sie sie zurückgedrängt.

Erst als sie ziemlich am Ende des Auspackens das Hartwachsöl für die Treppe in den Händen hielt, konnte sie die Fassade, die sie mühsam vor sich selbst errichtet hatte, nicht mehr aufrechterhalten. Mit der Dose in der Hand ging sie in die Hütte. Für ein paar Minuten setzte sie sich in die Gaststube und weinte bittere Tränen. Sie konnte Timons Hände noch auf ihrem Körper spüren, sein Lächeln sehen, ihn reden hören. Da war viel Traurigkeit in ihr, die keinen Platz hatte. Da war viel Kummer, dem sie keinen Raum geben konnte, aus Angst, komplett zusammenzubrechen, wenn sie ihn erst einmal vollständig zuließ. Dann fiel ihr

Blick auf den Tisch neben der Ofenbank – und da stand zu allem Überfluss noch Timons Rucksack. Na großartig! Den hatten sie total vergessen vor lauter Geturtel. Vermutlich würde er den wiederhaben wollen. Am Ende tauchte Timon noch mal hier auf. Das fehlte Leni gerade noch.

Sie ging zu dem Rucksack und hob ihn hoch. Einen Blick auf den Inhalt verbot sie sich, der ging sie schließlich nichts an. Unschlüssig schaute sie sich im Raum um. Normalerweise, wenn etwas liegen blieb, hängte sie das Kleidungsstück an die Garderobe, wo man es gut sehen konnte. Aber das hätte geheißen, dass Timon wieder in die Hütte kam und damit nah an sie heran – viel zu nah.

Da kam Leni eine Idee. Sie nahm den Rucksack und ging hinaus auf ihre Terrasse. Gleich an den Fensterladen neben der Tür hängte sie den Rucksack. So war er weithin sichtbar und die Wahrscheinlichkeit, dass sie auf Timon traf, wenn er ihn holen kam, war zumindest ein wenig reduziert.

Plötzlich folgte sie einem Impuls, beugte sich nach vorne und schnupperte am Träger von Timons Wandergepäck. Es roch nicht nach ihm. Zum Glück, ermahnte sie sich selbst, zum Glück. Dann machte sie kehrt.

Entschlossen lief sie zurück in die Gaststube, nahm das Hartwachsöl und trug es in den Flur. Darum würde sie sich auch gleich heute noch kümmern, entschied sie. Erledigt war erledigt.

Sie holte sich einen Pinsel aus dem windschiefen Schuppen und begann mit dem Auftragen des Hartwachsöls.

Timon hatte ihr alles genau erklärt. Erst wurde es aufs Holz gestrichen, anschließend musste man das Ganze zwölf Stunden trocknen lassen. Dann schliff man die Oberflächen vorsichtig und trug eine zweite Schicht des Öls auf. Die zweite Schicht war wichtig für die Widerstandsfähigkeit des Holzes, besonders bei Flächen, die einer starken Belastung unterliegen würden.

Leni hatte sich alles genau gemerkt. Während sie das Öl auftrug, sah sie die ganze Zeit Timon vor sich, wie er ihr alles erklärte, es fühlte sich an, als würde er bei jedem Pinselstrich ihre Hand führen. Wann immer sie zukünftig auf dieser Treppe nach oben ging, würde sie an Timon denken. Leni hasste diese Vorstellung so sehr, dass sie den Pinsel mit Schwung in die Öldose warf. Längst hatten wieder Tränen ihr Blickfeld verschleiert.

»Verdammt noch mal! Ich wünschte, du wärst nie hier aufgetaucht!«, rief sie aus.

»Sorry, ich hab nicht gewusst, dass ich störe.«

Leni fuhr herum. Sie hatte niemanden kommen hören und erschrak sich fast zu Tode.

»Himmel!«, entfuhr es ihr.

»Leni, *I'm so sorry.*«

Erst jetzt erkannte Leni Kenneth, der in der offenen Eingangstür der Hütte stand und zu ihr herüberschaute. Sie holte tief Luft.

»Ach, du bist es. Ich hab dich nicht gemeint.«

Kenneth grinste. »Na, dann hab ich ja Glück gehabt.«

»Was treibt dich hier rauf? Und hast du Momo dabei?«, wollte Leni wissen. Kenneth war der Lebensgefährte ihrer Schwester. Jasmin und Kenneth waren letztes Jahr mit seiner Eselin Momo zu Leni auf die Hütte gewandert, rein zufällig, daraufhin hatte sich ihrer aller Leben drastisch verändert. Leni und Jasmin waren sich endlich wieder nah gekommen und Jasmin und Kenneth hatten sich beim Sternegucken direkt hier bei der Gaupenhütte ineinander verliebt.

»Natürlich. Ohne Momo wäre ich gar nicht auf die Idee gekommen, jetzt schon zu dir raufzukommen und dich zu besuchen. Von deiner Mama habe ich erfahren, dass du schon hier bist. Sie hat mir ein paar Bücher mitgegeben und außerdem einen Schokokuchen und meinte, du würdest dich vielleicht darüber freuen.«

Der Schokokuchen von Lenis Mutter war legendär. »Danke, Kenneth, das ist total lieb von dir.«

»Bedank dich nicht bei mir, bedank dich bei Momo, sie hat das alles getragen.« Er lachte. »Aber gegen einen Kaffee hätte ich nichts.«

»Hab ich! Du kommst genau richtig, vorhin war der Heli da. Ich hab jetzt quasi alles hier, was ich in den nächsten sechs Wochen brauche.« Alles außer Timon, formulierte ihr Gehirn ganz automatisch und wieder bemühte sie sich, diesen Gedanken ganz weit von sich zu schieben. Er war ihn nicht wert, erinnerte sie sich. Timon war es nicht wert, vermisst zu werden, auch wenn sie es wider besseres Wissen trotzdem tat, selbst jetzt, während sie mit Kenneth sprach.

»Sehr gut. Und hast du vielleicht sogar eine Karotte für Momo? Ich habe ihr Lieblingsgemüse dummerweise im Tal vergessen.«

»Nein, leider nicht. Aber ich kann dir einen Apfel anbieten«, schlug Leni vor.

»Sie wird ihn lieben. *Thanks.*« Manchmal stahl sich ein englisches Wort in Kenneth' Sätze, da konnte er seine Herkunft nicht verleugnen.

»Ich setz schnell den Kaffee auf und dann gehen wir raus auf die Terrasse, okay? Den Apfel bring ich auch mit – und Teller für den Schokokuchen.«

»Klingt großartig.«

Er trat wieder hinaus vor die Hütte und Leni konnte ihn mit sanfter Stimme sprechen hören. Ganz sicher redete er mit seiner Eselin.

Leni trug das beladene Tablett hinaus auf die Terrasse. Der Kaffee duftete köstlich und sie hatte ihn sogar mit aufgeschäumter Milch und einer Prise Zimt angereichert, damit er in den Tassen besonders verführerisch aussah. Es waren eigentlich keine Tassen, eher große Humpen. Wer gab sich schon mit einer Tasse davon zufrieden?

Momo war draußen am Zaun angebunden und graste friedlich. Die graue Eselin legte kurz die Ohren an, als sie Leni sah. Wie sie von Jasmin gelernt hatte, war das bei Eseln ein Zeichen von Freude.

»Momo hat schon den Apfel gerochen, so wie sie sich freut.« Leni lachte.

»Wenn du magst, kannst du ihn ihr gleich selbst geben. Ich decke inzwischen den Tisch.« Kenneth griff bereits nach einem Messer und fing sofort an, für sie beide je eine Scheibe des Schokokuchens abzuschneiden und auf Teller zu legen. Der Kuchen war in einer praktischen, eckigen Form gebacken worden – Lenis Mutter hatte daran gedacht, dass ein Kastenkuchen einfacher zu transportieren war als ein runder.

»Na gut.« Leni nahm die beiden Äpfel und ging zu Momo hinüber. Langsam näherte sie sich der Eseldame seitlich an. »Hallo, Momo, kennst du mich noch?«

Momo schnaubte leise. Ihr Fell glänzte silbern in der Sonne. Bereitwillig ließ sie sich von Leni zwischen den Ohren kraulen. Gleichzeitig versuchte Momo, Lenis andere Hand, die die Früchte hielt, mit der Schnauze zu erreichen. Leni musste lachen. »Wenn es ums Essen geht, hört der Spaß auf, oder?«, fragte sie leise die Eselin und gab ihr bereitwillig den ersten Apfel.

Momo war wirklich besonders, dachte Leni, da hatte Jasmin recht. Sie brachte so viel Freude und gleichzeitig so viel Ruhe mit sich. Mit ihr schaffte man es, völlig im Moment zu sein, und zu Lenis eigener Überraschung fühlte sie sich tatsächlich gerade ziemlich leicht und heiter. Schon hielt die Eseldame nach dem zweiten Apfel Ausschau und Augenblicke später hörte man sie zufrieden kauen, während der Fruchtsaft ihr aus dem Maul lief.

Leni merkte, dass sie noch immer lächelte, ein ehrliches, tiefes Lächeln. »Momo, du bist die Beste«, flüsterte sie ins Ohr der Eselin, die sie daraufhin sanft mit dem Kopf anstupste, als hätte sie jedes einzelne Wort verstanden.

»Komm her, Leni. Sonst wird der Kaffee kalt.«

»Ja, warte. Bin schon auf dem Weg.« Sie kraulte Momo ein weiteres Mal zwischen den Ohren, bevor sie zu Kenneth ging. Ein gewaltiges Stück Schokokuchen lag auf ihrem Teller und Kenneth hielt bereits seine Kuchengabel in der Hand, bereit, zuzuschlagen.

»Iss, mein Lieber. Du hast sicher Hunger vom Aufstieg.«

»Danke.« Er spießte einen erstaunlich großen Bissen Kuchen auf und steckte ihn sich in den Mund, sichtlich genießend. Dann nippte er an seinem Kaffee. »Köstlich.«

Schon hatte er einen weiteren Bissen des Kuchens auf der Gabel.

»Jetzt erzähl aber mal. Weshalb vorhin die seltsame Begrüßung?« Kenneth zwinkerte Leni zu und die wurde rot.

»Entschuldige, das ist eigentlich nicht mein Tonfall gegenüber Ehrengästen.«

»Oh, danke.« Kenneth deutete sitzend eine Verbeugung an.

»Sehr gern. Meine Verwünschung galt nicht dir. Ich hatte hier oben Besuch von jemandem und das lief nicht so gut.« Welche Untertreibung!

»Hm. Das tut mir leid.«

»Muss es nicht. Ich bin in gewisser Weise selbst schuld. Menschen ändern sich nicht.« Leni klang hart – und das musste sie auch, wenn sie nicht schon wieder weinen wollte.

Kenneth wiegte seinen Kopf hin und her. »Da bin ich nicht sicher. Manchmal verändern sie sich schon. Ich hab mich sehr verändert und Jasmin sich doch auch, seit wir einander kennengelernt haben.«

Leni verzog das Gesicht. »Jasmin ist eher wieder zu sich selbst zurückgekommen, seit sie dich kennt. So würde ich das sehen.«

»Kann schon sein«, nuschelte Kenneth. Die Gabel hatte zwischenzeitlich wie automatisch wieder den Weg zu seinem Mund gefunden, während Lenis Magen sich wie zugeschnürt anfühlte, obwohl der Kuchen wunderbar saftig aussah. Jasmin, die jahrelang nur als Influencerin ihr Geld verdient hatte, war nur noch so stark in den sozialen Medien aktiv, dass sie ihren Lebensunterhalt damit finanzieren konnte, und hatte zwischenzeitlich ein Studium begonnen. Das hatte sie Follower gekostet, aber sie fühlte sich, das hatte sie Leni erzählt, seitdem viel freier. Dazu kam, dass sie nur noch solchen Content anbot, hinter dem sie auch selbst stehen konnte.

»Trotzdem«, insistierte der Freund ihrer Schwester. »Ich glaube, Menschen können sich durchaus ändern.«

»Vielleicht. Dieser spezielle Mensch aber nicht.« Leni hörte selbst, dass Trotz in ihrer Stimme mitschwang – na und, dann klang sie eben trotzig!

Kenneth schenkte Leni einen prüfenden Blick. »Ein spezieller Mensch also.«

»Das hast du falsch verstanden«, intervenierte Leni. Aber dann konnte sie Kenneth' Blick nicht standhalten. »Na gut. Ich dachte, er wäre ein spezieller Mensch, aber ich habe mich geirrt.«

»Magst du darüber reden?« Die Einfühlsamkeit, mit der Kenneth sprach, ja, sogar die Kuchengabel beiseitelegte, um Leni seine volle Aufmerksamkeit zu widmen, tat ihr gut. Dennoch schüttelte sie den Kopf. Eine Träne fiel direkt auf ihren Schokokuchen, dabei hatte sie nicht einmal gemerkt, dass sie zu weinen begonnen hatte. Offenbar war ihr für Wut die Kraft ausgegangen.

»*I am so sorry.*« Kenneth legte seine Hand auf ihren Unterarm.

Sie saßen schweigend am Tisch, während der Kaffee in den großen Humpen langsam kalt wurde. In der Ferne schrie ein Kuckuck und wie immer, wenn sie den ersten Kuckuck des Jahres hörte, dachte Leni an ihren Geldbeutel. Denn angeblich brachte es Glück, ihn zu schütteln, wenn man den ersten Kuckuck des Jahres hörte. Allerdings tat sie es am Ende nie, weil sie Aberglauben albern fand. Außerdem wanderten ihre Gedanken heute gleich wieder zurück zu Timon und streiften die Vorstellung von finanziellem Reichtum nur am Rande. Leni wollte eh nicht reich sein, sondern nicht mehr so traurig. Darauf jedoch schien so schnell keine Aussicht zu bestehen.

Momo ließ ein lautes I-A hören, das weit über die Almwiese schallte.

»Deine Eselin findet wirklich immer die richtigen Worte.«

Kenneth lachte leise. »O ja. Und dafür liebe ich sie sehr. Aber sag, wann öffnest du die Hütte für Gäste?«

»Nächste Woche.«

»Und hast du noch viel zu tun?«

Leni dachte nach, die Frage traf sie unvorbereitet. Sie dachte an ihre Treppe. »Nein, nicht wirklich. In der Lieferung war das Speiseöl nicht dabei, was ziemlich blöd ist, weil ich es jetzt noch raufschaffen muss. Außerdem brauch ich ein paar Gewürze, die am Ausgehen sind. Ich werde also noch einige Male ins Tal pendeln, denke ich.« Auch da war sie vorhin ganz schön wütend geworden: als sie gemerkt hatte, dass ausgerechnet das Öl fehlte und sie es jetzt mühsam heraufbringen musste und dafür mehrere Gänge erforderlich sein würden. Sie wollte schon Jeremias verfluchen, aber er packte ja nicht das Paket für den Hubschrauber, er flog ihn nur.

»Wie wäre es, wenn du mich und Momo ins Tal begleitest? Wir überraschen Jasmin. Ihr könntet am Wochenende um die

Häuser ziehen und ein wenig Zeit miteinander verbringen. Im Sommer bleiben euch eh kaum mal zwei Stunden am Stück miteinander.«

»Ach, ich weiß nicht. Ich fürchte, ich bin gerade nicht die beste Gesellschaft«, wollte Leni sich rausreden. Wer wollte schon so einen Trauerkloß, wie sie gerade einer war, als Gast?

»Dafür bringe ich dir das Öl und was du sonst noch brauchst zur Hütte.« Kenneth klang, als führe er eine Preisverhandlung bei einem Autokauf.

»Wie das?«

»Na ja, Momo könnte dich doch beliefern. Das ist überhaupt eine prima Idee, finde ich. Ich könnte doch öfter kommen und dir Lebensmittel bringen. Vielleicht spart dir das sogar einen Helikopterflug ein!«

»Ehrlich?« Die Idee war großartig, fand Leni.

»Wenn dabei ein so köstlicher Kaffee und ein saftiger Schokokuchen rausspringen, mach ich das gern.«

»Es springen sogar Kaspressknödel oder ein Semmelknödel mit Rahmschwammerl dabei raus.« Was für eine Erleichterung, nicht mehr ganz und gar auf den Helikopter angewiesen zu sein!

»Sehr gut. Ich bin dabei!« Kenneth grinste. »Ab sofort komme ich regelmäßig zu dir rauf und dafür begleitest du uns jetzt ins Tal und besuchst Jasmin. Oh, sie wird sich so freuen, dich zu sehen!«

Wie sehr Kenneth' waldgrüne Augen aufblitzten, als er Jasmin erwähnte! Das wärmte einem wirklich das Herz, fand Leni. Auch wenn sie gleichzeitig sofort wieder an Timon denken musste, der sie so bitterlich enttäuscht hatte. Vermutlich würde sie nie so eine Liebe wie die zwischen ihrer Schwester und dem Briten finden. Hatte sie sich jahrelang selbst glauben lassen, dass sie allein ohnehin am besten zurechtkam, so hatte sie jetzt das Gefühl, sich selbst belogen zu haben. Eine Nacht mit Timon hatte gereicht, um hinsichtlich dieses Gefühls doch beträchtliche Zweifel zu säen. Es war wunderbar gewesen, in der Geborgenheit einer Umarmung einzuschlafen und am nächsten Morgen umhüllt von seinem Duft aufzuwachen, gemeinsam zu lachen und sogar zu tanzen.

»Na los, iss deinen Kuchen und dann machen wir uns auf den Weg, hm?« Kenneth drückte ihren Unterarm erneut, dieses Mal, um Leni aufzumuntern und sie aus ihren tristen Gedanken zu reißen.

Leni nahm einen großen Schluck des Kaffees, der zwischenzeitlich endgültig erkaltet war. »Ist gut. Um ehrlich zu sein, fällt es mir gar nicht so schwer, meiner Hütte erst einmal den Rücken zu kehren.« Mit diesen Worten stand sie auf, um ihren Rucksack zu holen, und vermied dabei bewusst den Blick auf Timons Rucksack, der neben der Hüttentür in der Sonne baumelte.

* * *

Timon

Timon schaffte es, die ganze Geschichte zu erzählen, jedenfalls fast. Er erzählte nicht, dass sie um die Wette gerülpst und sich kaputtgelacht hatten, denn er war ein Gentleman. Stattdessen schilderte er, wie er vom Dach gefallen war und Leni ihm geholfen hatte. Auch, wie sehr er sie wegen ihrer Behinderung bewunderte, und dafür, was sie alles schaffte, während er selbst schon mit seiner Fußverletzung das Gefühl hatte, total außer Gefecht gesetzt zu sein. Als er von dem Abend in der Hütte erzählte, griff er ganz automatisch in seine Hosentasche und holte die Schnitzarbeit hervor, die er begonnen hatte, als Leni das Essen für sie beide kochte. Er hielt sie in den Händen, als wollte er den kleinen hölzernen Rohling beschützen.

Der Hubschrauber war gerade gelandet, als er die letzten Sätze sprach. Jeremy war sitzen geblieben und hörte ihm nach wie vor aufmerksam zu.

»Ja, und dann bist du aufgetaucht und hast das mit dem Traumpaar und der Wette gesagt und Leni war außer sich«, schloss Timon seine Erzählung.

Der Motor kam zum Stillstand, es wurde leise in der Kabine und Jeremy nahm die Kopfhörer ab.

»Das ist die dümmste Geschichte, die ich in meinem ganzen Leben gehört habe«, sagte er mit ernstem Gesichtsausdruck. »Ehrlich, Timon, ich kann nicht fassen, was du da gerade erzählt hast.«

Timon schüttelte den Kopf und ließ die Schnitzarbeit zurück in die Hosentasche wandern. Er verstand nicht ganz, was sein Freund ihm sagen wollte. Aber dann fing Jeremy an zu sprechen.

* * *

Leni

Leni schaute sich um. Sie war noch nie in Kenneth' und Jasmins gemeinsamer Wohnung gewesen, denn das Paar war erst vor Kurzem zusammengezogen. Leni wusste, dass das für ihre Schwester ein großer Schritt gewesen war.

Die Einrichtung war eine wilde Mischung aus Designermöbeln aus Jasmins Wohnung und englischer Ohrensessel-Gemütlichkeit. Über dem Sofa, einem sehr britisch wirkenden Ungetüm, hing ein riesiges Foto, auf dem Momo, Kenneth und Jasmin abgebildet waren, und Leni hätte schwören können, dass sogar Momo in die Kamera strahlte.

Kenneth folgte Lenis Blick und sagte: »Das Foto hat Elsa an dem Tag gemacht, als Leni und ich zusammengekommen sind.

Das war oben bei ihrer Alm. Wir waren erst allein dort, sie kam dann später dazu. Du kennst die Geschichte vermutlich.«

»Nicht im Detail. Aber ich weiß, dass die Berge in eurer Geschichte eine ganz große Rolle spielen.«

Kenneth nickte zustimmend. »Ganz genau. Siehst du das bunte Laub im Hintergrund? Es war ein wunderschöner Herbsttag. Du weißt schon, die Zeit, wo das Laub einem um die Knöchel raschelt auf dem Weg zur Gaupenhütte.«

Leni wusste genau, was Kenneth meinte. Das goldene Licht brach sich zwischen den Bäumen, der Untergrund, auf dem man lief, war weich vom fallenden Laub und man spürte noch die Wärme des schwindenden Sommers, wenn die Sonne schien. Nicht umsonst nannte man den Herbst die goldene Jahreszeit und sprach vom Wanderherbst. Gerade im September und Oktober liebte Leni den Blick, der sich ihr von der Hüttenterrasse aus bot. Die bunten Bäume an den Hängen gegenüber, die schon tiefer stehende Sonne und dann, nach Sonnenuntergang, das gemütliche Feuer im Kachelofen, auf dessen Bank sie saß und las, während die Wärme des Kaminfeuers ihr den Rücken wärmte.

»Kein Wunder, dass ihr euch da Hals über Kopf verliebt habt«, meinte Leni.

»Oh, in Jasmin hätte ich mich auch in einer Industrieanlage im Ruhrgebiet verliebt«, behauptete Kenneth nachdrücklich. »Aber so war es natürlich noch schöner.« Er grinste und rückte einen Plüschesel zurecht, der neben ihm auf dem Sofa saß. Soweit Leni wusste, hatte ihn Jasmin Kenneth als Gag zu Weihnachten geschenkt und seitdem teilten die beiden das Sofa mit dem Stofftier.

»Ich mach Tee und Sandwiches«, verkündete Kenneth und war dann auch schon in der Küche verschwunden, nachdem er Leni auf das Sofa dirigiert hatte. »Jasmin müsste bald heimkommen. Sie hatte heute einen Fototermin mit einem

Barfußschuh-Hersteller. Stell dir das mal vor! Ich finde es ja großartig. Die Schuhe, die die machen, trag ich seit Jahren auf allen Wanderungen – und jetzt das!«

Der Stolz, mit dem Kenneth von Jasmin sprach, rührte Leni sehr.

»Jetzt ruhst du dich aus«, entschied ihr Schwager in spe und ließ sie allein.

Obwohl es nicht kalt in der Wohnung war, fröstelte Leni. Der Tag war lang gewesen. Erst der Abstieg mit Momo, die ihre übliche Gelassenheit an den Tag gelegt hatte. Dann die Fahrt zum Bauernhof, wo die Eselin eingestellt war und sie noch mit der Bäuerin, einer netten, aber redseligen Frau, geplaudert hatten. Normalerweise wäre das nett gewesen, aber heute war Leni so mit ihren eigenen Problemen beschäftigt, dass es ihr schwergefallen war, den Faden des Gesprächs nicht zu verlieren. Und schließlich noch die Weiterreise nach München in Kenneth' altem VW Caddy, in dem es ziemlich stark nach Esel roch, obwohl das Auto ansonsten sehr gepflegt war. Kenneth hatte zum Glück Verständnis dafür gehabt, dass sie leise und in sich gekehrt auf ihrem Platz saß und das Voralpenland an sich vorbeiziehen ließ. Normalerweise liebte Leni den Frühling, die Wiesen mit den gelben Löwenzahnblüten und die Verheißung, die diese Jahreszeit ganz automatisch mit sich brachte. Heute war sie blind für die Schönheit ihrer Lieblingsjahreszeit.

Als sie schließlich angekommen waren, war Leni erleichtert gewesen. Endlich in einem gemütlichen Sessel zu sitzen und die Beine auf einen Hocker hochlegen zu können, tat gut. Es tat auch gut, nicht in der Hütte, ihrer gewohnten Umgebung, zu sein. Immer wenn sie durch den Gastraum gelaufen war, hatte sie sich mit Timon am Kachelofen sitzen sehen. Leni fiel vieles wieder ein, auch von früher, als sie noch ganz jung gewesen waren. Kleinigkeiten, an die sie jahrelang keinen einzigen Gedanken verschwendet hatte, tauchten plötzlich wieder in ihrer Erinnerung auf: Timons Hände auf ihren Schultern, als er sie massiert hatte. Die Tatsache, dass er immer Eis mitgebracht hatte, Wassereis mit Colageschmack, weil Leni das so gemocht hatte damals. Der ganze Sommer schien nach Wassereis zu schmecken, rückblickend. Wie sie stundenlang im Garten gelegen waren, weil Leni nicht mit an den See wollte – dabei schwamm sie so gern, aber natürlich hatte sie Timon das nicht verraten, aus Angst, er könnte darauf bestehen, schwimmen zu gehen. Stattdessen hatte sie behauptet, sie habe Angst vor dem Wasser. Ihr fiel auch ein, dass er beteuert hatte, den See nicht zu vermissen und lieber den Äpfeln beim Wachsen zuzusehen. Vermutlich war auch das eine Lüge gewesen, um seine blöde Wette zu gewinnen.

Außerdem, dachte sie jetzt in ihrem Sessel, hatte er sich nur nicht in der Öffentlichkeit zeigen wollen und war ganz froh gewesen, dass sie nicht mit zum See wollte. Sie schloss die Augen, sank noch tiefer in das bequeme Sitzmöbel und versuchte, sich auf die Geräusche von Kenneth zu konzentrieren, der in der Küche hantierte. Ein Kühlschrank ging auf und zu, ein Wasserkocher nahm den Dienst auf, ein Besteckstück, Leni vermutete ein Messer zum Broteschmieren, fiel auf den Boden und ein leises »Damn it!« folgte dem Scheppern.

Schließlich jedoch rückten die Geräusche immer weiter in die Ferne.

Leni musste eingeschlafen sein, denn sie wachte davon auf, dass sie die Stimme ihrer Schwester hörte und diese zunächst nicht einordnen konnte. Noch bevor sie die Augen aufschlug, überlegte sie, wo sie war und wie sie hierhergekommen war – wo es nach Tee duftete und sie Jasmin flüstern hörte. Dann machte Leni die Augen auf.

Auf dem Couchtisch standen Tassen, auf dem Sofa unter dem Bild mit dem Esel saßen Jasmin und Kenneth und es sah irgendwie witzig aus, ihre Gesichter so groß über ihren eigentlichen Gesichtern hängen zu sehen. Leni rieb sich den Schlaf aus den Augen und richtete sich auf. Eine Etagere mit Sandwiches und verschiedenen Keksen stand ebenfalls auf dem Tisch. Da hatte Kenneth sich wirklich Mühe gegeben. Fehlten nur noch Scones – aber die auf die Schnelle zu zaubern, war selbst ihm nicht möglich. Dafür, das sah Leni sofort, waren die Sandwiches ganz klassisch mit Lachs, Gurke und Schinken belegt und – natürlich! – ohne Rinde. Ihr Magen knurrte, als sie die hübsch arrangierten Dreiecke sah.

»Leni! Da bist du ja wieder.« Jasmin war aufgesprungen, sobald sie gesehen hatte, dass ihre Schwester wach wurde. Jetzt kam sie um den Tisch herum, zog die noch etwas desorientierte und schlaftrunkene Leni aus ihrem Sessel und umarmte sie. »Ich bin froh, dass du da bist, Mensch.«

Etwas perplex legte Leni die Arme um Jasmin, die sie gar nicht mehr loslassen wollte, und nach einer Weile konnte sie sich einfach in die Umarmung fallen lassen. Wie gut es tat, von jemandem gehalten zu werden, der einen bedingungslos liebte! Sie schloss die Augen für einen Moment und genoss die Geborgenheit und den vertrauten Duft ihrer Schwester.

»So«, sagte Jasmin schließlich und schob Leni auf Armeslänge von sich, um sie einer genauen Musterung zu unterziehen. »Du siehst nicht so gut aus, wie ich das gern hätte. Ich bin sicher, du brauchst was zu essen. Du darfst dich oben auf der Hütte nicht immer so übernehmen, meine Liebe.«

Leni verzog das Gesicht.

»So schlecht sind meine Sandwiches doch wohl nicht!«, mischte Kenneth sich ein.

»Was? O nein! Das hab ich nicht gemeint, ich ...« Leni holte tief Luft.

Kenneth lachte leise und winkte ab, dann zeigte er auf die Etagere. »Bedien dich einfach, ja?«

158

Leni

Alle Sandwiches waren aufgegessen. Ein paar Kekse waren noch übrig und sahen jetzt ganz einsam aus.

»Das wäre doch eine tolle Geschäftsidee, oder? Esellieferungen auf Berghütten. Das ist ökologisch auch ziemlich toll.« Kenneth' Begeisterung für die Idee stand ihm ins Gesicht geschrieben. Leni lehnte sich zurück. Es war wirklich schön, an etwas anderes zu denken als an Timon, der es ständig schaffte, sich zurück in ihre Gedanken zu schleichen. Es war ein Willensakt, zu lächeln, sich zusammenzunehmen und dem locker dahinplätschernden Gespräch zu folgen. Leni wusste, dass Jasmin und Kenneth es gut meinten, indem sie sie mit immer neuem Tee versorgten und versuchten, sie mit Munterkeit und Fürsorge zu verwöhnen und abzulenken. Trotzdem war ihr ganz schwer vor Kummer und es war nicht einfach, ein guter Gast zu sein. Leni fühlte sich tief erschöpft von ihrem Tag, der längst in den Abend übergegangen war, denn draußen war es bereits dunkel geworden und sie hatte jedes Zeitgefühl verloren.

»Also mir gefällt die Idee supergut!« Jasmin zog Kenneth zu sich heran und küsste ihn auf die Wange. »Vielleicht ließe sich das etablieren und man könnte nicht nur Leni beliefern, sondern auch noch ein paar andere Hütten mit ins Boot holen. Das wäre doch ein tolles Nebengewerbe – man könnte Hobby und Job perfekt miteinander verbinden.«

Leni sah, dass Jasmins Wangen sich vor Eifer gerötet hatten. Die Begeisterungsfähigkeit ihrer Schwester war eine wunderbare Eigenschaft.

»Also ich glaube auch, dass es durchaus Leute geben könnte, die so ein Angebot gern wahrnehmen würden. Besonders kleinere Hütten oder sogar Sennerinnen, die auf abgelegenen

Almen sind. Manchmal braucht man nur ein paar Sachen, für die ein Heli nicht lohnt, und kann nicht weg«, brachte sie sich in das Gespräch ein.

»Ich glaube, ich mach mir da mal ein paar Gedanken darüber. Vielleicht versuche ich es einfach und ruf bei ein paar Hütten in der Umgebung an. Oder ich entwerfe einen Flyer?«, dachte Kenneth laut nach.

»Klingt alles gut.« Leni fiel auf die Schnelle nichts ein, das Kenneth nicht ohnehin schon selbst bedacht hatte.

»Also ich hab wahnsinnig viel Lust auf diese Sache.« Er schlug sich mit den flachen Handflächen auf die Oberschenkel. Seine Beine steckten in sehr britischen Cordhosen. Dazu trug er ein Kurzarmhemd von einem Bergmodenhersteller. Früher wäre er damit für Jasmin ein Mann gewesen, der keinesfalls ihr Partner sein konnte. Aber Lenis Schwester hatte sich sehr verändert. Sie saß mit einem weiten Kapuzenpullover und einer Leggins, die ein kleines Loch am Knie hatte, neben ihrem Freund, das Gesicht von ihren wilden Locken umrahmt.

»Vielleicht macht sogar noch jemand aus dem Stall mit. Hast du nicht gesagt, dass es mittlerweile noch eine Einstellerin gibt?«, fragte ihn Jasmin.

»Das wär ja was. Ein richtiger Esel-Lieferdienst. Ich frag Marga gleich, wenn ich sie das nächste Mal sehe.«

Jasmin nickte. »Wunderbar.«

»*Absolutely.* Ich räum jetzt mal den Tisch ab und dann setze ich mich an den Rechner und sammle Ideen für ein Flugblatt. So einen Info-Flyer kann man bestimmt gut gebrauchen, wenn man es mit der Sache ernst meint. Also mittelfristig, versteht sich.« Kenneth' Begeisterung war so ansteckend, dass sogar Leni sich plötzlich ganz sicher war, dass sein Esel-Lieferdienst der Einfall schlechthin war.

»Tu das.« Jasmin zwinkerte Leni zu. »Das hat dann auch den Vorteil, dass ich mal ungestört mit meiner Schwester sprechen kann.«

»O!« Kenneth wirkte mit einem Schlag bedrückt. »Entschuldigt, hab ich etwa gestört? Ich wollte nicht, ich meine …«

Leni winkte ab. »Blödsinn. Ich danke dir für das leckere Essen.«

Jasmin zog Kenneth schon wieder zu sich heran und küsste ihn auf die Wange. »Keine Sorge, Schatz. Alles ist gut.«

»Na gut. Ich geh dann mal.« Er griff nach der Etagere und stellte sie auf sein riesiges Tablett. »Den restlichen Tee lasse ich euch hier. Man kann nie genug Tee haben, sag ich immer.«

»Sehr richtig.« Leni lächelte ihn dankbar an.

Dann hob Kenneth auch schon das Tablett an und war kurz darauf in der Küche verschwunden, wo man ihn leise hantieren hörte.

Jasmin schaute in Richtung Tür, als ob Kenneth jeden Moment wieder dort auftauchen würde. »Er ist ein Goldstück, oder?«

»Er ist *das* Goldstück«, erwiderte Leni im Brustton der Überzeugung. »So einen wie ihn gibt es kein zweites Mal auf der Welt, ich hoffe, du weißt das.«

»Das weiß ich natürlich. Altmännercordhosen mit Barfußschuhen kann schließlich nicht jeder tragen.« Jasmin grinste breit.

»Also wirklich!« Leni konnte gar nicht anders, als ihre Schwester zu rügen.

Jetzt lachte Jasmin. »Im Ernst. Ich kenne Kenneth jetzt seit zwei Jahren und ich weiß sehr genau, was ich an ihm habe. Er ist einfach wunderbar fürsorglich und liebevoll. Und wenn dann noch die Sonne in seine roten Haare fällt, dann schmelze ich dahin.«

161

Endlich musste auch Leni lachen. »Die Sonne?«

Jasmin winkte ab. »Ach, das verstehst du wahrscheinlich nicht. Aber ich liebe einfach seine Haare. In Kombination mit seinen Tannenaugen. O Mann!« Sie verdrehte genießerisch die Augen, als würde sie gerade die beste Schokolade ihres Lebens probieren.

Leni dachte an Timons Hände, die sogar ihren Beinstumpf gestreichelt hatten. Sie dachte an ihren Tanz in der Gaststube, an das Prasseln des Feuers, das ihren Kuss untermalt hatte, an das Zimmer (Zirbenholz!) und wie sie an seiner Brust eingeschlafen war, umarmt, geküsst, am ganzen Körper berührt, mit diesem unbezahlbaren Gefühl von Wärme, das aus ihrem tiefsten Inneren nach außen zu strömen schien und dessen Quelle für immer versiegt war.

»Pass gut auf deinen Schatz auf«, sagte sie und konnte nicht verhindern, dass ihre Stimme dabei fast brach. »In der Regel sind Männer einfach nicht zu gebrauchen.«

»Ach, komm!«

»Doch, das stimmt. Du kannst auch Elsa fragen, die ist ganz und gar meiner Meinung!«

»Elsa?«

»Die Sennerin oben bei der Alm.«

»Ernsthaft? Das ist doch die, die nie ins Tal absteigt, oder?«

»Ja! Na und?« Leni ahnte, worauf ihre Schwester hinauswollte, und reckte ihr Kinn nach vorne.

»Ah, du weißt schon, was ich sagen will. Dann kann ich es mir ja sparen.« Jasmin nahm einen Schluck Tee. Sie spreizte dabei ihren kleinen Finger ab wie eine Diva.

»Nur dass Elsa auf der Alm wohnt, heißt noch lange nichts! Außerdem spreche ich aus eigener Erfahrung.«

»Vielleicht musst du erst mal einem Mann eine ernsthafte Chance geben«, meinte Jasmin. »Oder hast du das schon mal versucht?«

Timon, der gesagt hatte, er werde sie umarmen, solange sie eine Umarmung brauchte. Er hatte ihr gesagt, dass er sie halten würde. Aber seine Worte waren nichts wert gewesen. Und erst Jeremy hatte das ans Tageslicht gebracht. Dass ihr Verhältnis nicht nur früher, sondern auch noch im Heute auf einer Lüge gebaut und dann wie ein Kartenhaus in sich zusammengefallen war, dass Leni gleich zwei Mal auf denselben Typen hereingefallen war, konnte sie einfach nicht fassen. Stattdessen jedoch weinte sie schon wieder und versuchte, die Tränen wegzublinzeln. Aber Jasmin war Jasmin.

»Was ist denn? Ist etwas passiert?«

Leni schniefte. Ihre Tränen waren einfach nicht aufzuhalten. Sie würde weinen. »Kann man wohl so sagen, ja. Genau genommen ist es schon passiert, als ich zwanzig war und Abitur gemacht habe – aber du kennst die Geschichte nicht, weil du da schon ausgezogen warst.«

Sie sprachen eigentlich nicht mehr über die verlorenen Jahre. Jasmin war damals nach dem Unfall sehr zügig zu Hause ausgezogen und sie hatten Jahre gebraucht, um einander wiederzufinden. Denn Jasmin gab sich lange Zeit die Schuld an dem Unfall und sah ihre einzige Option darin, vor der Familie wegzulaufen. Natürlich wusste sie daher nicht, was Leni auf dem Abschlussball geschehen war. Sie hatte einfach einige wichtige Ereignisse komplett verpasst.

»Ich glaube, es wird Zeit, dass du mir das alles erzählst«, meinte Jasmin jetzt und setzte sich im Schneidersitz aufs Sofa.

Leni fühlte sich plötzlich unglaublich müde. Sie hatte nicht die Kraft, über Timon zu sprechen. »Ein anderes Mal, ja?«

»Na gut.« Jasmin wäre nicht Jasmin gewesen, wenn sie nicht genug Feingefühl besessen hätte, um nicht weiter nachzubohren. »Ich glaube, ich würde dir auch gern noch etwas erzählen. Aber …«

Leni gähnte und nickte.

Jasmin schenkte ihr einen prüfenden Blick. »Ach, weißt du was, das kann warten. Du brauchst erst mal eine Mütze Schlaf.«

Leni protestierte nicht, als Jasmin sie auf das Sofa packte und zudeckte wie ein Kind. Ihre Augen waren schon geschlossen, bevor ihre Schwester den Raum verlassen hatte, und sie glitt wohlgeborgen hinüber in den Schlaf.

11. Kapitel

Leni

Der Speisesaal war eigentlich ein gemütlicher Raum, in dem die Patienten sich wohlfühlten. Leni kam direkt von einer Prothesengebrauchsschulung und würde nachher direkt weiter die individuelle Gehschule besuchen, auf ihren eigenen zwei Beinen. Heute war der erste Tag, an dem sie ganz ohne Stock unterwegs war, und ein Gefühl von Freiheit durchflutete sie. Wenn sie diese Emotion mit in die Gehschule nehmen konnte, würde sie heute sicher wieder weitere Fortschritte machen.

Aber zuvor aß sie den Salat mit Austernpilzen, den man ihr serviert hatte und der köstlich nach den Pilzen und einem Hauch Knoblauch schmeckte. Dazu das knackige, frische Grün – es war ein perfektes Sommergericht, fand Leni. Längst genoss sie es wieder, zu essen. Die Zeit der Schmerzen war so gut wie vorbei, was eine riesige Erleichterung für sie war und ein großer Schritt in Richtung Zukunft.

In der Klinik, in der sie ihre Reha machte, befanden sich nicht nur Amputationspatienten, sondern auch Menschen, die nach anderen schweren Operationen eine Kur machten, um sich wieder komplett zu erholen. Die meisten Patienten und fast alle, die eine Amputation hinter sich hatten, waren älter als sie selbst, viele hatten jahrzehntelang geraucht oder litten an Diabetes und Übergewicht. Sie selbst dagegen hatte einfach Pech gehabt und erntete viele ungläubige Blicke, wenn sie von ihrem Unfall in einer Sommerrodelbahn erzählte, der letztlich zur Amputation ihres Fußes geführt hatte. Aber genau so war es nun mal gewesen – ein dummer Unfall, der ihr Leben für immer verändert hatte.

»Kann ich mich zu dir setzen?«

Leni war tief in Gedanken gewesen und hatte den herankommenden jungen Mann gar nicht bemerkt. Er mochte in ihrem Alter sein, hatte hellblonde Haare, die ihm ins Gesicht hingen, und eine schlaksige Figur. Auf seinem Tablett türmte sich das Essen und er grinste Leni breit an. Eindeutig ein Neuer, sie hatte ihn hier noch nie gesehen.

»Äh, klar.« Sie war viel zu perplex für eine andere Antwort.

»Cool.« Er setzte sich und aß sofort den ersten Bissen der Pasta auf seinem Teller. »Großartig, das ist so lecker. Ich hab lang gebraucht, um das Zeug hier wieder essen zu können.« Der Typ deutete auf seinen Teller. »Jetzt lass ich es richtig krachen.«

Leni beobachtete, wie der junge Mann aß. »Warum hast du lang gebraucht?«

Er zuckte mit den Schultern. »Angst.«

»Angst?«

»Ja. Ich hatte eine Darmoperation. Und danach hab ich es eine ganze Weile nicht geschafft, wieder normal zu essen. Psychisch, weißt du?« Er deutete eine Drehbewegung neben der Stirn an. »Ich hatte einfach Angst, dass mein Darm das Essen nicht verträgt, und hab mich da ziemlich reingesteigert.«

Leni nickte, das konnte sie verstehen. Wie oft hatte sie schon befürchtet, das Gleichgewicht zu verlieren und auszurutschen oder dass ihr die Prothese einfach vom Bein fiel? Man wurde unsicher mit sich selbst, wenn man plötzlich nicht mehr richtig funktionierte.

»Aber seit ich hier bin, geht es. Ich meine, nach zwei Wochen hier sollte auch langsam eine Verbesserung eintreten, finde ich.«

»Zwei Wochen? Echt? Ich hab dich noch gar nicht gesehen.«

Er schüttelte den Kopf. »Kannst du auch kaum. Ich hab bis jetzt in meinem Zimmer gegessen, gemeinsam mit einem Therapeuten oder einer Krankenschwester. Da sind die hier echt super. Man hat mir da so einen beschützten Rahmen ermöglicht, weil das Essen ja der Hauptteil der Therapie war.«

Als wäre das ein Kommando gewesen, kam eine Frau vom Personal auf ihren Tisch zu und als der junge Mann, dessen Namen Leni noch immer nicht kannte, sie sah, grinste er breit.

»Hey, Sophia! Wie läuft's bei dir?«

Die Angesprochene schüttelte lachend den Kopf. »Gut. Und selbst offenbar auch gut, wie ich sehe? Du hast schon jemanden kennengelernt und das Essen schmeckt dir wohl auch ganz gut in Gesellschaft.«

»Sehr gut. Wirklich. Das hier ist übrigens …« Er stockte. *»Ehrlich gesagt, weiß ich noch gar nicht, wer das hier ist.«*

»Leni.« Sie nickte der Mitarbeiterin zu.

»Und dein Tischkumpel hier heißt Manu«, stellte Sophia den jungen Mann vor.

»Hallo, Manu«, sagte Leni zu ihm und er nickte.

»Dann kann ich euch allein lassen?«

»Klar. Das ist okay.« Manu schien ganz locker zu sein, häufte schon wieder Pasta auf seine Gabel. Erstaunlich, wenn er doch Probleme mit dem Essen hatte.

Als hätte er ihren Gedanken erraten, sagte Manu zu Leni: »Weißt du, wenn ich abgelenkt bin, isst es sich noch einfacher. Und du bist eine supergute Ablenkung.«

»Du hast auch immer einen Spruch auf Lager, oder?«

Er lachte. »Na ja. Möglicherweise manchmal.«

Dann wurde er ernst. »Ich bin total dankbar, dass ich so weit gekommen bin. Meine Darm-OP hat mir echt Angst gemacht. Eigentlich ist sie nicht mal ein Grund für eine Reha. Aber weil ich solche Angst bekommen hatte, bin ich am Ende hier gelandet. Und je schneller ich hier raus bin, umso schneller stehe ich auch wieder auf dem Skateboard.«

Natürlich, Manu war ein Skater. Leni hätte es an seinem Outfit erkennen können, aber sie hatte zuvor keinen zweiten Blick auf die Skaterschuhe und die weite Hose verschwendet, dafür war sie zu perplex gewesen, dass Manu sich zu ihr setzte, ausgerechnet zu ihr, dem Mädchen in der hintersten Ecke. Aber jetzt, wo ihr klar war, dass sich hinter seiner Coolness Angst verbarg, war Leni auch klar, warum er den Tisch im hintersten Eck für seine erste Mahlzeit im Speiseraum ausgesucht hatte.

»Na dann – herzlichen Glückwunsch. Ich glaube, dein Skateboard muss nicht mehr lang auf dich warten.« Leni schenkte Manu ein aufmunterndes Lächeln. Sie hätte in diesem Moment gern gewusst, wie sie aussah. Ob die widerspenstige Haarsträhne über ihrem linken Ohr wohl abstand? Eine wilde Locke auf Abwegen, so hatte ihr Vater die Strähne früher immer genannt, als sie noch klein gewesen war. Leni ließ ihre Hand langsam zu ihrem Ohr wandern – aber da war nichts.

»Ich denke auch, bald steh ich wieder auf meinem Brett.« Manu hatte schon über die Hälfte seiner Portion aufgegessen.

Schweigend aßen sie ein paar weitere Bissen.

»Und du? Warum bist du hier?«, fragte Manu schließlich.

»Ich – ähm.« Sie wollte es ihm nicht sagen. Sie spürte einen inneren Widerstand. Er war attraktiv. Genau der Typ, dem die Mädchen reihenweise zu Füßen lagen, mit den hellblonden Haaren und dem lässigen Stil. Und da war sie, Leni, der Krüppel. So wenig perfekt, wie man nur sein konnte, nicht mehr vollständig, nie mehr vollständig. Denn ihr Bein würde für immer fehlen. Sie konnte nie mehr so einfach mit einem Jungen zusammen sein, noch dazu einem Skater, der mit beiden Beinen auf seinem Board stand und Tricks übte. Leni konnte schon froh sein, wenn sie geradeaus laufen konnte, ohne zu hinken.

Sie spürte, wie Trauer und Panik sie übermannten, und stellte ihr Trinkglas zurück auf das Tablett. Dann stand sie auf, ihre Gefühle mühsam im Griff haltend. Am liebsten wäre sie gerannt, aber natürlich ließen ihre Beine das nicht zu.

»Ich muss los«, sagte sie zu Manu. »Ich hab gleich eine Behandlung.«

Sie lächelte ihn an, jedenfalls hoffte sie, dass es ein Lächeln war, und dann humpelte sie in Richtung des Wagens, in den die Patienten ihre Tabletts schoben, wenn sie eine Mahlzeit beendet hatten. Sie war sich ihres Hinkens so schmerzlich bewusst, dass sie in diesem Moment entschied, so lange zu trainieren, bis sie ihren Gang wieder perfekt im Griff hatte. Wenigstens ansehen sollte man ihr ihren lebenslangen Makel nicht mehr.

»Hey, Leni!«

Sie drehte sich um, als Manu ihren Namen rief, verlor kurz das Gleichgewicht, fing sich wieder, balancierte ihr Tablett aus.

»Bist du heute Abend wieder hier? Essen wir gemeinsam?«, wollte Manu wissen.

Vehement schüttelte Leni den Kopf. »Nein, lieber nicht.«

Dann wandte sie sich ab, um ihr Tablett in den Wagen zu schieben.

Hätte sie noch mal einen Blick zurückgeworfen, hätte sie die Enttäuschung gesehen, die auf Manus Gesicht geschrieben stand. Aber das tat sie nicht. Stattdessen verließ sie den Speiseraum, so schnell sie konnte. Von wegen Freiheit, dachte sie bitter. Es gab keine Freiheit mehr in ihrem Leben.

* * *

Leni

Leni wurde erst wach, als es draußen schon dunkel war und Jasmin zurück ins Wohnzimmer kam.

»Geht es dir besser?«, fragte die Schwester besorgt.

»Viel. Danke.« Leni lächelte ihr entgegen.

»Prima. Magst du was trinken?«

Leni schüttelte den Kopf. »Erst mal wach werden, danke. Außerdem bin ich dir vorhin eine Geschichte schuldig geblieben.« Hatte nicht auch Jasmin etwas erzählen wollen? Darauf wollte sie auch unbedingt zurückkommen. »Und wolltest du nicht auch etwas sagen?«

Jasmin schüttelte den Kopf. »Erst du.«

»Na gut.« Es würde sicher guttun, sich zum ersten Mal seit langer Zeit jemandem zu öffnen. »Tatsache ist, dass ich noch nie eine ernst zu nehmende Beziehung mit einem Jungen oder Mann hatte. Irgendwie ist es nie so weit gekommen.«

»Ehrlich? Und ich dachte, du wärst einfach nur ein sehr privater Mensch«, sagte Jasmin schließlich in die Stille des Raums hinein.

»Wie meinst du das?«, wollte Leni wissen.

»Na, dass du jemand bist, der eben gern sein Privatleben für sich behält. Ich dachte, du willst einfach nicht über Dates oder Beziehung sprechen, sondern behandelst das privat.«

»Ach so. Na ja. In gewisser Weise stimmt das ja. Nur, dass ich eben nie einen Partner hatte.«

»Das heißt, du hast in deinem Leben noch nie jemanden geküsst?« Jasmins Blick war fassungslos.

»Na, so eine Tragödie wäre das nun auch wieder nicht.« Sie schaffte es nicht, den Kuss mit Timon zu erwähnen.

»Nein. Eine Tragödie ist es nicht, aber ich finde, du hättest durchaus ein wenig Liebe verdient gehabt.«

Lenis Gesicht musste deutlich zeigen, wie verletzt und einsam sie war, denn Jasmin intervenierte sofort. »Ach, Süße!« Sie kam um den Tisch herum und schloss ihre Schwester in die Arme. »Du bist so eine tolle Frau. Alle möglichen Männer da draußen warten nur darauf, dich kennenzulernen.«

»Natürlich.« Lenis Stimme triefte nur so vor Ironie. »Ich bin ganz sicher, jeder Mann dieser Welt wünscht sich eine Frau mit nur einem Fuß. Ich bin nicht unbedingt eine Traumfrau.«

Jasmin verdrehte die Augen. »Du bist echt unglaublich. Meinst du nicht, dass du dich da selbst ein bisschen einschränkst. Nur so viel?« Sie zeigte mit Daumen und Zeigefinger den Abstand von einem Zentimeter.

Leni antwortete nicht. Also redete Jasmin weiter.

»Ich meine, ich hab in den letzten Jahren sicher einiges verpasst, aber ich erinnere mich noch total gut an die Besuche bei dir in der Klinik.«

»An beide?« Leni versuchte, von sich abzulenken. Angriff als Verteidigung. Ein wenig schämte sie sich für sich selbst, wusste sie doch, welche Vorwürfe Jasmin sich noch heute wegen der Zeit damals machte. »Sorry. Ich weiß auch nicht, warum ich das grade gesagt habe.«

»Ist schon in Ordnung. Ein wenig verdiene ich das ja, so wie ich mich damals benommen habe.«

Leni wollte sich entschuldigen, aber Jasmin winkte ab. Der Umgang zwischen den Schwestern war mittlerweile so vertraut wie vor Lenis Unfall, längst war Jasmins Phase des Rückzugs von ihr und der gesamten Familie verziehen, nachdem sie sich als Familie zusammengesetzt und endlich über ihre Probleme gesprochen hatten. »Aber lass mich dir das jetzt erzählen, okay? Die Kliniksache.«

»Gut«, willigte Leni ein.

»Da war dieser Typ, so ein blonder, unglaublich gut aussehender Kerl. Wie hieß er noch gleich? Er war so ein Skater, du weißt schon. So einer, der von Natur aus so cool ist, dass man in seiner Nähe Gänsehaut kriegt.«

Leni lachte. Die Beschreibung war eindeutig. »Du meinst diesen Manu. Ich hab ihn kaum gekannt.«

»Ja, genau, Manu! So hieß er. Weißt du noch, wie ich versucht habe, ihn dir schmackhaft zu machen?«, fragte Jasmin. Sie schaute in ihre Teetasse, aber darin herrschte nichts als gähnende Leere und sie stellte sie zurück.

»Ich erinnere mich. Meine Güte, hast du mich genervt!« Leni hörte Jasmin noch heute, wie sie versuchte, Leni davon zu überzeugen, mit Manu zu essen, ihn näher kennenzulernen, bla, bla, bla. Dabei wusste Jasmin ja nicht, wie fürchterlich schief ihre erste Begegnung gegangen war, dass sie Manu längst kennengelernt hatte, und wie sie vor ihm geflohen war.

»Aber du weißt nicht, warum ich dich damit so genervt habe. Manu ist nämlich auf mich zugekommen in der Klinik.«

»Wie bitte?«

»Ja. Da war dieses Sommerkonzert im Kurgarten, erinnerst du dich noch?«

Blasinstrumente, ein dicklicher Dirigent, Lenis Eltern, die krampfhaft versuchten, fröhlich zu sein, und Leni, die ihnen zuliebe zu dem Konzert gegangen war, das überhaupt nicht ihrem Geschmack entsprach. Jasmin hatte gemeint, sie komme später dazu, sie wollte noch ein Café für danach auskundschaften. Natürlich hatte sie sich mehr um das dämliche Konzert gedrückt, als dass es wirklich um das Finden des besten Kuchens ging. Das hatte Leni sich damals jedenfalls gedacht.

»Oh, ich erinnere mich noch sehr gut.«

»Genau. Und da ist mir dieser Typ über den Weg gelaufen, als ich zu euch zurückkam. Er meinte, ich sei doch sicher die Schwester von Leni, die Ähnlichkeit wäre verblüffend und so weiter und so fort. Das Übliche.«

»Natürlich. So wie Männer eben auf dich reagieren.« Leni kannte das schon, seit sie klein gewesen waren. Jasmin war die mit der unwiderstehlichen Ausstrahlung, auf die alle Männer sofort ein Auge warfen. Klar, dass sie auch Manu sofort gefallen hatte.

»Jetzt warte doch mal, Mensch!« Jasmin runzelte die Stirn. »Manu hat nicht auf mich reagiert, wie du es so schön sagst, sondern auf dich.«

»Was?« Leni traute ihren Ohren nicht.

»Er meinte, ob ich nicht ein gutes Wort bei dir einlegen könnte. Er fand dich so toll. Er wollte dich unbedingt näher kennenlernen. Manu war ganz rot vor lauter Verlegenheit. Also hab ich ihm versprochen, ein gutes Wort für ihn einzulegen und es zu probieren. Ganz offenbar war ich völlig erfolglos.«

»Bist du sicher, er wollte mich kennenlernen?«

»Nein, gar nicht. Er wollte vermutlich nur mit deiner Prothese türmen und für immer mit Usain glücklich werden. Meine Güte, Leni!«

»Er wusste gar nicht, dass ich eine Behinderung hatte.« Denn sonst hätte er sich niemals für mich interessiert, fügte Leni in Gedanken hinzu. Aber das sagte sie nicht laut.

»Äh – doch, das wusste er sehr wohl. Er hat dich mit Gehhilfe laufen sehen und dich in der Tür zur Ergotherapie verschwinden sehen. Außerdem wurden viele Menschen mit Prothesen in der Klinik behandelt. Vermutlich ist ihm aufgefallen, dass du dort nicht warst, um Ponyreiten zu lernen.« Jasmins lockerer Ton tat Leni gut. Sie versuchte, ihre Gedanken zu ordnen. Sollte es stimmen, dass Manu ihre Behinderung damals nicht abgeschreckt hatte? War es am Ende nur sie selbst, die sich – auf einem Bein – im Weg gestanden war?

»Vielleicht ist langsam mal die Zeit gekommen, dass du aufhörst damit«, schlug Jasmin vor. Sie hatte den Arm um ihre Schwester gelegt und drückte sie an sich, um ihren Worten den nötigen Nachdruck zu verleihen. »Du bist eine wunderschöne Frau, die ihr Licht unter den Scheffel stellt. Weißt du, du brauchst diesen Kerl gar nicht, der dir vermutlich gerade Kummer macht. Dir steht die ganze Welt offen.«

Leni hörte, was Jasmin sagte. Aber sie spürte es nicht. Noch nicht, zwang sie sich in Gedanken hinzuzufügen.

War es nicht sogar so gewesen, dass Timon erst einmal nichts von ihrem fehlenden Fuß gewusst hatte – sich aber auch dann, als er es herausfand, nicht von ihr abgewandt hatte? Im Gegenteil, er war so liebevoll mit ihrem Makel umgegangen, dass sie … Halt, stopp! Sie wollte nicht zu Timon gehen, gedanklich. Er war jemand, der ohnehin nicht die Wahrheit sagte. Warum in aller Welt sollte sie also ausgerechnet auf seine Meinung etwas geben? Und hatte Jasmin nicht gerade gesagt, die ganze Welt stehe ihr offen?

»Ich weiß nicht«, sagte Leni zweifelnd.

»Dann wird es Zeit, dass du das herausfindest und deine Meinung über dich selbst endlich änderst.« Jasmin wuschelte ihrer Schwester durchs Haar, eine Geste, die Leni noch nie hatte leiden können, schon als Kind nicht, und die dazu führte, dass sie es der Schwester nachtat und deren Lockenkopf durcheinanderwuschelte. Beide mussten lachen. Es tat gut, ihre Verbindung als Schwestern zu spüren.

»Weißt du, was?«, fragte Jasmin.

»Hm?«

»Ich hab da schon eine Idee: Wir gehen aus. Gleich morgen. Du wirst schon sehen, dass dir das guttut. Dir werden die Männer in Scharen zu Füßen liegen.«

»Jetzt halt aber mal den Ball flacher«, rügte Leni ihre Schwester, musste dann jedoch lachen bei dem Bild, das sie sich bei Jasmins Worten vorstellte. Männer, die vor ihr auf dem Boden krochen, sich wälzten, nach ihr lechzten. Das war so absurd, dass sie gar nicht anders konnte, als sich zu amüsieren.

»Na gut. Aber du kommst mit?«

Leni nickte zögerlich. »Ja, ich komme mit.«

Sie wusste nicht genau, warum sie zugesagt hatte. Ob es war, weil sie ihrer Schwester beweisen wollte, dass sie im Recht war und ihre Behinderung ein Hindernis für ihr Liebesleben darstellte – oder um tatsächlich das Gegenteil zu erfahren. Wie auch immer, in beiden Fällen war es den Versuch wert, einen Abend in sich selbst zu investieren.

»Sag, Jasmin, wolltest du nicht auch was erzählen?«, fragte Leni, als sie sich erinnerte.

»Och, ist nicht so wichtig«, antwortete Jasmin. Aber Lenis Gefühl sagte ihr, dass ihre Schwester log. Jasmins Gesicht hatte plötzlich einen besorgten Ausdruck angenommen, als hätte sie ein schlechtes Gewissen. Leni wollte insistieren. Aber Jasmin stand entschlossen auf.

»Zeit, uns Outfits auszusuchen«, ließ sie Leni wissen. »Komm, wir gehen gleich mal ins Schlafzimmer.«

Und bevor Leni etwas einwenden konnte, war Jasmin schon an der Tür.

* * *

Leni

Leni fühlte sich seltsam. Sie trug ein Kleid von Jasmin, das nicht lang genug war, um Usain zu verdecken. Die Stiefel ihrer Schwester waren für Leni zwei Nummern zu klein, sodass sie ihre eigenen Schuhe mit dem Kleid kombiniert hatte – flache Turnschuhe, die zumindest farblich perfekt zum leuchtenden Blau des Kleids passten. Dennoch, man sah die Prothese und Leni war nie, ausnahmslos niemals, so gekleidet, dass man die Prothese sah. Ihr Outfit hätte sich nicht schlimmer anfühlen können. Bei genauerer Betrachtung würde jeder erkennen können, dass sie eine Prothese trug. Aber darum ging es schließlich auch, hatte Jasmin gesagt, als die beiden Schwestern nebeneinander vor dem großen Spiegel in Jasmins und Kenneth' Schlafzimmer gestanden hatten. Man sollte Leni sehen, die ganze Leni, nicht nur die Teile, die hinter der Mauer, die sie sich über die Jahre gebaut hatte, hervorsahen.

Jetzt standen sie in einem Club namens Lucky Charms und Leni hielt einen bunten Cocktail in der Hand. Die Musik wummerte laut und Leni versuchte, die Eindrücke zu verarbeiten, die auf sie einströmten.

»Hier hab ich Kenneth kennengelernt, das wollte ich dir eh mal zeigen«, rief Jasmin in Lenis Ohr. »Da drüben an der Bar. Seitdem trinke ich immer diesen Cocktail hier, wenn ich herkomme, als Erinnerung an unseren ersten Abend miteinander.«

Sie hielt ihr Glas hoch, ein knallbuntes Ungetüm von einem Cocktail, das Leni viel zu groß für eine Person erschien.

»Damals saß Kenneth da drüben an der Bar und kam mir vor wie das schwarze Schaf.«

Leni beugte sich zu Jasmin hinüber. »Das er sicher war!«, schrie sie in das Ohr ihrer Schwester.

Die grinste und nickte. »O ja! Ich glaube, das war ihm selbst auch sehr klar. Er hat sich in Diskotheken noch nie wohlgefühlt. Aber unser gemeinsamer Freund Jonas hatte Geburtstag und da hat Kenneth sich überreden lassen. Heute hätte ich kein Argument finden können, ihn zum Mitkommen zu überreden – noch dazu, weil ich ja heute bereits eine besonders angenehme Gesellschaft habe.« Jasmin zwinkerte ihrer Schwester zu.

Kenneth war zu Hause geblieben. Gestern nach dem Teetrinken hatte er mit der Gestaltung eines Flyers begonnen und heute, als er von der Arbeit gekommen war, hatte er sich sofort wieder an die Arbeit gemacht.

Jasmin war am Vormittag in der Uni gewesen und hatte passenderweise am Nachmittag frei gehabt. Die Schwestern waren gemütlich spazieren gewesen und hatten sich dann für die Nacht im Club fertiggemacht. Es war schön, einfach mit Jasmin in deren Alltag einzutauchen. Der Spaziergang im Englischen Garten hatte gutgetan und jetzt war es eine Wohltat, an einem

176

Ort zu sein, wo sie Timon mit Sicherheit nicht begegnen würde, denn der war genauso wenig ein Partylöwe wie Kenneth, jedenfalls, wenn Leni ihn richtig einschätzte.

Ach, dachte sie, während sie ihren Blick über die Tanzfläche schweifen ließ, die sich mehr und mehr belebte, wenn ich doch nur aufhören könnte, an Timon zu denken. Sie nahm einen Schluck ihres Cocktails, der eher nach flüssigen Gummibärchen schmeckte als nach Alkohol. Auch Jasmin hatte sich einen Cocktail bestellt – also war sie nicht schwanger. Das war es also nicht, was sie Leni sagen wollte. Irgendwie waren sie noch immer nicht dazu gekommen, sich über Jasmins Anliegen zu unterhalten. Vielleicht war es gar nicht so wichtig, wie Leni zunächst geglaubt hatte, wenn Jasmin es nicht mehr ansprach.

Die Musik hämmerte sich in Lenis Hirn und sie verstand immer besser, warum Kenneth nicht mitgekommen war. Sie konnte ihn sich hier nicht vorstellen – und die Tatsache, dass er in diesem Club Jasmin kennengelernt hatte, kam Leni ziemlich absurd vor. Vielleicht war das eine Art Wink des Schicksals gewesen, dass er an diesem einen Abend ausnahmsweise da gewesen war.

Es war wirklich höllisch laut hier und die bunten Discolichter schickten ihre bunten Farbblitze in den künstlichen Nebel auf der Tanzfläche, die sich immer mehr mit Leben füllte.

Jasmin dagegen konnte diese Atmosphäre ab und an sehr genießen, das wusste Leni. Ihre Schwester wippte auch schon mit den Füßen, sehr zu ihrem Leidwesen. Mit Sicherheit kam Jasmin auch bald auf die Idee, mit ihr tanzen zu wollen. Leni nahm einen weiteren Schluck von ihrem zuckersüßen Cocktail. Hoffentlich blieb ihr das erspart.

»Hallo!« Eine unbekannte Stimme ganz nah an Lenis Ohr ließ sie zusammenzucken. Sie hatte bei der lauten Musik gar nicht gemerkt, dass jemand so nah herangekommen war. Als sie sich umdrehte, sah sie einen Typ mit Hipsterfrisur. An den

Seiten ausrasiert, dafür waren seine Haare am Hinterkopf zu einem kleinen Pferdeschwanz gebunden. Automatisch fragte Leni sich, was er von ihr wollte – die Uhrzeit, Kleingeld, Jasmins Telefonnummer?

»Oh, selber hallo.« Leni erwiderte das freundliche Lächeln des Fremden. Er hatte einen Tunnel im linken Ohrläppchen und mit seinen strahlend blauen Augen war er mit Sicherheit der Schwarm aller Frauen.

»Möchtest du tanzen?« Leni schaute über ihre Schulter. Aber er meinte nicht Jasmin, er meinte wirklich sie. Jasmin war wie vom Erdboden verschluckt.

»Ich?«, fragte sie trotzdem, sicherheitshalber.

»Äh, ja. Soweit ich sehe, hab ich dich gefragt.« Er grinste breit. Perfekte, sehr weiße Zähne wurden sichtbar. »Magst du die Musik?«

Leni dachte wohl einen Augenblick zu lange nach, bevor sie antwortete, denn das Grinsen des Fremden vertiefte sich. »Aha.«

»Nein, nein. Ich … zum Tanzen ist die Musik wohl ganz gut, schätze ich.« Der harte Rhythmus, die monotone Melodie – man musste nicht sehr taktsicher sein, um sich zu solchen Liedern zu bewegen, dachte Leni bei sich und fühlte sich schrecklich altmodisch, denn ihr Gegenüber hatte schon angefangen, mit dem Kopf zur Musik zu wippen, während sie selbst noch immer unentschlossen herumstand und sich an ihrem Cocktail festhielt. Sie trank noch einmal einen Schluck. Langsam, aber sicher machte der Alkohol sie schon ein wenig schwummrig.

»Ich nehme dein Glas.« Plötzlich war Jasmin neben ihr, mit ihrem eigenen Farbfeuerwerk im Glas, und griff nach Lenis Cocktail, die viel zu perplex war, um das Angebot nicht anzunehmen. »Na los, ab mit dir«, schickte Jasmin noch hinterher und deutete mit dem Kinn in Richtung Tanzfläche.

Der namenlose Fremde nahm Lenis Hand und zog sie hinter sich her. Fast wäre sie gestolpert, aber Usain wäre nicht Usain gewesen, wenn Leni sich nicht gefangen hätte. Langsam suchte Leni sich ihren Weg in die Musik. Sie hatte noch nie vor Menschen getanzt. Allein in der Küche der Hütte? Natürlich, leidenschaftlich! Und dazu sang sie lauthals, mit dem Kochlöffel als Mikrofon. Dabei ertappt zu werden, wäre ihr fürchterlich peinlich gewesen, so peinlich, dass sie nur dann eine ihrer Performances aufführte, wenn die Hüttentür abgeschlossen war und es draußen regnete, quasi als doppelte Absicherung, damit ja niemand sie hörte oder sah.

Jetzt stand sie einem Fremden auf der Tanzfläche gegenüber, der seinen ganzen Körper zur Musik wiegte, und trat von einem Bein aufs andere, ohne recht zu wissen, wie sie sich bewegen sollte, und daran war nun keinesfalls ihre Prothese schuld, sondern die Tatsache, dass sie sich auf dem Präsentierteller fühlte. Sie schaute Hilfe suchend in Jasmins Richtung, doch die prostete ihr lediglich fröhlich zu und trank aus Lenis Glas. Na, vielen Dank!

Leni schloss die Augen. Sie spürte, wie der Bass durch ihren ganzen Körper wummerte. Langsam hoben sich ihre Arme, wie automatisch. Ihr Körper kam in Bewegung, wie von selbst schwebte er auf den Klängen des einfachen Songs davon. Plötzlich verstand sie den Reiz der sich wiederholenden Melodie. Leni legte den Kopf in den Nacken und summte mit. Der künstliche Nebel roch leicht nach Vanille. Als sie die Augen öffnete, sahen die silbernen Lichtpunkte über ihrem Kopf aus wie ein Sternenhimmel. Plötzlich spürte sie Hände an ihren Hüften und einen Körper, der sich an sie drückte, und sie verkrampfte. Als sie sich umwandte, war da der Fremde, der ihre Nähe suchte.

»Lass uns einfach tanzen«, rief sie ihm ins Ohr und schob ihn ein Stück weg. Wie hieß der Kerl überhaupt?

Er lachte ihr frech ins Gesicht und machte eine entschuldigende Geste. »Sorry, du bist eben schön«, schrie der Typ ihr ins Gesicht.

Dann tanzte er weiter, als wäre nichts passiert.

Du bist eben schön. Die Worte hallten in Leni nach, so sehr, dass sie das Tanzen vergaß. Schön, ja, das hatte er gesagt, zweifellos. Leni dachte an ihre Lockenantenne hinter dem Ohr und prompt ertastete sie die widerspenstige Strähne, als sich ihre Hand wie automatisch auf Frisurkontrolle begab.

Leni begann wieder, sich zur Musik zu bewegen. Er hatte so selbstverständlich gesagt, dass sie schön sei, dass er es wohl wirklich meinte. Sie dachte an Timon. Der hatte nie gesagt, dass sie schön sei. Sein größtes Kompliment war gewesen, dass sie im Ballkleid hübsch ausgesehen hatte. Aber jede Frau dieser Welt hätte in diesem Kleid hübsch ausgesehen, das war keine Kunst. Wenn aber dieser gut aussehende Fremde sie in einem Kleid, das Usain nicht verdeckte, so schön fand, war das eine ganz andere Dimension.

Sie merkte, wie sie langsam immer lockerer tanzte, mehr und mehr zurück in die Musik fand, sich eine Art Flow entwickelte, dem sie sich hingeben und in dem sie sich auf den Melodien treiben lassen konnte. Leni spürte, wie sie die Welt um sich herum vergaß. Am Ende fühlte sie sich genauso locker wie in ihrer Küche, nur dass sie unter Menschen war. Das Gefühl war großartig. Nie zuvor war Leni inmitten von Leuten so sehr sie selbst gewesen – und das verdankte sie einem völlig fremden Menschen.

Irgendwann bekam sie riesigen Durst. Sie wandte sich an ihren Tänzer. »Hey, kommst du mit zur Bar? Ich würde dich gern auf was einladen.«

»Klar. Super.« Er hatte sie nicht mehr berührt, war aber die ganze Zeit über tanzend in ihrer Nähe geblieben.

»Ich bin übrigens Leni.«

»Noah.« Er streckte ihr die Hand hin, Leni ergriff sie und er zog sie an sich und küsste sie auf die Wange. Ganz schön forsch, dieser Noah! Und eindeutig wollte er mehr als ein Tänzchen mit Leni.

»Na los, wir gehen an die Bar«, bestimmte Leni und löste sich von ihm. Sie wusste nicht recht, wie sie das fand. Seine Lippen hatten sich fremd und weich an ihrer Wange angefühlt. So offensives Verhalten war Leni gar nicht gewöhnt. Ohne sich umzuschauen strebte sie zur Bar. Sie schaute sich um. Wo war Jasmin hin? Sie sah ihre Schwester nicht. Mist, sie hätte sie zu gern an ihrer Seite gewusst.

Stattdessen stand sie jetzt allein mit Noah an der Theke.

»Was möchtest du trinken?«, fragte er sie. Schon wieder waren seine Lippen ganz nah an ihrem Ohr – natürlich! Es war schließlich so laut im Raum, dass man sich kaum unterhalten konnte.

»Einfach eine Schorle.« Erst jetzt realisierte Leni, wie durstig sie war. Das Tanzen forderte da ganz klar seinen Tribut.

Als zwei Barhocker frei wurden, belegte Noah sie sofort und bedeutete Leni, sich ebenfalls zu setzen. Es tat gut, die Füße ausruhen zu lassen. Leni schlug die Beine übereinander. Erst da wurde ihr klar, dass man jetzt definitiv Usain sah. Erst wollte sie reflexartig die Sitzposition wechseln, aber dann entschied sie sich dagegen. Die Prothese würde ihr sicher helfen, Noah auf Distanz zu halten. Tatsächlich schweifte sein Blick über ihre Beine, bevor er den Barkeeper mit einem Winken auf sich aufmerksam machte. Noah tanzte sogar im Sitzen, fiel Leni auf. Der Typ hatte Energie für drei und er gefiel den Frauen. Auf der anderen Seite der Bar saß eine Frau, die ihm immer wieder über den Rand ihres Glases hinweg Blicke zuwarf. Das entging Lenis Aufmerksamkeit nicht und sie fühlte sich ziemlich geschmeichelt, dass Noah sich dennoch ihr zuwandte.

»Du warst noch nie hier, oder?«, fragte er.

»Nein. Ich bin nicht so die Clubgängerin. Aber jetzt, wo ich schon mal da bin, gefällt es mir ganz gut.«

Noah grinste. »Na, das will ich hoffen.«

Der Barkeeper brachte die Getränke und als Leni einen großen Schluck von ihrem Glas nahm, realisierte sie, dass sie nicht Saft-, sondern Weinschorle bekommen hatte. Sie erwog kurz, ein weiteres, alkoholfreies Getränk zu bestellen, dachte dann aber an ihr Budget und verwarf den Gedanken wieder.

»Ich finde, wir sollten öfter miteinander feiern«, stellte Noah fest und nahm einen Schluck von seinem Bier. »Du bist eine tolle Tänzerin.« Seine Augen funkelten Leni an, der längst ihr Fuß wehtat, genauso wie ihr Beinstumpf. Hätte sie zwei Füße gehabt, sie hätte mit Sicherheit die Schuhe ausgezogen und barfuß weitergetanzt. Aber natürlich war das völlig ausgeschlossen.

Leni schaute in Gedanken verloren hinüber zur Tanzfläche.

Plötzlich legte Noah seine Hand auf ihren Oberschenkel. Seine Absichten waren sehr offensichtlich. Dabei musste er doch Usain gesehen haben! Oder etwa nicht? Störte ihn die Behinderung am Ende gar nicht? Leni nahm noch einen großen Schluck von ihrer Weißweinschorle. Sie fühlte sich ein wenig wie gelähmt. Mit der warmen Hand auf ihrem Schenkel verharrte sie steif und unsicher in der gleichen Sitzposition und wusste nicht, was sie tun sollte. Sie war es nicht gewohnt, zu flirten. Man hätte meinen können, dass sie auf der Hütte häufiger ein lässiges Wort mit einem Bergsteiger wechselte. Das war auch der Fall. Aber da waren die Grenzen viel eindeutiger gesteckt als hier, in der fremden Umgebung des Nachtclubs. Auf der Alm war sie die Chefin. Hier dagegen fühlte sie sich von der Situation ein wenig überfordert. Wo war nur Jasmin hingegangen? Leni schaute sich erneut um, aber der Club war mittlerweile so voll, dass sie sie nirgends sah.

»Wollen wir noch mal tanzen?«, schlug Noah vor. Er hatte sein Bier schon ausgetrunken.

»Äh, gern. Warte.« Leni trank ihr Glas leer, was ihr nicht schwerfiel bei ihrem Durst. Sie legte einen Geldschein unter ihr Glas und versuchte, ein klein wenig wegzurücken.

Noahs Hand war langsam weiter nach oben gewandert, so langsam, dass sie es kaum gemerkt hatte. Schnell stand sie auf. Sie merkte, dass der Raum um sie herum schwankte, nur ein kleines bisschen. Aber es reichte dafür, dass sie sich auf Noahs Schulter abstützen musste, um das Gleichgewicht nicht zu verlieren. Er verstand ihre Geste als Aufforderung und schloss die Arme um Leni. Sein Bein schob sich zwischen ihre und sie spürte, wie Noah sich an sie drückte. Leni wollte sich aus der Umarmung lösen, aber Noah schien das gar nicht zu merken, stattdessen presste er sich noch dichter an sie heran. Plötzlich hatte Leni das Gefühl, keine Luft mehr zu kriegen. Die Farben der Lichter flossen ineinander, der Bass dröhnte bedrohlich und kam ihr mit einem Mal noch lauter vor. Sie war in der Hölle, ganz sicher war sie in der Hölle. Gleich würde sie ersticken. Sie rang um Atem, Noahs Körper an ihrem, seine Arme um sie herumgeschlungen, sein Mund saugte an ihrem Ohrläppchen. Falsch, das war alles falsch. Sie wollte diesen Mann nicht so nah bei sich. Der Farbbrei mischte sich immer mehr, die Musik drang ihr in jede Pore und sie keuchte. Wenn sie doch nur mehr Kraft gehabt hätte, dachte sie bei sich. Nur ein wenig mehr Kraft und sie hätte weglaufen können. Aber sie hatte das Gefühl, ihre Beine kaum zu spüren. Der Boden wackelte, alles begann sich zu drehen. Wenn sie doch nur mehr Luft bekommen hätte, nur ein bisschen mehr Luft!

Sie schob Noah von sich und schüttelte den Kopf, während sie in ihrem Hirn nach den richtigen Worten kramte, um den Mann zurückzuweisen. Aber sie wollten sich einfach nicht zu Sätzen formen und ihr über die Lippen kommen.

»Hey, Noah!« Eine laute Stimme am Rand von Lenis Blickfeld. Da war Jasmin! Endlich. Aber sie sah überhaupt nicht fröhlich aus, kein bisschen nach Feiern und Spaß. Stattdessen hatte sie die Arme in die Hüften gestemmt. »Lass sie los!«

»Jassy! Wenn das nicht Jassy ist.« Tatsächlich lockerte Noah endlich seinen Griff. Trotzdem fiel Leni das Atmen noch immer schwer. Was war nur mit ihr los? Ihr war so schlecht! War das die Weißweinschorle? Sie umklammerte die Lehne des Barstuhls, auf dem sie gerade noch gesessen war.

»Wie geht es dir? Hast wenig sexy Fotos gepostet in letzter Zeit.« Noah zwinkerte Jassy zu. »Wir könnten sofort eins machen, wenn du magst. Gemeinsam mit der schönen Leni hier. Ich hab mir schon gedacht, dass sie deine Schwester sein könnte.« Er deutete auf Leni, die noch immer versuchte, den Farbsalat, den die Lichter bildeten, wegzublinzeln, was ihr nicht gelang. »Sie ist mindestens so hübsch wie du.«

Jasmin kam näher heran, ganz nah, sodass nur noch wenige Zentimeter ihr Gesicht von dem Noahs trennten. Man hätte denken können, sie würde ihn gleich küssen, stattdessen verzog sich ihr Gesicht zu einem Ausdruck wilder Wut. »Lass die Finger von meiner Schwester, dass das klar ist. Wenn ich dich noch ein einziges Mal in ihrer Nähe sehe, bist du fällig, haben wir uns verstanden?«

Noahs Grinsen gefror zu einer starren Maske.

»Du weißt, was ich dir damit sagen will, ja?«, hakte Jasmin nach.

Leni schaute von einem zum anderen. Sie verstand nichts mehr. Jasmins Augen hatten sich zu schmalen Schlitzen verengt.

Noah hob die Arme, als wollte er sich ergeben. »Ist ja gut, ist ja gut.«

Dann wandte er sich an Leni. »Bye, bye, Schönheit.«

Ohne sich umzusehen, tanzte er in Richtung der sich bewegenden Körper auf der Tanzfläche davon.

»Was war das denn?«, wollte Leni wissen. Es war schwer, die Worte artikuliert aus ihrem Mund zu bekommen. Ihre Zunge war viel zu schwer.

Jasmin pustete sich eine Locke aus dem Gesicht, endlich wich die Anspannung aus ihren Zügen. »Ich hoffe, nichts. Wie geht es dir?«

»Alles ist sehr bunt«, antwortete Leni wahrheitsgetreu.

»O Gott! Gut, ich ruf draußen gleich Kenneth an.«

Bei Jasmin untergehakt torkelte Leni aus dem Club.

* * *

Timon

Da war Leni! Wie schön sie aussah mit den hochgesteckten Haaren und dem roten Kleid. Selbst jetzt, in der Dunkelheit, wo er ihre Umrisse mehr erahnte, als wirklich sah, war sie die schönste Frau der Welt für ihn.

Er war erst blind davongelaufen, weg von dem Ball, nur weg, aber dann hatte er wie automatisch die Richtung zu Lenis Elternhaus eingeschlagen. In Gedanken wartete er vor der Haustüre auf sie, um sich bei ihr zu entschuldigen, alles wiedergutzumachen. Doch dann stellte er sich gegenüber dem Haus in eine Einfahrt, verdeckt von einem parkenden Auto. Als Leni ankam, sah sie aus wie ein wundes Tier. Timon erhaschte einen Blick auf sie, als eine Straßenlaterne ihre Züge erhellte. Zerflossenes Make-up – Spuren und Schmerz, oh, da war so viel Schmerz! Du hast das gemacht, schrie es in seinen Gedanken.

Nur er allein hatte ihr den Abend verdorben, hatte alles falsch gemacht. Er schmeckte sie noch, spürte noch ihre wunderbar vollen Lippen auf den seinen, spürte die Sehnsucht nach mehr, doch zugleich waren da Schuld und Reue und das Wissen, seine Fehler nie wiedergutmachen zu können.

Er fragte sich, wie viele Männer vor ihm Leni geküsst hatten, ob er einer unter vielen war oder ob es, das vermutete er jedenfalls, ihr erster Kuss gewesen war, wie bei ihm selbst. Für alle Zeiten würde er diesen magischen Kuss in seiner Erinnerung bewahren. Aber sie? Sein Magen verkrampfte sich.

Er hörte das Rascheln von Lenis Kleid, als sie die Stufen zu ihrer Haustür hinaufhastete, hörte das Klirren des Schlüssels, das ratschende Geräusch, als sie ihn ins Schloss steckte. Jetzt war sein Moment. Er trat aus dem Schatten der Hofeinfahrt und wollte Leni rufen. Doch da erklang ein leises Klicken. Leni hatte die Tür aufgesperrt. Ruf ihren Namen, na los, ruf ihn, versuchte er, sich selbst zu befehlen. Aber das Wort blieb ihm im Hals stecken. Er konnte sich nicht einmal selbst verzeihen, wie sollte Leni ihm da vergeben können, wenn er selbst sich für das hasste, was er ihr heute Abend angetan hatte?

Als sich die Tür hinter Leni schloss, fiel Timon regelrecht in sich zusammen.

»Leni«, flüsterte er und ihm kamen die Tränen. »Oh, Leni!«

Er saß im Dunkeln auf dem Asphalt vor Lenis Haus. Er sah das Licht in ihrem Zimmer an- und nach einer Weile wieder ausgehen. Noch lange starrte er auf das schwarze Viereck ihres Fensters, als würde es ihn hypnotisieren. Er konnte nicht denken, er konnte nicht handeln. Und Timon empfand tiefen Ekel vor sich selbst. Er würde für immer bereuen, dass er Leni so wehgetan hatte. Für immer.

12. Kapitel

Leni

Leni fühlte sich furchtbar, als sie gemeinsam mit Jasmin hinaus in die Nacht trat. Der Boden unter ihr fühlte sich an wie aus Gummi, alles drehte sich. Bestimmt würde sie sich gleich übergeben müssen, dachte sie bei sich und suchte nach einer Möglichkeit, sich irgendwo festzuhalten. Während ihre Hand um sie herum in die Luft tastete, stöhnte sie leise.

»Noah hat immer irgendwelche Pillen dabei, glaub ich. Ich vermute, er hat dir was ins Getränk gemischt.« Ganz selbstverständlich hatte Jasmin Lenis suchenden Arm genommen und ihn sich um die Hüfte gelegt, um ihre Schwester zu stützen.

»Ins Getränk?« Leni sah sich selbst vor sich, wie sie ihre Schorle trank, in großen, durstigen Schlucken.

»Ja. Es wurde schon ein paar Mal vermutet, dass er nicht ganz koscher ist – und das hier ist ein ziemlich guter Beweis dafür. Ich werde mal mit dem Clubmanager reden – den kenne ich noch von früher. Wir hatten mal einen Werbevertrag miteinander. Er kann nicht zulassen, dass Noah in seinem Club auf diese Art mit Frauen umgeht.«

»Nein.« Leni fühlte sich wie betrunken, nur viel schlimmer. Sie stolperte und fiel fast hin, aber Jasmin hielt sie. »Siehst du, ich hab ein Händchen für die falschen Typen.«

Jasmin ignorierte Lenis Einwand. »Komm, wir gehen lieber zu Fuß nach Hause. Vielleicht wird es in der frischen Luft besser mit deinem Schwindel.«

»Ist gut.« Leni war alles egal, Hauptsache, das Unwohlsein würde bald wieder aufhören.

Schweigend gingen die beiden Frauen die menschenleere Straße entlang. Sie hätte sehr gespenstisch gewirkt, wären da nicht die Straßenlaternen gewesen, die große Lichtseen auf den Bürgersteig warfen.

»Noah hat eine Schwäche für schöne Frauen, sagt er immer«, meinte Jasmin plötzlich. »Tut mir leid, dass er dich erwischt hat.«

»Schöne Frauen, hm? Und warum hat er dann mich ausgesucht?«, fragte Leni. Sie atmete tief die kühle Nachtluft ein. Tatsächlich fühlte sie sich jetzt, hier draußen, etwas klarer als vorher im Club.

»Leni! Hör endlich auf mit dem Blödsinn. Hast du nicht gemerkt, wie er dich angemacht hat?«

Leni wurde rot. Sie wusste nicht genau, warum. Unsicher ließ sie sich von ihrer Schwester führen. »Doch, ja.«

»Wie kommt es, dass du immer denkst, du seist nicht attraktiv genug?«

»Keine Ahnung. Ich habe darüber auch schon nachgedacht. Ich glaube, das hängt mit Timon zusammen.«

»Wer ist Timon?«

»Ach Gott, du hast ihn ja gar nicht kennengelernt.«

Da Jasmin den Kontakt zur Familie weitestgehend abgebrochen gehabt hatte, weil sie sich die Schuld an Lenis Unfall gab, hatte sie auch Timon nie getroffen. Obwohl Leni das Gefühl hatte, noch nicht wieder ganz klar denken zu können, wurde ihr in diesem Moment klar, wie nachhaltig ihr Unfall das Leben ihrer ganzen Familie verändert hatte. Nicht nur sie selbst hatte darunter gelitten, nein, auch alle anderen Familienmitglieder waren erst unter Schock gestanden und hatten dann ihre eigenen Möglichkeiten der Bewältigung finden müssen. Es war ja eingangs nicht absehbar gewesen, dass Leni ihren Weg relativ problemlos gehen würde.

»Ich glaube, ich muss ein wenig weiter ausholen und dir erst mal von Timon erzählen.« Leni verlor wieder das Gleichgewicht, aber Jasmin reagierte sofort und fing sie ab.

»Ja, das wäre gut. Wer ist Timon?«

Und Leni fing an, zu erzählen. Sie ließ nichts aus. Sie begann auf dem Schulhof, wie Timon sie angesprochen hatte, darüber, wie oft sie sich beinah geküsst hatten, unter dem Apfelbaum, und ja, sie hörte die Sehnsucht, die sie damals empfunden hatte, noch heute in ihren Worten. Leni erzählte, wie er immer auf seine Zehenspitzen hinunterschaute, wenn er verlegen war, wie gern er mit ihr über Bücher diskutiert hatte, all die Kleinigkeiten, die Timon als Person greifbar machten. Leni ließ nichts aus. Und dann erzählte sie vom Abschlussball. Jasmin hörte ihr die ganze Zeit aufmerksam zu, während Leni von ihrem Tanz, von ihrem Kuss, von dem Glücksgefühl, das den ganzen Raum zu fluten schien, erzählte und davon, wie das Gefühl in sich zusammengebrochen war wie ein Kartenhaus, als Timon weggerannt war, weil Jeremy ihn ausgelacht hatte, nachdem er Leni geküsst hatte.

Sie musste Jasmin nicht erklären, wie sie sich gefühlt hatte, denn sie sah in den Gesichtszügen ihrer Schwester ihren eigenen Schmerz perfekt gespiegelt.

»Was für ein dämlicher Idiot!«, war das Erste, was Jasmin schließlich sagte. »Aber du kannst doch nicht von einem Erlebnis in deinem Leben auf alle Männer dieser Welt schließen.«

»Da hast du nicht ganz unrecht«, gab Leni zu. Sie spürte, wie gut es ihr tat, endlich einmal alles laut zu sagen. Ihr wurde erst jetzt bewusst, dass sie nie über Timon und ihre Gefühle ihn betreffend gesprochen hatte. Stattdessen war sie still gewesen und als ihre Mutter sie am Tag nach dem Ball gefragt hatte, wie es gewesen war, hatte sie den einfachsten Weg gewählt und nur »gut« gesagt. Keiner hatte weiter nachgehakt, man hatte Leni gewähren lassen und sie nicht weiter behelligt. Der Vater hatte irgendwas von Müdigkeit und Katerstimmung gesagt, aber darauf war Leni einfach nicht eingegangen.

»Die Geschichte ist noch nicht ganz zu Ende«, gab Leni zu. Sie hatte sich jetzt locker bei Jasmin eingehakt, während sie durch die nächtlichen Straßen Münchens gingen. Immer mal wieder fuhr ein Auto an ihnen vorbei und der Lichtkegel der Scheinwerfer beleuchtete sie kurz, bevor das Fahrzeug vorbeizog. Vereinzelt begegneten ihnen andere Nachtschwärmer, die den Samstagabend zum Feiern nutzten.

»Nein? Was hast du denn noch zu erzählen?« Jasmin hörte noch immer aufmerksam zu.

Leni holte tief Luft. »Timon ist vor ein paar Tagen bei mir auf der Alm aufgetaucht.«

»Wie bitte?«

»Ja – und das hat mein Leben ganz schön auf den Kopf gestellt.«

Leni redete weiter. Es war nicht mehr weit bis zu Jasmins und Kenneth' Wohnung und als sie schon vor dem Haus angekommen waren, wo sie sich befand, setzten sie sich einfach auf die unterste Stufe der Eingangstreppe. Kenneth war vielleicht noch wach und die Schwestern schienen ein stilles Einverständnis getroffen zu haben, dass sie dieses Gespräch lieber unter sich führen wollten. Nach einer langen halben Stunde kam Leni schließlich zum Ende.

»Du hättest den Gesichtsausdruck von diesem Jeremy sehen sollen. Meine Güte! Noch immer genauso supercool wie damals in der Schule. Der hat sich kein Stück verändert, sag ich dir. Und dann hat er was von einer Wette gefaselt. Und dass da dann am Ende ja doch noch was Gutes bei rausgekommen ist.« Leni schnaubte. »Von wegen! Timon hat mir überhaupt nichts von einer Wette erzählt. Stattdessen hat er mich verführt und genau da weitergemacht, wo er vor Jahren aufgehört hat – basierend auf einer Unwahrheit.« Leni war wütend geworden und ihre Stimme so laut, dass sie von der gegenüberliegenden Häuserzeile widerhallte und sie sich selbst dazu ermahnte, leiser zu sprechen.

»O Mann! Dann ist Timon quasi genauso ein Mistkerl wie dieser Noah, denkst du?«, wollte Jasmin wissen.

»Na ja. Ich meine, ich habe gerade nicht den besten Eindruck von Männern, wenn man mal von deinem Eselflüsterer absieht.«

»Ach, Lenchen.« So hatte Jasmin ihre kleine Schwester lange nicht mehr genannt und sie traf damit eine Stelle, die genauso lang niemand mehr berührt hatte. Als Jasmin Leni in die Arme schloss, war es das gleiche Gefühl wie damals, als Leni noch in den Kindergarten ging und Jasmin schon ein Schulkind gewesen war. Jasmin, die große, weise Schwester, die ihre kleinere Schwester beschützte. Endlich, endlich konnte Leni sich so richtig fallen lassen und für einen Moment die Kontrolle über sich aufgeben.

Jasmin und Leni lösten sich schließlich gleichzeitig aus der Umarmung. »Weißt du, ich glaube, du tust den Männern unrecht. Ich meine, vergiss mal Timon. Da ist Papa, der ist ein toller Mann. Kenneth hast du ja schon genannt. Dann wird doch sicher ab und zu ein attraktiver Gast bei dir auf der Alm auftauchen – und was ist mit Jonas, meinem besten Kumpel? Erinnerst du dich noch? Er war bei meinem Geburtstag letztes Jahr da.«

Leni erinnerte sich dunkel und nickte.

»Ich will nur sagen, dass es genug Männer gibt, die anders als dieser Timon sind – oder als Noah. Wobei Noah dich deshalb ausgesucht hat, weil du eben besonders hübsch bist.«

Leni verdrehte die Augen bei Jasmins Argument. Aber ihre Schwester ließ sich nicht beirren und redete einfach weiter. »Vielleicht solltest du einfach jemandem eine Chance geben und nicht gleich die Flinte ins Korn werfen. Wobei: So wie ich das sehe, hast du das lang genug gemacht, jetzt ist wohl eher der Moment, die Flinte überhaupt erst mal aus dem Korn herauszuholen. Schau, allein damals in der Klinik, wenn du Manu eine Chance gegeben hättest, wer weiß, wie sich dein Leben entwickelt hätte? Oder schau mich an, was wäre aus mir geworden ohne Kenneth?« Jasmin lachte leise.

»Vielleicht«, stimmte Leni zu. Sie musste sich erst an den Gedanken gewöhnen, dass ihr Fuß nicht das Hindernis war, nie gewesen war, sondern ihr Kopf. Plötzlich erschien ihr so mancher flirtende Gast auf der Hütte in einem anderen Licht. Es stimmte sehr wohl, dass Leni es gewesen war, die eine Annäherung unmöglich gemacht, jedes Interesse von Männern sofort mit einem flapsigen Spruch abgewiegelt hatte und weiter ihrer Arbeit nachgegangen war. Sie hatte nicht einmal jemanden eines zweiten Blickes gewürdigt, man konnte ganz klar sagen, dass sie sich abgeriegelt hatte.

Mit einem Schlag fühlte sie sich wahnsinnig müde und erschöpft. Es war einfach zu viel, das sie verarbeiten musste.

Jasmin legte den Arm um ihre Schwester, zog sie zu sich heran und küsste sie auf die Wange. »Na komm. Wir gehen jetzt rein und ich mach dir noch einen heißen Kakao.«

Leni stand auf. Ein heißer Kakao klang nach Kindheitserinnerungen und Geborgenheit.

»Danke, Jasmin«, sagte sie leise. Tief in ihre Gedanken verstrickt folgte sie ihrer Schwester ins Haus.

* * *

Timon

Timon hatte sein Schnitzmesser in der einen, das Werkstück, das er in der Gaststube der Gaupenhütte zu schnitzen begonnen hatte, in der anderen Hand. Die Späne flogen und verteilten sich um ihn herum auf dem Boden, während er arbeitete. Sein Bein hatte er hochgelagert und zugegebenermaßen war der Balkon seiner Mutter nicht unbedingt der Ort, an dem man idealerweise handwerkte. Aber das Bein tat noch ziemlich weh. Zwar war es schon besser als am Vortag, vielleicht auch wegen des Schmerzmittels, das der Arzt ihm verschrieben hatte, aber so belasten wie vor dem Unfall konnte er es noch nicht. Es war zum Glück nichts gebrochen und der Arzt im Krankenhaus hatte ihm eine Schiene mitgegeben, mit der Timon schon ziemlich gut von A nach B kam. Wärmesalbe und Bandagen unterstützten die Heilung und er würde in Kürze wieder ganz auf den Beinen sein, hatte der Orthopäde gesagt.

Timon schnitzte wie ein Besessener, um seinen Verstand abzulenken. Aber Leni ließ sich nicht aus seinen Gedanken vertreiben. Lenis Körper, Lenis Küsse, Lenis Duft. Keine war wie sie, keine konnte mithalten, der Vergleich war stets unfair und doch unvermeidbar, wenn Timon eine Frau traf. Seine muskulösen Arme, seine kantigen Gesichtszüge und seine eher große Gestalt machten bei den Frauen den nötigen Eindruck, um ihm gute Chancen zu verschaffen. Aber es blieb – wenn überhaupt – bei Affären. Am Ende hatte sich Timon selbst nicht mehr vertraut und Leni eher für die Verkörperung seiner Träume gehalten, für das Bild einer Frau, die es so in Wirklichkeit gar nicht gab, jedenfalls bis zu dem einen Abend auf der Gaupenhütte, der ihm klargemacht hatte, dass er für keine andere Frau wirklich frei war.

Jetzt, wo er Leni wiedergesehen hatte, wusste Timon mit abschließender Sicherheit: Er hatte sich keiner Illusion hingegeben und Leni war genau so, wie er sie in Erinnerung hatte. Alleine ihre Küsse, die Art, wie sie ihn angesehen hatte, wie sie sich anfühlte – das war es, was er wollte. Und wenn er nicht mit ihr zusammen sein konnte, dann würde er eben Single bleiben.

Er schnitzte weiter. Längst wusste er, dass er dieses Stück Leni schenken wollte. Nur würde es mit ziemlicher Sicherheit nicht dazu kommen und er würde sein Schnitzwerk für immer in der Hosentasche mit sich herumtragen, statt es Leni zu überreichen. Immer deutlicher nahm sein Werkstück Gestalt an.

* * *

Timon

Er hatte die Frau beim Essen kennengelernt, an einem Straßenstand abends um neun und sie hatte ihn auf seine Wanderschaft angesprochen, auf die Kluft, den Hut, den Ohrring. Sie aßen ihre Currywurst gemeinsam. Heike hieß sie und ihre feingliedrigen Hände stachen Timon sofort ins Auge. Ein sympathisches Lächeln, ein guter Sinn für Humor, lange Beine in flachen, unprätentiösen Turnschuhen rundeten ihre Erscheinung zu einem perfekten Gesamtbild ab. Vielleicht war sie nach klassischen Schönheitsstandards ein wenig zu üppig, aber Timon pfiff auf klassische Schönheitsstandards. Mit Heike den Abend zu verbringen war locker, sie lachten viel und tranken ein paar Bier miteinander. Auch das schätzte er sehr an einer Frau: wenn sie sich nicht von Mineralwasser und Salatblättern ernährte. Außerdem hatte Heike diese Locken, die ihr bis über die Schultern fielen. Timon fand Locken bei Frauen immer besonders attraktiv. Sie lachten, sie aßen und Timon erzählte Anekdoten von seiner Wanderschaft. Das schienen die Leute immer besonders spannend zu finden und mit Heike war es nicht anders. Mehr als einmal brach sie in lautes Gelächter aus.

Als es kühler wurde und in Timon die Unruhe wuchs, weil er noch einen Schlafplatz brauchte für die Nacht, nahm er seinen Mut zusammen und fragte Heike, ob er bei ihr übernachten konnte. Es fiel ihm auch nach einem Jahr unterwegs noch schwer, fremde Menschen um etwas zu bitten. Das hatte ihm schon so manche Nacht draußen beschert, aber es war ziemlich frisch im Freien und er war auf dem Land. Wäre er in der Stadt gewesen, hätte er wohl den Bahnhof als Schlafplatz in Erwägung gezogen, aber so kam das nicht infrage.

Zu seiner Überraschung zögerte Heike keine Sekunde. »Klar, komm ruhig mit.« Sie strahlte ihn an. »Ich wohn gar nicht weit weg von hier.«

Tatsächlich waren es keine drei Minuten Fußweg zu ihrem Apartment und als Heike sich auf dem Weg bei ihm unterhakte, hatte er eine Ahnung, warum sie ihn so bereitwillig mit zu sich nach Hause nahm.

Die Wohnung von Heike war klein, aber fein. Es gab kein zweites Bett, nur das französische Himmelbett, das Heikes romantische Ader verriet.

»Es gibt den Boden – und mein Bett. Ansonsten kannst du auch auf meinem Minisofa schlafen, das allerdings ziemlich kurz ist.« Sie schaute ihn auf eine Weise an, die alles verriet, und Timon brauchte keine weitere Aufforderung. Er hatte schon eine Weile keine Frau mehr berührt, keinen Sex gehabt, keine Haut gespürt. Dabei war er ein sehr körperlicher Mensch, sinnlich, mit viel Leidenschaft.

»Wenn du mich so fragst …«, antwortete Timon ohne ein Zögern und statt den Satz zu vollenden, zwinkerte er Heike zu. Er stellte seinen Rucksack und den Wanderstab ab, kramte in seinem Gepäck nach einem Kondom. Dann nahm er den Hut vom Kopf und brachte mit den Fingern notdürftig seine Haare in Ordnung.

In dieser Zeit knöpfte Heike ihre Bluse auf. Es gab keine Fragen. Timon trat auf sie zu und legte seine Hände ohne Umschweife um ihre Brüste.

Dann drehte er Heike um, mit dem Rücken zu sich. Er sah nur noch ihre Locken, zog ihr die Bluse aus, griff nach vorn und öffnete ihren Hosenknopf blind. Sie stöhnte leise, als er mit beiden Händen die Innenseiten ihrer Oberschenkel entlangstrich. Anschließend zog er sich selbst aus. Als Heike sich umdrehen wollte, hielt er sie davon ab. Nein, er würde ihr nicht in die Augen schauen. Er würde sie von hinten nehmen, eine Hand in ihrem Haar. Das wusste er, seit er beschlossen hatte, mit ihr zu schlafen.

Sanft dirigierte Timon Heike aufs Bett, sodass sie auf ihrem Bauch zu liegen kam. Ihm war bewusst, dass das hier blanker Sex war, ohne besonderen Blick für den anderen, zielstrebig und rau, und Heike schien es nicht zu stören. Timon schlüpfte aus seiner Hose und seinen Boxershorts, zog ein Kondom über, das er im Rucksack bereitgehalten hatte, und schob sich an sie heran. Als er in sie eindrang, stöhnte sie erneut auf und auch Timon versank ganz im Moment. Seine Lust kam wie eine Welle, die sich immer weiter aufbaute und ihn alles andere vergessen ließ. Er schaute auf Heikes Haare, ihren Rücken, ihren Po hinunter, während er tiefer in sie eindrang, begleitet von ihrem und seinem eigenen lustvollen Stöhnen. Dann griff er ihr in die Locken und zog ganz leicht an ihrem Schopf. Er wollte diese Haare nur spüren, er wollte …

Immer schneller und wilder bewegte er sich in der Frau unter ihm, die ihm völlig fremd war. Seine Gedanken flogen davon und die Locken wurden zu Lenis, verwandelten sich in seiner Hand. Er spürte, dass die Welle seiner Lust sich gleich überschlagen würde. Mit einem lauten Stöhnen presste er sich an Heike und kam.

»Leni!«, rief er laut und im Moment seines Orgasmus spürte er, wie die Frau unter ihm sich entwand. Sie drehte sich um und musterte Timon mit einem seltsamen Ausdruck im Gesicht.

»Leni?«, fragte sie nur.

Und Timon wäre am liebsten vor Scham im Erdboden versunken.

»Es tut mir so leid.«

Heike schaute ihn noch immer an, ihr Blick war für Timon irgendwie undurchdringlich.

»Da hast du wohl ein Päckchen zu tragen, hm?« Heike hatte sich aufgerichtet, nach der Bettdecke gegriffen und sie sich über den Körper gezogen. Ihre Reaktion überraschte Timon.

»Kann man so sagen.« Mehr ging nicht. Er konnte es nicht erklären. Nackt und verletzlich saß er auf der Bettkante, die Hände im Schoß, um sich zumindest ein wenig zu bedecken.

»Hm. Mir war schon klar, dass das hier nur für eine Nacht ist, aber ...« Heike zuckte mit den Schultern.

Das Schweigen zwischen Timon und Heike füllte den Raum bis ins letzte Eckchen aus.

»Es tut mir wirklich leid.« Schließlich langte Timon nach seiner Hose. Keine Ahnung, wo die Boxershorts geblieben waren. Hauptsache, er hätte überhaupt wieder etwas an. Er würde einfach gehen, so wie er es schon oft in seinem Leben getan hatte.

»Du willst nicht drüber reden, oder?«, fragte Heike und Timon schüttelte den Kopf.

Heike nickte. »Na gut. Ist okay.«

Wo war sein T-Shirt? Verdammt noch mal, er hätte seine Klamotten einfach auf einen Stapel legen sollen.

Heike stand auf und ging zu ihrem Kleiderschrank, wo sie in einen Bademantel schlüpfte, während er die Bettdecke hob, um darunter nach seiner Kleidung zu suchen.

»Dann trinken wir jetzt noch einen und reden nicht miteinander dabei, wie klingt das?«, fragte sie und Timon nickte dankbar, jetzt auf der Suche nach seiner zweiten Socke.

»Das Sofa wäre dann aber wohl eher dein Schlafplatz heute Nacht«, fügte sie noch hinzu und klang dabei beinahe entschuldigend.

»Ist okay. Ist total okay.« Timon war aufgestanden. Tatsächlich war unter der Decke sein T-Shirt gelegen, wie auch immer es da hingekommen war. Die zweite Socke hatte sich genauso wenig auffinden lassen wie seine Boxershorts.

Heike knotete den Gürtel ihres Bademantels zu. »Weißt du, ich versteh Liebeskummer viel zu gut. Aber ich glaube, du musst wirklich daran arbeiten, über die Frau hinwegzukommen — oder du eroberst sie zurück. Eine andere Möglichkeit hast du ja nicht.«

Timon seufzte. Er fühlte sich einfach schrecklich wund und bloßgestellt. Natürlich hatte Heike recht. Aber er wusste nicht, wie er es anfangen sollte, Leni zu vergessen. Er hatte keinen blassen Schimmer, wie das auch nur im Ansatz möglich sein sollte.

Heike war zu der kleinen Küchenzeile gegangen, die sich auf einer Seite der Wohnung befand, und hatte den Kühlschrank geöffnet. Jetzt, im hellen Licht, das dem Kühlschrank entströmte, sah Timon, dass ihre Locken ganz anders als Lenis Haare aussahen. Nicht einmal die Farbe war die gleiche. Sie reichte ihm ein Bier und setzte sich neben Timon auf die Couch.

»Brauchst du noch was?«, fragte sie. Die Tatsache, dass sie nicht wütend war oder ihn aus ihrer Wohnung warf, rechnete Timon ihr hoch an.

»Nein«, sagte er. Doch, Leni, schrie sein Verstand. So weit er auch gewandert war, so sehr er versucht hatte, für Distanz zu sorgen, so wenig hatte die räumliche Distanz ihm geholfen, sich innerlich zu distanzieren.

»Gut, dann Prost!« Sie saßen beieinander und taten nichts. Später würde Timon darüber nachdenken, dass auch Heike vermutlich eine Geschichte hatte, denn sie saßen lange schweigend und trinkend beisammen. Vielleicht hätte auch sie ein Ohr gebraucht, jemanden, der ihr zuhörte oder sie in den Arm nahm, einen Freund. Aber an diesem Abend kam er nicht darauf, über seinen Tellerrand zu schauen — und am nächsten Morgen ging er weiter seiner Wege, *ohne Handy. Aber er dachte noch oft an diese Frau zurück, die ihm in einem so heiklen Moment Verständnis entgegengebracht hatte.*

Während Timon in sich selbst versunken neben Heike saß und vor sich hin trank, wurde ihm unwiderruflich klar, dass es als Frau nur Leni gab. Immer wieder Leni. Egal, wie viele Affären er auf seiner Reise hatte, wie oft er versuchte, sich zu betäuben. Nur hatte er keine Ahnung, wie er damit leben sollte, sie nicht in seinem Leben zu haben. Seine Liebe für Leni kannte keinen Anfang und kein Ende. Die Erkenntnis, dass dieses Gefühl für immer Bestand haben würde, tat so weh, dass Timon die ganze Nacht wach auf Heikes Sofa lag und an die Decke starrte, nachdem seine Gastgeberin längst in ihr Bett verschwunden war.

13. KAPITEL

Leni

»Schau mal, wie findest du meinen Flyer?«, fragte Kenneth, kaum dass Leni am darauffolgenden Morgen aufgewacht war. Er war so schnell zur Stelle, dass sie kaum Zeit hatte, richtig zu sich zu kommen. Die Begeisterung für sein Projekt hatte ihn so gepackt, dass er ganz hibbelig war.

Tatsächlich war seine Arbeit großartig und vertrieb Lenis Schläfrigkeit im Nu. Er hatte es geschafft, sein Angebot perfekt zu präsentieren. Die Fotos von Momo, seiner Eseldame, waren liebevoll in Szene gesetzt und besonders das Deckblatt, auf dem man Momos Gesicht aus nächster Nähe sah, ließ einen ganz automatisch lächeln. Was Kenneth machen wollte, war klar umrissen. Er bot einen Trageservice für Hütten an, aber auch für Wanderer. Entsprechend hatte er als Hintergrund das Bild einer schönen Berglandschaft gewählt.

»Früher dachte ich immer, Momo soll nicht zu schwer tragen, aber letztens hatte ich doch das Problem mit der ausgekugelten Schulter und da hat Momo ein wenig mehr Last übernommen.«

Leni erinnerte sich. Kenneth war an seiner Arbeitsstelle im frisch gewischten Treppenhaus ausgerutscht und unglücklich gefallen. Das hatte zu einer ausgerenkten Schulter und einem Besuch in der Notaufnahme geführt. Jasmin war unglaublich aufgeregt und mindestens so besorgt gewesen wie Kenneth selbst. Sie hatte Leni angerufen und fast geweint, als sie von den Schmerzen erzählte, die ihr armer Freund durchleiden musste. Und während der Narkose, die zum Einrenken notwendig gewesen war, hatte Leni die ganze Zeit über mit Jasmin telefoniert und versucht, sie abzulenken, weil ihre Schwester ein Nervenbündel sondergleichen gewesen war.

Ein paar Tage nach dem Eingriff war Kenneth trotz der Schlinge, die den Arm in seiner Position hielt, wieder in die Berge aufgebrochen, sehr zum Leidwesen von Jasmin, die zur Uni musste und ihren Kenneth wohl oder übel allein losziehen lassen musste – denn der ließ sich nicht aufhalten, wenn er sich eine Wanderung mit Momo in den Kopf gesetzt hatte. Sein Argument war, dass der Esel den Auslauf und die Zuwendung gewohnt war. Ein Argument, dem Jasmin nur schwer etwas entgegensetzen konnte, denn sie liebte Momo ebenso sehr, wie Kenneth es tat, und verstand dessen Sehnsucht nach seiner tierischen Freundin durchaus.

»Na, immerhin warst du damals so vernünftig, den Rucksack nicht selbst zu tragen«, sagte Leni.

Kenneth grinste breit. »Jasmin hätte mich gekillt.«

»Mit Sicherheit.« Sie erwiderte sein Grinsen. Manchmal waren Leni und Kenneth wie zwei Verbündete. Die Tatsache, dass sie beide Jasmin liebten, verband sie, doch auch darüber hinaus verstanden sie sich gut.

»Auf jeden Fall scheint es Momo nichts ausgemacht zu haben und gerade wenn es nur eine Tagestour ist, kann ich ihr Tragegeschirr und ihre Kraft gut nutzen – schon deshalb, weil sie dann ja keine Campingsachen oder Futter für sich selbst mitnehmen muss.«

»Klingt prima.«

Leni las die Innenseiten des Flyers. Kenneth wollte auch Gepäcktransporte zu Berghütten für Übernachtungsgäste anbieten. Mit Sicherheit würden genug Leute einen solchen Service nur zu gern in Anspruch nehmen. Hier im Ammergau gab es keinen vergleichbaren Anbieter, Kenneth hatte eine Marktlücke entdeckt, da war Leni sicher.

»Am Ende hast du so viele Aufträge, dass du einen zweiten Esel brauchst, um alles zu schaffen.«

»Na, das wäre ja nicht das Schlechteste. Vielleicht könnte ich mich sogar noch ein wenig mehr aus meiner Arbeit zurückziehen.« Seine Augen blitzten auf bei seinen Worten.

Leni wusste gar nicht genau, was Kenneth hauptberuflich tat. Etwas mit Computern, ja, aber das schien irgendwie so gar nicht in das Bild zu passen, das sie von ihrem Fast-Schwager hatte. Er war für sie ein Draußen-Mensch, jemand, dem ein Holzfällerhemd besser stand, als ein Anzug es je gekonnt hätte.

»Ich helfe dir gern, soweit ich kann. Wir können die Flyer auf der Hütte auslegen und ich würde auf meiner Homepage auf dich hinweisen, das wäre kein Problem. Vielleicht überlegst du dir auch, einen Internetauftritt zu gestalten«, schlug Leni vor. Sie war total von Kenneth' Projekt überzeugt.

»Meinst du? Ja, das wäre eine gute Idee.« Kenneth runzelte die Stirn, schaute auf seinen Flyer, dann wieder zu Leni.

»Sag mal, wie geht es dir eigentlich mit deiner Hütte da oben? Ich hab dich noch gar nicht danach gefragt.«

»Hättest du mich das vor einer Woche gefragt, hätte ich dir gesagt, dass alles perfekt läuft. Ich habe sie ja sogar dem alten Besitzer abgekauft und bin jetzt mein absolut eigener Chef, was sich total gut anfühlt. Allerdings hat der Winter ganz schön gewütet und ich muss ein paar Reparaturen machen lassen, das liegt mir finanziell und auch organisatorisch etwas im Magen.« In diesem Moment wurde ihr erst klar, dass sie einen Ersatzhandwerksbetrieb brauchte. Auf Timon beziehungsweise den Betrieb des Gründler Jakl, in dem er arbeitete, konnte und wollte sie nicht mehr bauen. Am Ende würde noch mal Timon geschickt – darauf hatte sie nun wirklich keine Lust und er mit Sicherheit genauso wenig.

»Das tut mir leid. Es klingt anstrengend.«

»Ist es auch ziemlich. Ich muss mich noch um einen Handwerksbetrieb kümmern, der die Schäden beseitigt. Das habe ich vor lauter Aufregung ganz vergessen.« Eine Weile würde der marode Schuppen hoffentlich noch halten, bevor er in seine Einzelteile zusammenkrachte, aber so konnte es auf keinen Fall bleiben, das war klar. »Ich glaube, ich sollte bald mal ein wenig rumtelefonieren und schauen, dass ich einen Betrieb finde, der sich um die nötigen Reparaturen kümmert.«

»Ich bin sicher, du schaffst auch das. Irgendwie schaffst du immer alles.« Er lächelte.

Leni schaute ihn erstaunt an. Mit so einem Kompliment hatte sie nicht gerechnet. Es war schön zu hören und tat ihr gut, auch wenn sie den Wahrheitsgehalt von Kenneth' Worten eher anzweifelte. »Danke. Es fühlt sich leider gerade überhaupt nicht so an.«

»Es stimmt trotzdem. Wenn du auf deine letzten paar Lebensjahre schaust, sieht es doch sehr so aus, als würdest du dir deine Träume nach und nach erfüllen. Alleine, wie du das alles mit der Berghütte schaffst – ich bewundere das.«

Kenneth hatte recht. Leni konnte wieder hervorragend laufen, das war vielleicht das Wichtigste, das sie überhaupt erreicht hatte. Dann hatte sie noch ihre Hütte und eine Familie, auf die sie zu jeder Zeit bauen konnte – und all das war ein privilegierter Zustand, dem sie ruhig mal Tribut zollen durfte.

Genau in diesem Moment kam Jasmin ins Zimmer. Sie war noch ganz schlaftrunken. Ihre Haare standen nach allen Seiten wild ab und sie rieb sich die Augen. »Hab ich was verpasst?«

Der Ausdruck auf Kenneth' Gesicht bei ihrem Anblick war Liebe. »Komm her, *my darling.*«

Er klopfte auf seine Oberschenkel. Kenneth hatte gegenüber dem Sofa, auf dem Leni die Nacht verbracht hatte, in dem gemütlichen Ohrensessel Platz genommen und breitete jetzt die Arme für Jasmin aus. Bereitwillig ging sie auf ihn zu. Als sie vor ihm stand, riss er sie regelrecht auf seinen Schoß. Jasmin kreischte laut und lachte dann. »Kenneth!« Sie tat so, als wollte sie ihn rügen, und schlug ihm leicht gegen die Brust, während er sie schon an sich zog und ihr sanft auf die Nasenspitze küsste. Zwischen den beiden war so viel Vertrautheit, dass Leni für einen Moment neidisch wurde und sofort Timon wieder vor ihrem inneren Auge auftauchte.

Erst seit sie Timon wiedergetroffen hatte, spürte sie, dass es da seit Jahren eine Lücke in ihrem Leben gab, etwas, das fehlte: eine glückliche Partnerschaft – nur dass dieser Wunsch sich gerade zerschlagen hatte. Aber wie hatte Kenneth gesagt? Leni konnte alles schaffen! Bestimmt brauchte es dafür nur Zeit und Raum. Und was war mit ihrem Bein? Sie hatte durchaus ihre Zweifel daran, ob sie wirklich *alles* schaffen konnte – aber es war ihr nicht verboten, zu träumen, auch wenn sie keine Traumfrau war wie ihre Schwester.

Leni räusperte sich und stand auf, um ihrem Grübeln ein Ende zu setzen. »Ich werde dann mal versuchen, jemanden zu finden, der sich um meinen Materialschuppen kümmert. Die Reparatur gehört wirklich gemacht und lange will ich nicht mehr warten, sonst kracht der Schuppen noch in sich zusammen. Außerdem möchte ich die Gaupenhütte bald aufsperren, da muss ich vorher auch noch ein paar Sachen erledigen.« Sie wollte noch ein, zwei Tage hier bei ihrer Schwester bleiben, aber dann zurück zu ihrer Gaupenhütte, dem Ort, der ihr am meisten Heimat war, und die letzten vorbereitenden Handgriffe erledigen. Dann konnte sie aufsperren. Ruhetage kannte Leni nicht, aber das war auch gut so. Die Gäste würden sie auf andere Gedanken bringen. Außerdem würde die einzigartige Natur sie beruhigen und dafür sorgen, dass sie wieder voll zu sich selbst fand.

Leni vertiefte sich in ihr Handy und suchte nach geeigneten Handwerksbetrieben, die sich um ihr Problem mit dem Schuppen kümmern konnten. »Ah, das könnte etwas sein«, murmelte sie vor sich hin, als sie die Homepage eines Schreiners fand, der Innen- und Außenarbeiten anbot.

Jasmin löste sich aus Kenneth' Umarmung und erhob sich. »Ich mach uns Kaffee, während du ein paar Handwerker abtelefonierst.« Sie griff im Vorbeigehen neugierig nach dem Flyer-Entwurf und zog Leni mit sich in die Küche – nicht ohne Kenneth eine Kusshand zuzuwerfen, der ebenfalls aufstand.

»Und ich schau mal, ob ich noch ein paar Ideen für eine Homepage habe. Danke, Leni, für deine Hilfe. Die erste Lieferung an dich kommt dann natürlich gratis.« Er grinste. »Und die zweite auch.«

Leni lachte. Seiner freundlichen Art konnte man wirklich nicht widerstehen und auch, wenn Kenneth optisch nicht ihr Typ war, verstand sie, warum Jasmin sich in genau diesen Mann so unsterblich verliebt hatte.

* * *

Leni

Obwohl Momo nicht schnell lief, sondern im Gegenteil den Berg gemächlich hinauftrottete, hatte Leni das Gefühl, rasen zu müssen. Längst schwitzte sie aus allen Poren und hätte Kenneth am liebsten um eine Pause gebeten. Aber dafür schämte sie sich zu sehr, wollte keine Last sein. Warum nur hatte sie so schwere Beine? Sonst flog sie immer regelrecht zu ihrer Hütte hinauf, konnte es kaum erwarten, dass sie ankam. Stattdessen hatte sie heute das Gefühl, die Beine kaum heben zu können, und dieses Gefühl verstärkte sich noch, je näher sie der Gaupenhütte kamen. Längst waren sie im Wald. Die Bäume trieben aus, das kräftige Grün leuchtete und sorgte für gute Laune – jedenfalls bei Kenneth, der leise vor sich hin pfiff. Er hatte angeboten, Leni zu begleiten, damit sie nicht allein hinaufmusste. Er hatte auf Lenis Anweisung hin außer einer ersten Ration Speiseöl auch frisches Obst und Gemüse in die Satteltaschen geladen, das sie in der Stadt eingekauft hatte. In der Eröffnungswoche wollte sie ein paar besondere Schmankerl auf die Speisekarte setzen, die sich den Gästen sonst auf der Hütte nicht boten. Leni dachte an frisches Gemüse als Beilage zu ihren Parmesanknödeln und herrliche Desserts mit Früchten. Bei ihren Hubschrauberbestellungen musste sie darauf achten, dass die Lebensmittel haltbar waren, weil der nur wenige Male im Jahr kam und die Liefermenge begrenzt war. Da galt es, sich aufs Wesentliche zu beschränken.

Die Vorteile des Eselservices waren unbestreitbar.

Heute hatte Kenneth noch seine Kamera mitgenommen. Er wollte ein paar Aufnahmen für seine Homepage machen, um der zukünftigen Kundschaft die Vorteile seiner Arbeit zu visualisieren, wie er erklärte. Immer wieder blieb er kurz stehen und fotografierte. Leni erlebte den Aufstieg mit ihm durch seine Kameralinse, denn in seiner Begeisterung zeigte Kenneth Leni jedes Mal sofort die Fotos, die er als für seine Homepage geeignet ansah. Es waren nicht nur Motive, die Momo beim Tragen der Waren zeigten, sondern auch stimmungsvolle Naturaufnahmen. Da war der blaue Schillerkäfer auf grünem Moos, mit Momo verschwommen im Hintergrund. Momo, die Birkenblätter knabberte und – das hätte Leni schwören können – gleichzeitig in die Kamera lächelte. Kenneth machte auch eine Aufnahme an der Stelle, wo der Weg wie ein grüner Tunnel wirkte und einer von Momos Hufabdrücken auf dem feuchten Waldboden zu erkennen war. Man sah die Eselin von hinten, mit den Packtaschen auf dem Rücken, daneben Leni, die sich heute bewusst entschieden hatte, kurze Hosen zu tragen. Jasmin hatte sie zum Shoppen begleitet und Leni hatte ein paar hübsche kurze Kleidungsstücke gekauft. So kam es, dass man Usain auf dem Bild ebenfalls sah, aber Leni schluckte ihren Unwillen darüber hinunter. Sie hatte sich selbst geschworen, dass sie sich nicht mehr von ihrer Prothese daran hindern lassen würde, das anzuziehen, was ihr gefiel. Und es war eine Erleichterung, den warmen Frühlingstag in Shorts zu verbringen. Ein leichter Wind wehte und strich über die nackte Haut an ihren Beinen.

Kenneth bat Leni, ein Foto zu machen, auf dem er selbst, der Wegweiser zur Gaupenhütte und Momo zu sehen waren. Mindestens drei Mal ging er mit dem Esel an dem Schild vorbei, bis er mit dem Bild zufrieden war, das Leni knipste.

»Das kommt auf die erste Seite meiner Homepage, ist ja auch eine kleine Werbung für deine schöne Hütte«, bestimmte er. »Klasse Foto!«

Leni war ein kleines bisschen stolz, machte sie doch normalerweise nur einfache Knipsbilder mit dem Handy – die manchmal freilich gut gelangen und es sogar an die Wand ihrer Gaststube schafften. Aber das war mehr Zufall als alles andere.

Dann gingen sie weiter den Berg hinauf. Leni sah die Homepage vor ihrem inneren Auge entstehen, während sie langsam dahinschritten. Sie wischte sich den Schweiß von der Stirn.

»Sollen wir mal etwas trinken?«, fragte Kenneth nach geraumer Zeit und Leni nickte.

»Gut, dass du fragst.«

Kenneth zauberte zwei Radlerflaschen aus den Satteltaschen der Eselin und reichte eine an Leni weiter, nachdem er sie mithilfe der anderen Flasche geöffnet hatte. Köstlich kalt rann ihr die Flüssigkeit die Kehle hinunter und endlich fühlte sie sich ein klein wenig besser. Vielleicht hatte sie nur Durst und Hunger gehabt. Dennoch wirkten ihre Beine nach wie vor wie aus Blei, als sie weitergingen. Endlich lichtete sich der Wald und die Hütte kam in ihr Blickfeld. Ein Stück weiter den Hang hinauf tauchte Elsas Alm auf. Die Sennerin stand auf der Terrasse und winkte Leni und Kenneth zu. Was für ein schöner Empfang!

»Jetzt haben wir es gleich geschafft!«

Momo schnaubte leise, als könnte sie jedes Wort verstehen, das Kenneth sagte. Sie legte die Ohren an. Er wandte sich an seine Eselin. »Jaja, du willst Elsa besuchen, ich weiß.«

Leni lachte.

»Da gibt es gar nichts zu lachen. Momo liebt Elsa und das ist nicht übertrieben. Ich glaube, wenn ich jetzt den Führstrick loslassen würde, dann würde sie sofort zu ihr laufen.«

»Hast du es schon mal versucht?«, fragte Leni.

»Nein. Einmal ist Momo weggelaufen am Berg, das war auf der Tour, bei der ich Jasmin erst so richtig kennengelernt habe. Da bin ich tausend Tode gestorben – das ist es nicht wert.«

»Verstehe.« Das verstand Leni wirklich, auch wenn sie bezweifelte, dass die Eselin Kenneth jemals verlassen könnte. Sicher war Momo nur ein wenig der Verlockung des frischen Grases gefolgt und wäre anschließend zurückgekommen. Wer Kenneth und Momo miteinander sah, der wusste, dass die beiden eine Verbindung zueinander hatten, wie es selten zwischen Mensch und Tier der Fall war.

»Magst du dann erst mal hoch zu Elsa gehen, damit Momo ihre Freundin begrüßen kann? Ich sperr in der Zwischenzeit die Hütte auf und lass frische Luft ins Haus«, schlug sie vor. »Außerdem kann ich heute Tee kochen. Ich hab sogar einen backfrischen Laib Brot, dank Momo.«

»Klingt wunderbar. Aber ich lade noch eben die Lebensmittel auf deiner Terrasse ab, bevor wir Elsa Guten Tag sagen.«

»Sehr gut. Vielleicht mag Elsa sogar runterkommen und mit uns Brotzeit machen«, schlug Leni vor. »Lad sie doch ein.«

»Sehr gern.«

Gemeinsam überwanden sie die letzten Meter zur Gaupenhütte und standen schließlich auf der Terrasse – samt Eselin. Ein prüfender Blick verriet Leni, dass ihre windschiefe Lagerhütte zumindest noch stand. Immerhin hatte sie dem Sturm der vergangenen Woche getrotzt, was ein kleines Wunder war, für das Leni dankbar sein konnte.

Kenneth hatte schon damit angefangen, die Lebensmittel auf den Terrassentisch an der Hauswand zu legen – erstaunlich, wie viel in den Packtaschen von Momo Platz gefunden hatte. Obwohl der Tisch am Ende fast überquoll, hatte Leni das dubiose Gefühl, etwas vergessen zu haben, aber sie kam nicht darauf, was es war. Während Kenneth sich auf den Weg hinauf zu Elsa machte, trat Leni in ihre Hütte. Zu dem vertrauten Duft der Räume kam noch der Geruch des Hartwachsöls, mit dem sie die Treppe behandelt hatte. Sie dachte unwillkürlich daran, wie Timon sie darauf hingewiesen hatte, dass sie hinsichtlich der Treppe gerade Mist gebaut hatte, und wie dumm sie sich daraufhin vorgekommen war.

Sie trug drei Schalen Erdbeeren in die Küche. Ihre Beine waren noch immer so schwer. Langsam kam ihr der Verdacht, dass diese Schwere nicht mit der Fitness ihres Körpers, sondern vielmehr mit der Traurigkeit, die sie empfand, zusammenhing. Liebeskummer war ein fürchterlich unangenehmes Gefühl, das zu heilen seine Zeit brauchen würde. Leni wurde klar, dass es die Erinnerungen an ihre kurze Zeit mit Timon hier oben in der Hütte gewesen waren, die ihr die Schritte herauf zur Gaupenhütte schwer gemacht hatten.

Leni stellte die Erdbeeren in die Kühlung, dann entschied sie sich anders und holte ein Päckchen heraus. Erdbeeren mit Sahne, das war jetzt sicher genau das Richtige.

Aber erst musste sie alle Lebensmittel aus der Sonne holen. Sie ging zurück nach draußen. Die umliegenden Gipfel sahen schon viel weniger vom Schnee gezuckert aus als vor einer Woche. Der Frühling hielt wirklich Einzug. Sie griff nach einer Tüte Bohnen und türmte ein paar Salatköpfe auf eine kleine Kiste Tomaten. Damit ging sie wieder zur Eingangstür. Plötzlich stutzte sie. Mit einem Mal fiel ihr auf, was anders war: Der Rucksack, den sie an den Fensterladen gehängt hatte, Timons Rucksack, war nicht mehr da. Es traf Jasmin wie ein Blitz. Der Schock saß tief. Er war in ihrer Abwesenheit hier gewesen. Sie schnappte nach Luft. Ihr war bis zu diesem Moment gar nicht bewusst gewesen, dass sie den Atem angehalten hatte.

Der Fensterladen wirkte ganz kahl ohne den Rucksack, dachte Leni. Im nächsten Moment rügte sie sich für ihren dummen Gedanken. Kahl – so ein Blödsinn! Es war ein Fensterladen und Fensterläden waren keine Kleiderhaken, an die man Rucksäcke hängte. Es war gut, dass der Rucksack weg war. Es war gut, dass Timon ihn in ihrer Abwesenheit geholt hatte. Sie konnte schließlich froh darüber sein, wenn nichts mehr sie an Timon erinnerte. Leni zwang sich, sich zu konzentrieren: Erdbeeren mit Sahne, das war die Mission gewesen. Entschlossen trat sie in ihre Hütte, um den Salat in die Kühlung zu bringen, damit sie zügig mit der Zubereitung der sommerlichen Köstlichkeit beginnen konnte.

* * *

Timon

Liebste Leni,
ich würde dich jetzt gern küssen. Richtig küssen,
mit Herz, Verstand und Kitzeln im Bauch. Dir
mein Innerstes in diesem Kuss zeigen können, das

würde ich wollen, dass du ihn besser als Worte verstehst. Ich bin nicht gut mit meinen Worten, ich stolpere über sie und falle oder verstecke sie so gut, dass ich nie die richtigen finde. Aber das weißt du schon. Du weißt jetzt fast alles.

Nur eins nicht: Wie wichtig du mir bist, wie sehr ich dich liebe, dass ich immer nur dich wollte. Ich würde dich noch immer so gern halten wie in unserem Lied: So lange und so fest du willst. Ich wünschte, du würdest noch von mir gehalten werden wollen, aber ich habe alles verdorben.

Das mit der Wette damals war eine unglaublich dämliche Idee einer Gruppe spätpubertierender Jugendlicher. Und ich hab mich darauf eingelassen, weil ich dazugehören wollte. Doch am Ende kam alles anders. Ich habe mich verliebt und es so bereut, mich überhaupt auf diese Wette eingelassen zu haben, nur um cool zu sein.

Ich hätte dich so gern schon eher geküsst. Vielleicht unter dem Apfelbaum bei euch im Garten oder in meinem Zimmer – aber das habe ich nicht, weil ich es schaffen wollte, vorher diese dämliche Wette zu verlieren und dich bis nach dem Abiball eben nicht geküsst zu haben.

Doch dann, an diesem Ballabend, warst du so schön. Du warst die schönste Frau, die ich je gesehen hatte, in diesem Kleid, mit diesem Strahlen in den Augen. Ich konnte kaum fassen, dass ausgerechnet ich, der Außenseiter, die nicht rauchende Leseratte, mit dem schönsten Mädchen auf dem Ball war. Und ich habe auch gesehen, dass du dir diesen Kuss genauso sehr gewünscht hast wie ich. Die Luft zwischen uns hat geknistert – sag mir nicht, du hättest es nicht auch gespürt! Und ich wollte dich so sehr, dass ich es einfach nicht mehr ausgehalten habe. Als dann meine Kumpels nach draußen gegangen sind, dachte ich, niemand würde einen schnellen Kuss mitbekommen – naiv, ja, ich weiß. Aber ich war neunzehn und bis über beide Ohren in dich verliebt. Da ist man nicht immer Herr seiner Begierde, nicht wahr? Ich dachte, ich könnte nur ein winziges Stück Schokolade naschen – und habe das Wissen verdrängt, dass man in der Regel mehr will, wenn man erst einmal damit angefangen hat.

Hätte ich dich nur nicht geküsst! Oder doch, aber ein paar Tage später, allein. Wenn ich doch nur die Zeit zurückdrehen könnte, ich würde keine Sekunde zögern und es besser machen, glaub mir. Wenn ich geahnt hätte, dass du dachtest, ich hätte mich für dich geschämt, für deine Behinderung, ich hätte alles anders gemacht.

Dabei war ich so beschämt von meinem Verhalten, von meinem Versagen und wegen des Schmerzes in deinem Blick, dass ich weggerannt bin. Ich habe mich gehasst in den Tagen danach, das darfst du mir glauben. Und seitdem habe ich es noch oft getan. Selbst als du mich nach dem Grund für mein Weglaufen auf dem Ball gefragt hast, bei dir in der Hütte nach unserer Nacht, ja, selbst da bin ich weggelaufen, indem ich Ausflüchte gesucht und dich auf später vertröstet habe. So groß war die Angst, ich könnte dich

erneut verlieren. Dabei gibt es nichts Schlimmeres
als Sprachlosigkeit.

Ich habe auf schmerzliche Weise auf meiner
Wanderschaft gelernt, dass man sich selbst
immer mitnimmt. Deshalb kann ich dir eines
versichern: Dieses Mal laufe ich zumindest nicht
weg, auch wenn du dich kein weiteres Mal für
mich entscheiden kannst.

Dieses Mal tue ich meinen Teil und stehe
zumindest meinen Mann. Ich weiß, dass ich die
Vergangenheit nicht zurückholen kann und dir
immer wieder sehr wehgetan habe.

Ich kann sie nicht mehr verändern und es
besser machen. Aber die Zukunft gehört mir.
Und es ist an mir, zumindest zu versuchen, sie so
zu gestalten, wie ich sie mir wünsche – mit dir.
Dafür kämpfe ich.

Leni, liebe, schöne Leni, ich bitte dich um
Verzeihung für alles, was ich getan habe. Wenn
du mir noch eine Chance geben könntest, nur
eine einzige, ich würde alles für dich tun. Und
das werde ich dir beweisen.

Dein Timon

Timon legte den Stift beiseite und las seine Zeilen noch einmal durch. Er faltete den Brief, den er gerade verfasst hatte, und steckte ihn in einen Umschlag, auf den er nur Lenis Namen schrieb. Dann stand er in einer einzigen flüssigen Bewegung auf, die all seine Entschlossenheit verriet. Der Fuß tat schon fast nicht mehr weh. Er würde es versuchen, gleich heute Nacht. Er holte das Handy, das er sich angeschafft hatte und das ihm noch ganz ungewohnt in der Hand lag, aus seiner Hosentasche und tippte ungelenk eine Nummer ein.

14. KAPITEL

Leni

Nirgendwo auf der ganzen Welt, da war Leni sicher, schlief sie so gut wie in ihrem Zimmer in der Gaupenhütte. Sie hätte nicht sagen können, ob es das Zirbenholzbett war oder die gute Luft, die sie durch das weit geöffnete Fenster hereinließ, oder die Stille, die sich nachts über die Hütte legte. Vor dem Schlafengehen schaute Leni manchmal noch zu den Sternen hinauf. Oder sie lauschte zum Fenster hinaus und hörte hin und wieder eine Kuhglocke leise klingeln. Dann schlief sie friedlich ein. Und jeden Morgen, wenn sie erholt aufwachte, freute sie sich auf den Tag. Des Blickes hinüber auf die gegenüberliegende Bergkette, der sich jeden Morgen anders darstellte – mal hinter Wolken, mal ganz klar, mal leicht verschwommen an heißen Tagen, mal rot beleuchtet von der hinter Wolken hervorsteigenden Sonne – wurde Leni niemals überdrüssig.

Besonders heute, wo die Saison noch frisch war, genau betrachtet noch gar nicht begonnen hatte, sprang Leni bereits mit dem ersten Tageslicht aus dem Bett und lief zum Fenster. Aber da war nichts als eine graue Wand. Na, das ging ja gut los.

Sie schaute hinaus in den Nebel, der ihr Sichtfeld beeinträchtigte und alle Geräusche schluckte. Oft waren um diese Zeit schon erste Insekten unterwegs, aber heute hörte Leni nicht mal die Vögel singen, die sonst um diese Tageszeit den Morgen begrüßten.

Außerdem war es ziemlich kalt. Sie fror in ihrem T-Shirt und machte schnell das Fenster zu, um die klamme Kälte auszusperren.

Mithilfe der Krücken ging sie zu ihrem Kleiderschrank, zog eine dicke Strickjacke und eine Jogginghose hervor und schlüpfte hinein, nachdem sie Usain angelegt hatte. An sich war ihr das Wetter heute egal. Sie musste alles für morgen vorbereiten. Spontan hatte sie sich dazu entschlossen, die Hütte am kommenden Tag aufzusperren.

Gestern Nachmittag, als sie mit Elsa und Kenneth zusammengesessen war, hatte Elsa ihr vorgeschlagen, ein paar Tage eher zu öffnen, einfach, um auf andere Gedanken zu kommen. Sie meinte, dass in den Tagen zuvor schon einige Wanderer ihren Weg zur Gaupenhütte gefunden hätten.

Also hatte Leni sich für die Eröffnung entschieden. Sicher hatte Elsa auch recht damit, dass sie auf andere Gedanken kommen musste – und das dringend. Die Hütte musste sich mit Leben füllen. Vielleicht konnte sie dann die Erinnerungen der letzten Woche mit neuen Ereignissen überschreiben. Leni streckte sich und machte ihr Bett. Dann lief sie nach unten. Im Hausgang roch es noch immer nach dem Hartwachsöl. Leni ging zur Haustür und machte sie weit auf.

Oben im Winkel des Türstocks befand sich ein Spinnennetz, das mit Raureif überzogen war. Man sah jeden einzelnen Faden ganz genau und bekam deutlich vor Augen geführt, was für ein Kunstwerk der Natur ein solches Netz war. Wenn sich der Nebel lichtete, würde das Spinnennetz im Sonnenlicht glitzern. Sie betrachtete das zarte und zugleich so stabile Gespinst von allen Seiten. Dann trat sie hinaus auf die Terrasse, ging zur Wiese hinüber. Dort, das wusste sie, würden sich viele Netze von Grashalm zu Grashalm spannen, sichtbar gemacht durch den Raureif entstand so eine Struktur, die dem Auge normalerweise verborgen blieb. Es war wie ein Wunder. Leni kniete sich umständlich auf dem Weg hin und betrachtete die kleinen Details um sie herum. Das war besser als jede Meditation.

Irgendwann stand sie auf und streckte sich ein weiteres Mal. Der Nebel begann, sich zu verziehen. Die Schwaden wurden weniger dicht, an manchen Stellen brach das Sonnenlicht durch. Die Stimmung war einzigartig schön und Leni entschied sich, ihren Kaffee auf der Terrasse zu trinken. Dieses Naturschauspiel wollte sie auf keinen Fall verpassen.

Sie ging zurück zur Hütte. Jeder Meter war ihr vertraut, sie kannte jeden Stein. Ein Sonnenstrahl ließ das Fenster neben der Tür kurz aufblitzen. Leni würde schnell sein müssen, der Nebel lichtete sich rasant.

Auf dem Boden lag etwas, sie hätte es beinah übersehen. Stirnrunzelnd hob sie es auf: ein Kuvert mit ihrem Namen drauf, mitten im Flur der Hütte. Sie schaute sich um, aber niemand war da. Neugierig nahm sie den Brief und ging zurück auf die Terrasse. Der Kaffee war fürs Erste vergessen.

Regungslos las sie die Zeilen, die Timon ihr hatte zukommen lassen. Sie wusste sofort, nach dem ersten Satz, dass er es war, der ihr diesen Brief geschrieben hatte. Nur, wie war er hier heraufgekommen? War er wieder gesund? Und wie stellte er sich das vor? Sollte ein einziger Brief sie dazu bringen, den Berg hinunter und in seine Arme zu stürmen? O nein, so einfach war es nicht! Dafür war Leni viel zu wütend. Sie kochte regelrecht, das realisierte sie, als sie Timons Brief ein zweites Mal las. Sie knüllte den Brief zu einem Ball zusammen und warf ihn quer über die Terrasse. Er flog erstaunlich weit – bis zu ihrer windschiefen Hütte. Dort prallte er von der Tür ab und kam unter dem Tisch zu liegen, an dem sie vor über einer Woche mit Elsa und Alois gegessen hatte und Alois mit seiner Empfehlung eines Handwerksbetriebs ihr ganzes Leben durcheinandergeschüttelt hatte.

Leni schnaubte leise, während sie den Papierball unter dem Tisch betrachtete. Natürlich konnte sie ihn da nicht liegen lassen. Dafür war sie viel zu ordentlich. Was tun? Kaffee, genau! Sie hatte sich Kaffee kochen wollen.

Zehn Minuten später kam Leni mit der dampfenden Tasse zurück auf die Terrasse, über die sich mittlerweile das Sonnenlicht ergoss, das den ganzen Nebel einfach weggerissen hatte. Ein Bläulingspaar flatterte an Leni vorbei, als sie ihre Tasse abstellte. Dann ging sie hinüber zu dem Tisch, unter dem der zusammengeknüllte Brief lag, und hob ihn auf.

Als sie schließlich an ihrem Stammplatz neben der Eingangstür saß und einen Schluck Kaffee getrunken hatte, konnte sie nicht anders. Sie faltete den Ball auseinander und glättete das Papier mit der Hand. Dann las sie Timons Zeilen ein drittes Mal, Wort für Wort. Aber sie war viel zu verletzt, als dass ihr Inhalt sie erreichen konnte.

* * *

Leni

Die Terrasse war bereits zur Hälfte gefüllt. Leni hatte fünf Gerichte auf der Karte und dank ihrer sehr modernen Hütten-Homepage und eines Newsletters, in dem sie mitgeteilt hatte, dass sie ein paar Tage eher aufsperren würde, waren mehr Gäste da als erwartet. Es gab sogar schon einige Reservierungen für Übernachtungen. Sie hatte Elsa um Hilfe gebeten, weil ihre Bedienung nicht vor dem ersten Mai raufkam und mitarbeitete. Zum Glück ging das, weil Elsas Kühe noch nicht zur Alm aufgetrieben worden waren und sie dementsprechend deutlich mehr Zeit hatte als normalerweise. Später im Jahr würde sie nur am Wochenende hin und wieder aushelfen. Sonst schaffte Elsa ihre Tätigkeiten rund um das Vieh nicht mehr. Sie stellte selbst Käse und Quark her, dazu kam das Melken, das ihren Tag strukturierte. Außerdem kam es immer wieder mal vor, dass eine Kuh zu weit von der Alm wegwanderte und Elsa sie suchen und zurücktreiben musste.

Trotzdem hatte die Sennerin kaum jemals abgelehnt, wenn Leni sie um Hilfe bat – was letztendlich ein Grund mehr für Leni war, im Sommer noch jemanden einzustellen: um Elsa zu entlasten. Doch das würde sie vom Betrieb abhängig machen.

»Darf es noch ein Bier sein?«, fragte sie einen Wanderer, der mit seinem Rauhaardackel unterwegs war, und er nickte.

»Danke.«

»Gern. Kommt sofort.« Leni flog regelrecht zurück hinter ihre Theke, um das Helle einzuschenken. Sie fühlte sich ganz und gar in ihrem Element. Auch Elsa bediente die Gäste, eigentlich vor allem Elsa. Aber Leni konnte sich nicht beherrschen und musste immer mal wieder selbst hinaus, einen Blick in den Gastgarten werfen – nur, um die Besucher zu sehen. Das hatte sie im Winter vermisst!

Und niemand schien sonderlich auf ihre Beine zu achten. Heute trug Leni einen kürzeren Rock, darüber die Schürze und natürlich auch eine Bluse. Anfangs hatte Leni die Leute beobachtet, um herauszufinden, ob viel über ihre Prothese gesprochen wurde – aber niemand schien über die Maßen Notiz von Usain zu nehmen. Einzig der Labrador einer Familie, die am hintersten Ende des Gastgartens saß, hatte an Lenis Fußprothese geschnüffelt. Sicher gab es verstohlene Blicke auf ihr Bein. Der Mensch war von Natur aus neugierig. Aber es war bei Weitem nicht so schlimm, wie Leni das in der Theorie immer befürchtet hatte. Leni stellte das volle Bierglas auf die Theke.

Elsa kam in diesem Moment mit einem Tablett von draußen herein und räumte die leeren Gläser, die sie darauf transportiert hatte, mit schnellen, geschickten Bewegungen in die Spülmaschine.

»Ist das Bier für den Mann mit dem Dachshund?« Sie zeigte auf das Glas.

Leni brauchte eine Sekunde, um zu wissen, wen ihre Freundin meinte. »Ja, genau. Für den Herrn mit dem Dackel.«

Elsa nickte und griff nach dem Glas. »Und denkst du dran, dass du mich für den Service eingestellt hast, damit du in Ruhe kochen kannst?«

»Ja, natürlich.« Leni fühlte sich ein wenig ertappt. »Aber grade war nichts zu kochen.«

»Jetzt schon. Die Familie an Tisch acht hätte gern zwei Portionen Zwetschgenknödel.«

»Alles klar.« Leni lächelte Elsa zu und die griff das Lächeln sofort auf. Die beiden Frauen arbeiteten Hand in Hand, hatten nahtlos da angeknüpft, wo sie im Herbst aufgehört hatten.

In der Kühlung stand der vorbereitete Teig für die süßen Knödel, die Zwetschgen hatte Leni nicht frisch vorrätig, sondern nahm eingemachte. Auch sie selbst liebte Zwetschgenknödel. Die in Butter gerösteten Semmelbrösel, die sie am Ende über die Knödel gab, verfeinerte Leni mit Zimt – das schien den Gästen besonders gut zu schmecken.

Jetzt knetete sie zuerst den Teig durch. Dann holte sie ein Glas Zwetschgen aus der Speisekammer. Leni liebte es, für ihre Gäste zu kochen. Die vertrauten Handgriffe, die Logistik, wenn viele Gäste gleichzeitig da waren – es hielt ihr Hirn beschäftigt und sie kam nicht auf Gedanken, die wehtun konnten. Deshalb hatte sie ja auch früher eröffnet als normalerweise.

Leni ließ die fertigen Knödel liebevoll ins heiße Wasser gleiten und hielt plötzlich in ihrer Bewegung inne. Etwas stimmte nicht. Die Geräuschkulisse hatte sich verändert. Waren da vorher noch Vogelgezwitscher und Gästestimmen im Fokus gewesen, hörte sie jetzt ein lauter werdendes Brummen, das die ganze Gaupenhütte zu erschüttern schien. Sie stutzte kurz, dann warf sie hastig den letzten Knödel ins Wasser. Im Gehen wischte sie sich die Hände an ihrer Schürze ab und trat nach draußen auf die Terrasse.

Ein Helikopter, genau genommen ihr Lieferhelikopter, stellte ein riesiges, verschnürtes Transportpaket auf die Wiese neben der maroden Lagerhütte. Leni runzelte die Stirn. Die Gäste waren aufgestanden und beobachteten begeistert das Schauspiel. Der Labrador hatte sich unter dem Tisch versteckt, der kleine Dackel bellte und versuchte zu vermitteln, dass er ein riesiger Hund war, mit dem man sich besser nicht anlegte. Der Wind, den die Rotorblätter erzeugten, fuhr über die Haare der Gäste und ließ sie wehen.

Eine falsche Lieferung, schoss es Leni durch den Kopf. Na, das war ihr gerade noch abgegangen!

Sie begann, wild mit den Armen zu winken, um auf sich aufmerksam zu machen, tastete nach ihrem Handy, aber natürlich lag das in der Küche. »Hey! Ich hab das nicht bestellt!« Was auch immer da drin war.

Sie schaute zu, wie der Heli das Trageseil einfach auf die herabgelassene Fracht fallen ließ. Wenn das mal nicht Jeremy war! Bei ihm hätte sie sich nicht gewundert, wenn er Lieferungen durcheinanderbrachte und dann auch noch das Seil verlor, das man eigentlich aushängte und zurück in den Heli zog.

Alles war fest in blaue Planen gehüllt, sodass Leni nicht einmal raten konnte, worum es sich bei der Fracht handelte. Immerhin hatte jemand das Zeug – was auch immer es war – gut verpackt.

Wutentbrannt stürmte Leni zurück in die Hütte. Sie würde den Chef des sauberen Jeremy anrufen und künftig einen anderen Piloten bestellen. Was war überhaupt aus Benjamin geworden, dem grundsoliden und freundlichen Mann, der sie früher beliefert hatte? Er war an einem freien Tag sogar mal hier raufgewandert, um sich Leni vorzustellen. Ein netter Typ mit Haartolle und Koteletten, der in seiner Freizeit als Elvis-Double unterwegs war, wie er Leni begeistert erzählt hatte. Der Mann war witzig und interessant gewesen, mit Sicherheit nicht der Typ, der blöde Wetten arrangierte und damit Frauen unglücklich machte.

Leni wählte die Nummer des Transportunternehmers. Das Hubschraubergeräusch wurde nicht leiser. Im Gegenteil, das Dröhnen nahm ganz neue Formen an. Genau wie letzte Woche, als der Hubschrauber Timon aufgenommen hatte. Der Pilot würde doch wohl nicht etwa landen? Sie legte auf, bevor jemand abhob, und stürmte wieder nach draußen. Tatsächlich. Der Hubschrauber hatte zur Landung auf der Wiese vor der Hütte angesetzt, Kinder kreischten vor Begeisterung.

Erst jetzt sah Leni, dass oberhalb der linken Kufe des Hubschraubers ein großer Korb montiert war, der Bretter enthielt. Sanft setzte der Helikopter auf der Wiese auf. Dann endlich wurde der Motor abgestellt.

Zwei Männer stiegen aus und Leni erkannte einen der beiden sofort. Alles in ihr fühlte sich nach Widerstand an. Zugleich schmerzte es – es schmerzte viel zu sehr! –, Timon wiederzusehen, der vorsichtig aus der Kabine geklettert war, sich ein Stück entfernte und abwartete, bis die Rotorblätter des Helikopters sich nicht mehr drehten. Auf seinem Rücken hatte er den Rucksack, den er beim letzten Mal mit heraufgetragen und vergessen hatte und dessen Fehlen Leni bei ihrer Ankunft mit Kenneth aufgefallen war. Timon wiederzusehen war hart und schön, unangenehm und das größte Glücksgefühl seit Langem. Für einen Moment konnte Leni gar nicht anders, als ihn anzustarren, jede seiner Bewegungen zu verfolgen und ihn schön zu finden.

Die Männer schenkten ihr keine Beachtung, sondern begannen, die Bretter aus dem Korb zu laden.

Hinter dem Steuer saß Benjamin, unverkennbar mit seiner Frisur, und winkte ihr fröhlich zu.

Der zweite Mann, der mit Timon Brett um Brett aus dem Korb hob, war kein Fremder, sondern Jeremy in seiner üblichen, leicht geduckten Körperhaltung. Timon wirkte völlig in seine Tätigkeit versunken, nahm kaum Notiz von Leni. Ihr fiel auf, wie geschmeidig er sich bewegte. Sein Fußgelenk war offenbar wieder in Ordnung, realisierte sie.

Aber was sollte das? Sie hatte nicht mal einen Kostenvoranschlag gesehen, geschweige denn einen Auftrag für die Reparatur des Schuppens unterschrieben!

Leni stürmte auf Timon zu.

»Was soll das denn werden?« Sie hielt sich gar nicht lang mit einer Begrüßung auf.

»Wir laden das Holz ab für deinen baufälligen Schuppen.« Es war Jeremy, der das Wort ergriff. Timon schaute auf seine Füße hinunter und hatte aufgehört, abzuladen.

»Ach ja? Und wer hat gesagt, dass ihr hier auftauchen könnt, einfach so?«

»Ich. Ich hab das gesagt.« Jeremy lächelte und deutete eine Verbeugung an. Der Kerl war Leni einfach zu schräg. Was für ein komischer Typ!

»Na super. Dann könnt ihr das jetzt wieder einladen und euch von hier verziehen. Du hast hier nämlich gar nichts zu sagen.« Leni war bewusst, dass die Aufmerksamkeit aller Gäste auf sie gerichtet war. Aber sie konnte sich einfach nicht zusammenreißen. Ihre Wut war blind und rücksichtslos, was mögliche Verluste anging. »Und du übrigens auch nicht«, wandte Leni sich an Timon.

Sie wartete keine Reaktion von ihm ab. Sie drehte den beiden Männern einfach den Rücken zu und stürmte zurück in die

Gaupenhütte. Und dabei humpelte sie kein bisschen, sie ging ganz gerade.

Leni lief schnurstracks in die Gaststube. Erst als sie dort war, realisierte sie, dass Elsa ihr hinterhergelaufen war.

»Geht es? Kommst du klar?«, fragte die Freundin besorgt.

In der Gaststube hatte Leni sich einfach mit den Händen auf der nächstbesten Tischplatte abgestützt. Sie rang nach Luft und wartete darauf, dass ihre Beine aufhörten, unkontrolliert zu zittern. »Ja, gleich geht es wieder.«

Elsa legte Leni die Hand zwischen die Schulterblätter und schwieg mit ihr gemeinsam, bis Lenis Atemzüge sich wieder beruhigt hatten. Leni dachte daran, dass sich jemand um die Gäste kümmern sollte, aber sie war so dankbar für Elsas Gegenwart, dass sie es nicht übers Herz brachte, sie wegzuschicken. Nach einer Weile hörte man draußen den Helikopter starten. Wieder dröhnte die ganze Hütte. Und so vehement Leni Timon und Jeremias weggeschickt hatte, so sehr spürte sie jetzt die Traurigkeit darüber, dass sie Timon nie wiedersehen würde. Am Ende hatte sie ihn geliebt. Und nein, sie war noch nicht darüber hinweg. Ihre Liebe klebte an Leni wie ein alter Kaugummi an einer Schuhsohle. Timon zu sehen rief in ihr das Bedürfnis hervor, bei ihm zu sein. Es verstärkte das Gefühl von Einsamkeit, das sich immer wieder in ihr Bewusstsein schlich, seit er erneut in ihrem Leben aufgetaucht war. Als hätte er diesen Teil von Leni geweckt und als schaffte sie es nicht, ihn wieder einschlafen zu lassen.

Ja, sie wollte geliebt werden. Sie wollte nicht für immer allein bleiben. Die Vorstellung, nie mehr die Umarmung eines Mannes genießen zu können, war wie ein schlechter Traum.

»Ich geh mal raus, nach den Gästen sehen«, sagte Elsa, und bereits als ihre Freundin die Hand anhob, vermisste Leni die Wärme, die Elsa an sie abgegeben hatte.

»Ja, ist gut. Frag Tisch vier, ob die zahlen wollen.« Die zwei Männer an Tisch vier saßen schon eine ganze Weile.

»Klar, mach ich.«

Leni stand noch immer am Tisch, löste ihre Hände und richtete sich auf. Plötzlich wurde sie eines unangenehmen Geruchs gewahr. Es roch verbrannt.

Verdammt, die Zwetschgenknödel! Siedend heiß fiel ihr ein, dass sie die Knödel zuvor noch schnell ins kochende Wasser geworfen hatte.

Leni rannte in die Küche. Dicker Rauch stand über dem Herd und breitete sich bereits im Raum aus. Schnell schob Leni den Topf von der Herdplatte, lief dann zum Fenster und riss es auf, damit der Qualm abziehen konnte. Von den Zwetschgenknödeln war nicht viel mehr übrig als Kohle, das gesamte Kochwasser war verdunstet und die Knödel hatten sich in den Topfboden gebrannt. Sie würde von vorn anfangen müssen.

Schnell machte sie sich an die Arbeit. Ein neuer Topf, Wasser, Knödelmasse – es ging ja zügig, beruhigte sich Leni.

Als sie Schritte in der Gaststube hörte, rief sie: »Elsa? Sagst du der Familie mit dem Hund, dass die Zwetschgenknödel noch ein paar Minuten brauchen? Der Hubschrauber hat mich ein bisschen aus dem Konzept gebracht.«

»Na klar.« Elsa hantierte hörbar hinter dem Tresen herum. Ein Glas klirrte leise. Dann tauchte ihr Kopf im Türspalt auf. »Übrigens, die Typen sind noch da.«

»Wie bitte?« Leni ließ einen fertig gerollten Knödel ins Wasser fallen, das gerade heiß wurde. Sie traute ihren Ohren nicht.

»Na, die zwei Männer. Sie haben das Holz jetzt zu deinem Schuppen geschleppt.«

»Warum?«

»Das fragst du sie besser selbst.«

Leni ließ die anderen Knödel ganz sanft ins Wasser gleiten. Ein weiteres Mal würde sie ihr gutes Essen nicht anbrennen lassen. Dann wischte sie sich ihre Hände an der Schürze ab. Es würde ja nicht lange dauern, Timon und Jeremy wegzuschicken. Das war kein Kunststück.

Energischen Schrittes ging sie auf Elsa zu. »Worauf du dich verlassen kannst.« Lenis Ton war so grimmig, dass sogar Elsa zurückwich.

Ohne langsamer zu werden, durchquerte Leni ihren Gastraum, trat auf die Terrasse hinaus und sah, wie die beiden Männer die letzten Holzbalken zu ihrer windschiefen Hütte trugen.

Die Gäste hatten sich wieder ihren Gesprächen zugewandt. Am liebsten hätte Leni Timon über alle Köpfe hinweg ihre Meinung zugerufen, aber das schied aus. Auch so hatte sie bereits das Gefühl, dass einige Gäste ihre Gespräche unterbrachen, als sie Leni sahen.

Sie ging hinüber zu den zwei Männern, die jetzt anfingen, sich an der Hütte zu schaffen zu machen.

»Was soll das werden?«

Jetzt wandte Timon Leni seine volle Aufmerksamkeit zu. »Hast du meinen Brief nicht bekommen?«

Sie verschränkte die Arme vor der Brust. »Doch.«

»Gut. Dann weißt du, dass ich nicht mehr wegrenne.«

»Aber ich habe keinen Auftrag erteilt«, wiederholte Leni ihre Worte von zuvor.

Timon lächelte. Wie konnte jemand so ein schönes Lächeln haben, der einem gleichzeitig so wehtat? »Ich weiß. Aber ich habe mir selbst einen Auftrag erteilt.«

»Das heißt?«

»Dass Timon und ich dir die Hütte bauen, das heißt das.« Jeremy konnte wohl nie die Klappe halten. Timon nickte zur Bestätigung.

»Wir machen das auf meine Rechnung. Jeremias hilft mir.«
Jeremias – so hatte Timon seinen Freund noch nie genannt,
jedenfalls nicht in Lenis Gegenwart.

»Ich hab was gutzumachen«, sagte Jeremy. »Tut mir leid,
das mit der Wette.«

Dann ging er weg, in Richtung des großen Pakets, das der
Hubschrauber abgeladen hatte, und begann, die Planen zu
lösen.

»Ich will meinen Mann stehen, das habe ich dir geschrieben. Und ich will mit mir leben können. Also versuche ich,
zumindest ein wenig dafür zu sorgen, meine Fehler wiedergutzumachen.« Timon zuckte mit den Schultern. »Die Hütte ist
ein Geschenk. Ich würde mir wünschen, dass du es annimmst.«

Leni schaute ihn fassungslos an. »Ein Geschenk?«

»Ja. Ich würde sagen, du hast ein Geschenk verdient, nach
allem.« Erst jetzt schaute er Leni direkt in die Augen, mit einer
solchen Intensität, dass der Boden unter Lenis Füßen nachzu-
geben schien. Aber sie riss sich zusammen, hielt sich aufrecht,
verschränkte die Arme noch fester.

Was hatte sie zu verlieren, dachte sie bei sich. Sie brauchte
diese Reparatur, und die Handwerker, die sie kontaktiert
hatte, konnten alle nicht vor Herbst. Es war schwer, kurzfristig
jemanden zu finden, noch dazu hier oben, wo alles logistisch
noch anspruchsvoller war. Bis jetzt hatten alle Betriebe, die sie
angerufen hatte, den Auftrag abgelehnt.

»Gut«, sagte Leni. »Na gut.«

Sie warf einen letzten Blick auf das Szenario: Balken,
Bretter, das verschnürte Paket.

»Solange ich mich nicht um euch kümmern muss«, fügte
Leni noch hinzu. Dann lief sie zurück in die Küche, wo die
Zwetschgenknödel auf sie warteten. Ihre Gedanken befanden
sich in einem wilden Sturm, mindestens so wild wie in der

Nacht, in der Timon bei ihr übernachtet hatte. Und dieser Sturm brachte alles durcheinander.

Nachdem sie die Knödel in den Semmelbröseln gewälzt und Elsa zum Servieren übergeben hatte, ging sie zu ihrer Besteckschublade und zog sie heraus. Darin befand sich – wieder zu einem Ball zusammengeknüllt – Timons Brief. Sie holte ihn heraus und las ihn ein weiteres Mal.

15. Kapitel

Timon

Zum ersten Mal seit Langem hatte Timon das Gefühl, das Richtige zu tun. Er und Jeremias hatten sich die Hütte angesehen, dann Papier und Bleistift geschnappt und Timon hatte genau aufgezeichnet, was er sich vorstellte. Er hatte es im Dunkeln versucht, als er den Brief heraufgebracht hatte, aber das war zum Scheitern verurteilt gewesen. Jetzt saßen die zwei Männer nebeneinander und Timon erklärte ganz genau, was er vorhatte. Jeremy war Hubschrauberpilot, aber auch handwerklich geschickt. Es stellte sich heraus, dass er eine Ausbildung als Mechaniker gemacht hatte und dann zum Fliegen gekommen war, weil sein Onkel Hubschrauberpilot war und eine kleine Transportfirma besaß, in die Jeremias eingestiegen war.

»Das ist die dümmste Geschichte, die ich in meinem ganzen Leben gehört habe«, hatte er gesagt, nachdem Timon ihm alles über sich und Leni erzählt hatte. »Du musst dein Leben wirklich besser in die Hand nehmen.«

Und dann hatte Jeremias ihn in den darauffolgenden Tagen immer wieder besucht. Sie hatten geredet, über die Vergangenheit, aber ganz besonders auch über die Zukunft. Schließlich hatte ihm sein alter Schulkamerad einen Gratistransport mit dem Helikopter seines Onkels geschenkt – zufällig handelte es sich um dieselbe Firma, in der auch Benjamin tätig war und die Leni schon mehrfach beauftragt hatte – und Arbeitszeit. So war Jeremias am Ende das geworden, was Timon sich als naiver Jugendlicher gewünscht hatte: ein richtiger Freund, der ihm zur Seite stand. Der großkotzige Angeber von früher hatte sich zu einem sensiblen Mann entwickelt, der kein Problem hatte, Emotionen zuzulassen und zuzuhören.

Als die Gäste gegen Abend gingen und es ruhiger wurde, begannen Timon und Jeremy mit der Arbeit. Sie räumten alles aus der baufälligen Hütte und bedeckten das Sammelsurium an Gegenständen mit den blauen Planen, in die ihr Arbeitsmaterial eingeschlagen gewesen war.

Dann fingen sie an, die kaputte Seite der Hütte abzustützen und die morschen Bretter zu entfernen. Viel würde nicht übrig bleiben, doch Jeremias und Timon arbeiteten Hand in Hand.

Ab und zu glaubte Timon, Lenis Silhouette hinter einem der Fenster der Gaupenhütte zu sehen, aber er mochte sich täuschen. Es konnte Wunschdenken sein, da machte er sich keine Illusionen.

Seine Arbeit hier an der Hütte war für Timon eine Herzensangelegenheit. Wenn er schon seine Beziehung mit Leni nicht so einfach reparieren konnte, so konnte er immerhin ihr Leben erleichtern, indem er ihr half. Auch wenn es ihn eine ganze Menge seines Ersparten gekostet hatte, die Materialien zu beschaffen – als Wandergeselle wurde man nicht materiell reich. Der Reichtum lag mehr im Bereich des persönlichen Wachstums.

Dazu kam, dass Timon Leni während der Dauer der Reparatur wenigstens sehen konnte. Soeben hatte sie die Tische im Gastgarten abgewischt. Allein das war es ihm schon wert: Leni zu sehen. Er hatte sofort ihre schönen Beine in der kurzen

Hose, die sie trug, bemerkt, ihre Hände beobachtet, die ihn noch vor eineinhalb Wochen gestreichelt hatten, ihre Haare, diese wunderbaren Locken, die er liebte. Ja, natürlich wäre er am liebsten zu ihr gelaufen und hätte sie in seine Arme gerissen. Stattdessen riss er an einem morschen Brett und hämmerte rostige Nägel so in das Holz, dass niemand sich daran verletzen konnte, wenn er aus Versehen auf das Brett trat, solange es in der Wiese lag.

Leni hatte nicht auf seinen Brief reagiert und damit wohl alles gesagt, was es ihrer Meinung nach zu sagen gab – nämlich gar nichts. Dennoch würde Timon seine Schuld verringern, so sehr er es nur konnte. Einfach, damit er sich anschließend im Spiegel wieder in die Augen sehen konnte.

* * *

Leni

Draußen war es dämmrig geworden – und mit Sicherheit kalt. Leni hüllte sich in ihre dicke Strickjacke aus Alpakawolle, die perfekt vor den kühlen Temperaturen im Inneren der Hütte schützte. Wenn sie es hier drinnen schon als zu wenig warm empfand, wie ging es dann den beiden Männern da draußen? Zu ihrer Überraschung waren Timon und Jeremias nicht ins Tal abgestiegen, sondern hatten Schlafsäcke und Isomatten aus dem Materialpaket gezaubert, das Benjamin ihnen auf den Berg geflogen hatte.

Hoffentlich war den beiden Männern warm genug. Sie hatten sich auf einem kleinen Gaskocher etwas zu essen gemacht, Bergsteiger-Tütenfutter, wie Leni es nannte. Es handelte sich dabei um Instantgerichte, die man nur mit heißem Wasser aufgießen musste.

Manchmal drangen die Stimmen der beiden Männer bis zu ihr, wenn sie sich lauter unterhielten oder lachten. Worüber sie sprachen, konnte sie allerdings nicht hören.

Leni wünschte, sie hätte mehr verstehen können, aber wenn sie das Fenster geöffnet hätte, dann hätte sie damit ihre Anwesenheit verraten. Aus demselben Grund machte sie auch kein Licht, sondern zog den Schutz der Dunkelheit vor.

Wären die Handwerker nicht Jeremias und Timon gewesen – sie hätte die beiden Männer längst in die Hütte gebeten und ihnen eine ordentliche Brotzeit hingestellt. So dagegen schaute sie zu, wie Timon mit einer Plastikgabel in seinem Essen herumstocherte. Er und Jeremias waren weit gekommen, ein großer Haufen altes Holz, das nicht mehr zu gebrauchen war, türmte sich jetzt neben den frischen Brettern. Einige der neuen Balken stützten das Dach ab. Timon wusste, was er tat, das sah man seiner Arbeit an. Sein Umgang mit dem Werkzeug war sehr souverän. In seinen Bewegungen lagen Selbstverständlichkeit und die Zielstrebigkeit eines Mannes, der effizient und genau arbeitete. Leni hatte ihn am Nachmittag immer mal wieder beobachtet und er schien nie stillzustehen. Wie hatte ein so kompetenter Handwerker wie Timon so einfach von einer Leiter fallen können? Am Ende hatte er sie auch in diesem Punkt belogen? Aber nein, ermahnte sie sich, dieser Gedanke ging nun wirklich zu weit. Er war vor ihren Augen gefallen und die Schwellung an seinem Knöchel war mehr als echt gewesen.

Dann war da außerdem noch der Brief, dieser wunderschöne, einfühlsame Brief, dessen Inhalt Leni nicht annehmen konnte, egal, wie oft sie ihn las. Das Misstrauen saß so tief. Die Angst, wieder verletzt zu werden, war wie ein übermächtiges Monster, das jederzeit zubeißen konnte. So viel Mut, dass sie sich diesem Monster hätte stellen können, verspürte Leni nicht. Stattdessen stand sie lange im Schatten hinter dem Fenster und beobachtete Timon voller Sehnsucht.

Als Leni schließlich hinauf in den ersten Stock ging, um sich ins Bett zu legen, verspürte sie eine tiefe Erschöpfung. Aber leider fand sie keinen Schlaf. Sie drehte und wendete sich, versuchte, ihre Gedanken zu beruhigen, auch ihr schlechtes Gewissen, denn trotz der warmen Frühlingssonne tagsüber war es nachts noch so frisch draußen, dass die Kälte unverkennbar selbst durch die kleinsten Ritzen ihren Weg in die Hütte fand. Sie hätte die Männer hereinbitten sollen. Sie hätte kein Feigling sein sollen. Und doch blieb sie unter ihrer Bettdecke, mit kalten Gliedern, die einfach nicht warm werden wollten.

Am Morgen stand sie gegen fünf Uhr auf, nach einer fast schlaflosen Nacht, in der sie immer nur kurz in einen Dämmerzustand gefunden hatte. Als Erstes feuerte sie den Kachelofen an, dann machte sie Kaffee, viel Kaffee. Leni befüllte eine Thermoskanne bis zum Rand, nahm ein paar Scheiben des dunklen Brotes, das Elsa am gestrigen Morgen für sie gebacken hatte, und ein Glas Marmelade. Sie stellte alles auf ein Tablett. Dann ging sie hinüber in die Gaststube, von der aus man einen Blick auf die halb eingerissene Hütte hatte. Beide Männer schienen noch tief zu schlafen – gut so!

Leni öffnete ganz leise die Tür der Hütte und trat mit dem Tablett hinaus in die morgendliche Kälte. Auch heute würden die Spinnennetze wieder wie glitzernder Schmuck aussehen, wenn die Sonne aufging. Ganz leise schlich sie in Richtung der Männer. Sollte einer von ihnen aufwachen, würde sie das Tablett schweigend abstellen und gehen – aber lieber wollte sie gar nicht erst gesehen werden.

Ihr Plan gelang. Sie war längst wieder in der Hütte, als Jeremias sich langsam regte und die Nase aus dem Schlafsack steckte. Leni sah es von ihrem Tisch in der Gaststube aus, wo sie Schluck für Schluck ihren eigenen Kaffee schlürfte und versuchte, sich selbst davon zu überzeugen, dass sie hier nur saß, um den neuen Roman von Carolin Turm zu lesen, der kürzlich erschienen war. Aber natürlich konnte sie sich keine Minute auf das Buch konzentrieren, weil die Realität sie mehr in ihren Bann zog, als es jede Fiktion vermocht hätte.

Dann war da Timons überraschter Blick, als er das Tablett entdeckte. Sie sah ihm an, dass er sich freute. Seine schönen Hände, die die Tasse mit dampfendem Kaffee umfasst hielten – ein Stück Zucker, keine Milch. Sie hatte Zucker in einer kleinen Schüssel auf das Tablett gestellt, auch Milch, falls Jeremias welche in seinen Kaffee mochte.

Einen ordentlichen Schuss Milch, einen Würfel Zucker, stellte sich heraus.

Leni ging an die Arbeit, es gab noch ein paar Gerichte vorzukochen. Das Wetter würde wieder wunderbar sonnig werden und ein paar Übernachtungsgäste hatten sich spontan angekündigt. Sie wollte die Zimmer herrichten und für das Frühstück einen Hefezopf backen. Vielleicht auch noch einen Apfelkuchen für die Tagesgäste.

Das Buch, in dem sie vorher zu lesen versucht hatte, blieb unbeachtet auf dem Tisch in der Gaststube liegen und von draußen drang das Hämmern der arbeitenden Männer herein.

* * *

Timon

Wie gut es tat, hier oben zu sein! Die frische Luft am Morgen, der Raureif, die Sonne, die ihn schnell wegleckte, und die Ruhe, bevor der Tag zum Leben erwachte. Besonders morgens, fand Timon, war die Stimmung am Berg magisch.

Auch wenn er die Gaupenhütte nicht mehr betreten hatte, konnte er doch zumindest sehen, wie zufrieden die Gäste waren, wie Leni manchmal herauskam und mit den Leuten plauderte. Heute hatte sie einen knielangen Rock an. Man sah Usain ganz deutlich und es schien Leni nicht zu stören. Er hätte ihr so gern gesagt, wie gut ihr der geblümte Rock stand, wie schön ihre Beine aussahen. Stattdessen wandte er sich schnell ab, als ihre Blicke sich trafen, und ging zu seinem Werkzeugkasten.

Leni hatte am Morgen Kaffee herausgebracht, eine Höflichkeitsgeste, das sicher, aber auch köstliche Wärme für den Magen und eine Freundlichkeit, die typisch für sie war.

Jeremias war überrascht gewesen. »Meinst du, sie hat dir verziehen?«, fragte er mit seiner direkten Art, aber Timon konnte nur den Kopf schütteln. Lenis und seine Geschichte war alt und schwer, wie ein in die Jahre gekommener Elefant, der sich nur noch bedächtig durch die Steppe bewegen konnte.

»Aber der Kaffee ...« Jeremias hatte auf seine Tasse gedeutet.

»Leni ist einfach nur nett und hilfsbereit. Sie hat mir ja sogar nach meinem Unfall Obdach gewährt, obwohl ich das nicht verdient hatte.«

»Ne, das hast du wirklich nicht verdient gehabt. Deine Leni scheint ein guter Mensch zu sein. Wobei grundsätzlich natürlich jeder Verletzte Hilfe verdient, auch wenn er einen noch so dämlichen Unfall hat.« Jeremias spielte damit auf seine Rettungsflüge für die Bergwacht an. Er und Timon hatten in den vergangenen Tagen öfter mal ein Bier zusammen getrunken und sich wieder besser kennengelernt. Dabei hatte Jeremias von haarsträubenden Unfällen im Gebirge erzählt, ein Thema, das ihn sehr berührte. Er berichtete von Wanderern in Sandalen im Frühjahr, obwohl es noch zu Schneefall kommen konnte oder Altschneefelder die Wege blockierten – einmal abgesehen davon, dass es zu jeder Jahreszeit ratsam war, im Gebirge mit festem Schuhwerk unterwegs zu sein –, von Eltern, die mit ihren Kindern ohne Ausrüstung Klettersteige begingen, und von haarsträubenden Vorstellungen mancher Touristen, die größere Bergtouren ohne Proviant, noch nicht einmal mit einem Getränk, in Angriff nahmen, um dann völlig entkräftet die Rettung zu kontaktieren. Aufklärung über das richtige und verantwortungsvolle Verhalten am Berg war Jeremias ein großes Anliegen – er hatte sogar schon gemeinsam mit der Alpenvereinssektion eine Broschüre angefertigt, die jetzt in den umliegenden Informationsbüros für Touristen auslag. Nichtsdestotrotz kam es immer wieder zu Einsätzen der Bergwacht, die wegen der Unerfahrenheit und des Leichtsinns der Bergsteiger immer wieder nötig wurden und, wie Jeremias sagte, durchaus hätten vermieden werden können.

»Ich weiß«, sagte Timon nur. Seit sie hier oben auf der Hütte waren, sprach er nicht besonders viel. Er konzentrierte sich auf die Arbeit und wenn die beiden Männer miteinander redeten, ging es meistens um die Lagerhütte von Leni, selten um Privates.

Timon war Jeremias mehr als dankbar, dass er mit heraufgekommen war und ihn unterstützte. Sie waren Freunde. Das wusste Timon, seit Jeremias ihm die Leviten gelesen hatte an dem Tag, wo er ihn mit dem Heli von der Hütte abgeholt hatte. Nachdem Timon die ganze Geschichte mit Leni erzählt und Jeremias ihm frei heraus geantwortet hatte, wie dämlich er sein Verhalten fand, war ihm das bewusst geworden. Ehrlichkeit war etwas, das einem nur selten begegnete, und die Tatsache, dass Jeremias kein Blatt vor den Mund genommen hatte, rechnete Timon ihm hoch an. Nach seiner Heimkehr aus dem Krankenhaus hatte Jeremias vor seiner Tür gestanden, um ein weiteres Mal mit ihm zu reden.

»Wenn du gesagt hättest, dass du dich in Leni verliebt hast, hätte ich das verstanden. Ich meine, wir fanden sie alle gut. Und unerreichbar. Keiner von uns hätte gedacht, dass das mit euch was wird.« Jeremias war ziemlich verlegen. »Ich glaube, ich wäre nur zu gern mit ihr auf den Abschlussball gegangen und nicht mit Anton und Mario.«

Tatsächlich, erst jetzt wurde Timon klar, dass er der Einzige aus der Clique gewesen war, der ein Mädchen mit zum Ball gebracht hatte.

»Aber du hast so viel von deinen Eroberungen erzählt«, sagte Timon irritiert.

»Ja, erzählt hab ich viel, das stimmt wohl.« Jeremias lachte bitter. »Ich glaub, ich war damals kaum schlauer als du. Ich habe genauso viel Mist gebaut, mindestens. Ehrlich gesagt, gab es nur ein oder zwei kurze Flirts, bevor ich meine Denise kennengelernt habe.«

Denise hatte Jeremias bei der Bergwacht getroffen. Sie teilten dieses Hobby und waren schnell ein Paar geworden, wie Jeremy erzählte. Wenn er Denise erwähnte, hatte seine Stimme immer eine ganz besondere Färbung und Timon wusste, dass diese Frau mit Sicherheit für Jeremias genauso besonders war wie Leni für ihn, auch wenn er sie noch nicht kennengelernt hatte.

»Ein oder zwei Flirts?«

»Na, ich war ja so wahnsinnig cool.« Jeremias verdrehte die Augen. »Zum Glück hab ich mittlerweile aufgehört, zu rauchen und dämliche Sprüche zu reißen.«

Timon lachte unweigerlich und Jeremias fiel ein. Damit war das Eis zwischen den beiden Männern endgültig gebrochen.

Als Jeremias dann noch vorschlug, dass Timon sich tatkräftig bei Leni entschuldigte, wenn ihm Worte schwerfielen, und darüber hinaus noch seine Unterstützung anbot, war klar, dass Timon in ihm jemanden gefunden hatte, auf den er sich wirklich verlassen konnte. So waren sie auf Umwegen doch noch Freunde geworden und hatten heute Morgen in der kühlen Luft ihren Kaffee miteinander vor der Gaupenhütte getrunken.

Jetzt war die Terrasse schon wieder gut besetzt, was Timon wirklich für Leni freute. Noch immer sah er sie in ihrem Rock vor sich, wie ihre Blicke sich kurz getroffen hatten und er sich schnell abgewandt hatte. Er war so in Gedanken, dass ihm partout nicht einfallen mochte, nach welchem Werkzeug er greifen sollte.

»Timon, Akkuschrauber!«, rief Jeremias von der anderen Seite des Schuppens herüber und grinste ihm zu.

»Äh, danke.« Genau, der war es gewesen. Wenn Leni ihn weiterhin so verwirrte, würde er eine halbe Ewigkeit länger brauchen als jeder andere Handwerker dieser Welt. Timon griff nach dem Schrauber und ging zu Jeremias hinüber.

* * *

Leni

Die beiden Männer waren herausragend fleißig. Die Lagerhütte sah schon fast fertig aus. Sie brauchten höchstens noch einen weiteren Tag, dann war die Arbeit getan und Timon würde mit Jeremias das Gelände der Gaupenhütte verlassen.

Das Gefühl, das Leni dabei empfand, war nicht Erleichterung. Wie schon am Vorabend schaute sie aus dem Fenster zu den beiden Männern hinüber, die sich auf dem Gaskocher ihr Abendbrot zubereiteten. Sie hatte ihnen eigentlich am Nachmittag etwas von ihrem Apfelkuchen geben wollen, aber dann waren so viele Gäste gekommen, dass der Kuchen ratzfatz aufgegessen gewesen war. Jetzt plagte sie beim Anblick der Tütenmahlzeiten der beiden Männer einmal mehr das schlechte Gewissen. Sie leisteten so gute Arbeit. Eigentlich verdienten sie mindestens ein gutes warmes Essen.

Als Lenis Handy klingelte, lief sie hinüber in die Küche. »Hallo?«

»Servus, Schwesterherz!«

»Jasmin! Schön, dass du anrufst.«

»Du, ich wollte die Tage mal zu dir raufkommen. Ich hab tatsächlich am Donnerstag frei.«

»Na, dann nichts wie rauf mit dir!« Leni lachte. »Ich freu mich sehr.« Donnerstag – das war schon übermorgen!

»Gut. Ich störe auch nicht?«

»Wenn du störst, spann ich dich als Bedienung ein.«

»Sehr gut. So machen wir es. Ich komme in der Frühe, dann können wir vielleicht sogar gemütlich frühstücken, was meinst du? Ich besorge Brezen.«

»Klingt prima.« Leni liebte frisches Laugengebäck. Das war eines der Dinge, die sie hier am Berg im Sommer vermisste.

»Hast du dich gut eingelebt bei dir da oben? Nach allem, was passiert ist?«

»Na ja. Schon.« Leni zögerte. »Stell dir vor, Timon ist hier.«

»Echt? Dann hast du dich mit ihm versöhnt?« Jasmin hörte man an, dass die Neuigkeit sofort ihr Interesse geweckt hatte.

»Nein. Das nicht.« Leni erzählte Jasmin, was sich zugetragen hatte und dass Timon nun quasi ehrenamtlich mit Jeremias die Hütte baute.

»Wow! Das ist echter Einsatz«, meinte Jasmin voller Bewunderung. »Möglicherweise hast du dich doch in ihm getäuscht.«

»Möglicherweise«, räumte Leni ein. »Weißt du, er hat mir einen Liebesbrief geschrieben. Irgendwas davon, dass er jetzt seinen Mann stehen möchte und nicht mehr wegläuft.«

»Äh – dann frag ich dich noch mal. Nur, weil ich es wohl falsch verstanden habe: Du hast dich wirklich nicht wieder mit ihm versöhnt?«

»Nein. Irgendwie …« Leni suchte nach den richtigen Worten. »Weißt du, wenn ich ihn sehe, tut mir alles weh. Die Erinnerungen an damals, die Erinnerung an die Nacht hier in der Hütte und dann das böse Erwachen – es fällt mir so schwer, in die Zukunft zu schauen und das alles hinter mir zu lassen. Auch wenn ich es vielleicht tun sollte.«

»Hm. Für mich hört sich das an wie Wachstumsschmerzen.«

»Wie bitte?«

»Na ja. Du hast deine Schwierigkeiten aus der Vergangenheit und möchtest dich weiterentwickeln, egal ob das Usain oder deinen Umgang mit Männern betrifft. Dazu musst du alles, was dir wehgetan hat, noch mal anschauen und daran wachsen. Drum nenne ich das Wachstumsschmerzen. Kennst du das, wenn kleine Kinder so schnell wachsen, dass ihnen die Gelenke wehtun? So was in der Art ist das, nur eben im Kopf.«

Auf so ein Bild konnte nur Jasmin kommen, ihre kluge, besondere Schwester. Aber Leni gefiel der Vergleich außerordentlich gut. Damit konnte sie etwas anfangen, sich darauf einlassen. »Danke, Jasmin. Das ist ein super Bild.«

»Ich weiß.« Jasmin kicherte. »So, Schwesterlein, Kenneth hat uns einen Shepherd's Pie gemacht und der ist jetzt fertig. Ich muss dann mal. Wenn er gekocht hat und man ist nicht schnell genug am Tisch – da kann er grantig werden.«

Leni konnte sich Kenneth nicht grantig vorstellen – er war das Gegenteil eines leicht erzürnbaren Menschen. Sie verabschiedete sich von ihrer Schwester und ging in die Gaststube, wo nur noch zwei Freunde saßen, die Karten spielten. Sie würden später hier übernachten.

»Braucht ihr noch was?«, fragte Leni im Vorbeigehen und die Männer schüttelten die Köpfe.

Im Flur angekommen, schloss sie die Tür zur Gaststube.

»Wachstumsschmerzen«, sagte sie leise. Wie plausibel das klang! Schlagartig schien ihr das Leben ein kleines bisschen weniger wehzutun, nur weil sie dem Kind einen Namen geben konnte und sich selbst ein Stück besser verstand. Und wenn ihr Kummer Wachstumsschmerzen waren, dachte Leni bei sich, konnte vielleicht sogar Timon, wegen dem sie letzten Endes ein ganzes Stück größer geworden war und noch immer weiter wuchs, wie ein Wundpflaster wirken.

Bald hatten sich auch die Kartenspieler in ihr Zimmer zurückgezogen und die Gaupenhütte lag still da, bis auf ein leises Knarren, das hin und wieder im Gebälk ertönte und das Leni kaum mehr wahrnahm, so sehr war sie mit ihrer Berghütte verwachsen.

Timon und Jeremias hatten sich hingelegt und schienen zu schlafen, als Leni leise vor die Tür hinaustrat. Es war kalt und sie wickelte sich fest in ihre Strickjacke. Vorsichtig schlich sie in Richtung des neuen Schuppens, der so schön aussah wie nie zuvor. Eine professionelle Arbeit, die ihresgleichen suchte, da war Leni sicher.

Als ein lauter Schnarcher ertönte, zuckte sie zusammen. Dann realisierte sie, dass ihn Jeremias von sich gegeben hatte, der tief und fest schlief – und eben schnarchte. Leise trat sie bis an den Schuppen und legte eine Hand an die neue Wand. Es duftete nach frisch gesägtem Holz und sie ging mit der Nase ganz nah heran, um den Duft noch besser wahrzunehmen.

Als sie sich schließlich umdrehte, erschrak sie ein weiteres Mal, denn ein dunkler Schemen zeichnete sich hinter ihr ab. Sie erkannte Timon im fahlen Mondlicht – was ihren Herzschlag nicht gerade beruhigte.

»Gefällt es dir?«, flüsterte Timon, der mit den Händen in den Hosentaschen dastand.

Leni nickte. »Sehr.«

»Dann ist es ja gut.« Er trat von einem Bein aufs andere.

»Dir ist kalt«, stellte Leni fest.

Timon nickte. »Aber ich hab ja meinen Schlafsack. Der hält die Kälte ab – also kein Problem.«

Leni versuchte, Blickkontakt mit Timon aufzunehmen, was im Halbdunkel der Vollmondnacht gar nicht so einfach war.

Schließlich gab sie sich selbst in ihrem Innersten einen Schubs. Wachstumsschmerzen, dachte sie. Und dann flüsterte sie in Timons Richtung: »Kommst du mit rein? Ich mach dir einen Tee.«

»Bist du sicher?«, fragte er.

Leni zögerte. Dann nickte sie. »Ja, ich glaube schon.«

»Du glaubst?«

Sie nickte erneut. »Es liegt daran, dass ich Wachstumsschmerzen habe. Da weiß man viele Dinge nicht so genau wie sonst.«

»Ich versteh kein Wort.« Timon hatte lauter als zuvor gesprochen und Jeremias ließ einen verstörten Schnarcher hören, der sofort dazu führte, dass Timon einen Schritt von ihm wegtrat.

»Komm rein. Ich erkläre es dir.« Leni fühlte einen ganz starken Impuls. Sie wollte ihn erst kontrollieren, sich verbieten, ihrem Gefühl nachzugehen, aber dann tat sie es doch und streckte ihre Hand nach Timon aus.

Im Gegensatz zu Leni war Timon völlig frei von jedem Zweifel und ergriff sie sofort, ohne ein Zögern. Wie wunderbar sich seine Finger mit den ihren verschränkten! Und wie schnell ihr Herz noch immer klopfte! Wie mild das Mondlicht vom Himmel schien und wie warm Leni plötzlich geworden war!

Als Jeremias sich erneut im Schlaf regte und leise stöhnte, zog Leni Timon in Richtung der Gaupenhütte hinter sich her.

* * *

Timon

Leni! Oh, Leni! Sie zog ihn mit sich, Hand in Hand, ganz stumm, bis in die Hütte hinein. Warme Luft schlug ihnen entgegen, als sie eintraten. Timon roch das Hartwachsöl sofort.

»Du hast die Treppe hergerichtet«, stellte er fest.

Leni nickte. »Ja. Aber schau lieber nicht zu genau hin.«

Timon grinste im Dunkeln. Typisch Leni, sie wollte alles perfekt schaffen, und wenn sie nur den kleinsten Zweifel hegte, fühlte sie sich unsicher.

»Ich finde, es muss alles immer gar nicht so perfekt sein, nur gut und mit Liebe ausgeführt, das reicht. Jedenfalls hat das mein Lehrherr immer gesagt.«

Leni drehte sich zu Timon um. Sie hatte seine Hand noch immer nicht losgelassen, im Gegenteil, sie hielt seine Hand ganz fest.

»Das mit den Wachstumsschmerzen«, sagte sie und zog Timon auf die Treppe, wo sie sich im dämmrigen Licht der Flurbeleuchtung nebeneinander hinsetzten. »Also das ist so. Ich habe deinen Brief sehr aufmerksam gelesen. Um ehrlich zu sein, hab ich ihn wieder und wieder gelesen. Es fällt mir nur schwer, zu vergessen, was schon alles zwischen uns war. Ich meine, du hast mich so fürchterlich verletzt.«

Timon wollte Leni so dringend umarmen. Ihre Stimme war ganz zittrig geworden und sie hatte seine Hand losgelassen, um die Arme um sich selbst zu schlingen. Sie sah so klein aus, so zart und so verletzlich, dass sein Drang, sie vor allem Übel zu beschützen, fast übermächtig war. Er wollte ihr Halt geben. Er wollte alles gutmachen. »Ich weiß. Und ich kann nicht mehr tun, als dir zu sagen, dass ich mich bessere, dass ich alles tun will und werde, damit wir in Zukunft … nein, warte. Das muss ich anders formulieren. Was ich sagen will: Ich möchte, dass wir eine Zukunft haben. Dazu müssen wir uns natürlich mit der Vergangenheit und den Fehlern, die ich gemacht habe, auseinandersetzen. Aber ich will nicht ohne dich leben, Leni. Nicht, wenn ich es nicht muss.« Für Timon waren das verdammt viele, verdammt emotionale Worte. Aber er wusste, dass sie laut gesprochen werden mussten, damit sie auch wirklich bei Leni ankamen. Ein vielsagender Blick oder eine Geste waren einfach nicht genug. Timon musste über seinen Schatten springen und lernen, offen auszusprechen, was ihm wichtig war. Schließlich konnte niemand von Leni erwarten, dass sie die Flöhe husten hörte.

Leni schüttelte den Kopf, und Timons Herz blieb stehen, als er ihren ernsten Gesichtsausdruck sah. Dann jedoch löste sie ihre Arme, mit denen sie sich selbst umklammert hatte, und nahm wieder seine Hand. »Weißt du, ich glaube, ich habe auch so meine Macken. Du bist nicht der Einzige, der Fehler gemacht hat. Ich hätte zum Beispiel besser zu meiner Behinderung stehen können. Oder ich hätte einfordern können, dass du mit mir sprichst. Stattdessen habe ich mich auch um die Realität herumgedrückt. Dabei hilft es niemandem, wenn ich mich hinter Usain verstecke und mich damit dem Leben verschließe. Dann bleiben nämlich am Ende auch Schmerzen, und das sind dann nicht mal Wachstumsschmerzen.«

Timon verstand nicht bis ins letzte Detail, was Leni ihm sagen wollte, aber das Wichtigste hatte er kapiert: dass Leni ihn nicht verurteilte und ihn auch nicht zurückwies. Und da konnte er nicht anders, als es zu wagen. Er beugte sich einfach zu Leni hinüber und küsste sie. Es war kein tiefer, inniger Kuss, mehr eine vorsichtige, flüchtige Lippenberührung. Aber als er sich wieder zurückziehen wollte, schüttelte Leni den Kopf. Sie schaute Timon tief in die Augen und zog ihn wieder zu sich heran. Und dann küssten sie einander inniglich. Ihre Zungen spielten mit den Lippen des jeweils anderen, fanden sich, zogen sich wieder zurück. Timons Hand wanderte an Lenis Wange und streichelte sie zart, während Leni sich an Timon drückte.

»Leni«, flüsterte Timon atemlos zwischen zwei Küssen. »Oh, Leni!«

Als sie ihm ohne große Umstände zwischen die Beine fasste, ganz direkt, stöhnte sie leise und Timon, der kaum wusste, wie ihm geschah, hörte sich selbst laut einfallen.

»Komm, wir gehen rauf«, bestimmte Leni und zog sich zurück. Ihre Wangen hatten sich leicht gerötet.

»In das Zirbenholz-Zimmer?«

»Nein. In mein Zimmer.« Leni lächelte ihn an. Sie sah wunderbar frei aus mit ihren Locken und den grauen, wilden Augen. »Aber da gibt es auch ein Zirbenholzbett, das mindestens so stabil ist wie das andere«, fügte sie mit einem schelmischen Grinsen hinzu.

Timon lachte. Es fühlte sich an wie eine Befreiung, als wäre ihm jede Last von den Schultern genommen. »Na dann«, sagte er, stand auf und zog auch Leni auf die Füße. »Nichts wie los!«

16. KAPITEL

Leni

Leni drückte die Klinke ihrer Zimmertür hinunter. Es war etwas anderes, Timon mit in ihr eigenes Zimmer zu nehmen. Das hier war schließlich ihr einziger privater Raum in der Hütte. Aber sie wollte einhundert Prozent geben, einen Neuanfang machen, nicht mehr zurück, sondern nur noch nach vorne schauen und Timon ganz und gar in ihr Leben lassen. Das bedeutete auch, dass sie nichts mehr von sich verstecken wollte.

Das Scharnier quietschte leise, als Leni die Tür aufdrückte. Dann ließ sie Timon eintreten. Sie versuchte, ihr Zimmer durch seine Augen zu sehen: mehrere Bergbilder, ein Foto von ihr und Jasmin, eines von ihren Eltern vor dem Weihnachtsbaum. Der Kleiderschrank, dessen eine Tür offen stand, ihr gemachtes Bett, das Mondlicht, das durch das Fenster hereinschien. Leni knipste die Nachttischlampe an und schaltete das Deckenlicht aus. Sie ging zu Timon, um ihn erneut zu küssen, aber der schob Leni ein Stückchen von sich weg.

»Warte.«

Er räusperte sich, steckte eine Hand in die Tasche seiner weiten Arbeitshose und holte etwas heraus.

»Hier, für dich«, sagte er.

»Was ist das?«

Leni griff nach dem Gegenstand. Es war ein kleines Herz aus Holz.

Timon zuckte mit den Schultern, schaute hinunter auf seine Schuhe und dann wieder zu Leni. »Ich schenk dir mein Herz.«

Fast hätte Leni gelacht. Noch immer fiel es ihr schwer, wirklich an Timons Zuneigung zu glauben, ihm zu vertrauen. Aber dann dachte sie an seinen Brief, den sie mittlerweile fast auswendig kannte, an ihren Schuppen, den er wiederaufgebaut hatte, und an das hölzerne Herz in ihrer Hand. Schnell schloss sie ihre Finger um das warme Holz. Sie würde es nicht mehr loslassen, sein Herz. Es lag ganz glatt, ohne raue Ecken und Kanten, in Lenis Hand. Sie strich mit den Fingern über die perfekte Schnitzarbeit. Man sah dem Herzen an, wie viel Liebe Timon in sein Werk gesteckt hatte. Leni schnupperte an ihm und hätte schwören können, eine feine Note Hartwachsöl zu riechen. Dann ging sie zu ihrem Bett und legte das Herz auf ihren Nachttisch. Doch in der nächsten Sekunde überlegte sie es sich anders und steckte es in ihre Hosentasche.

»Gut«, sagte sie laut. »Dein Herz behalte ich.«

Timon lächelte Leni an. Er lächelte sie auf eine Weise an, dass sie wusste, es kam von ganz tief in seinem Inneren. »Das möchte ich doch schwer hoffen.«

Er trat einen Schritt auf Leni zu, sodass er sie um die Hüften fassen konnte, und überwand auch das letzte bisschen Distanz zwischen ihnen, indem er seinen Körper gegen Lenis drückte. »Weißt du, ich halte dich nämlich, solange du möchtest.«

Leni wusste, dass er damit Bezug auf ihren Song nahm, auf das Lied, das sie beim Ball und noch mal bei ihrem Tanz in der Gaststube Jahre später gehört hatten. Es war ein wenig so, als ob diese Ballade das Lied ihrer beider Leben war.

Dann küssten sie sich wieder, tief, fest und lustvoll, einander ganz selbstverständlich findend. Leni wollte Timon nah sein, so nah wie irgend möglich, innen und außen. Denn er würde sie halten, solange sie das wollte. Vielleicht für immer, dachte Leni, vielleicht. Und mit diesem Gedanken ließ sie sich einfach fallen, hinein in das Gefühl der tiefen Liebe, das ihren ganzen Körper durchströmte.

* * *

Leni

Als sie früh am Morgen aufgewacht war, hatte Timon noch tief und fest geschlafen, und ein Blick aus dem Fenster verriet ihr, dass auch Jeremias noch schlief. Also war sie ganz leise aufgestanden, um Timon nicht zu wecken, dessen Gesicht sich im Schlaf total entspannt hatte und dessen tiefe Atemzüge Leni verrieten, dass er noch eine ganze Weile weiterträumen würde.

Sie dagegen musste an die Arbeit. Sie machte zwei Omeletts, mit frischen Tomaten und Petersilie, als Frühstück für die zwei Bergsteiger, die die Nacht auf der Gaupenhütte verbracht hatten. Später würde sie für Jeremias und Timon ebenfalls ein ordentliches Frühstück zubereiten und sich selbst mit an den Tisch setzen. Es war an der Zeit, sich auch bei Jeremias zu bedanken.

Leni und Timon hatten noch lange geredet und sich gegenseitig erzählt, was in der Zeit nach dem Ball ohne den jeweils anderen alles passiert war – jedenfalls hatten sie damit begonnen. Es gab noch viel, das ungesagt geblieben war. Aber man konnte die Jahre nicht in einer Nacht aufholen. In jedem Fall wusste Leni, dass Jeremias am Ende einen großen Anteil daran hatte, dass sie und Timon sich nun doch noch gefunden hatten.

Sie ging in den Gastraum und räumte den Frühstückstisch der Bergsteiger ab, die schon gezahlt hatten und nur noch ihre Rucksäcke packen gegangen waren. Als alles gespült war, machte sie sich eine Tasse Kaffee und setzte sich zu ihrem Buch, das noch immer auf dem Tisch lag, unbeachtet und ungelesen seit Tagen. Sie holte das Holzherz aus ihrer Hosentasche und betrachtete es lange. Es musste eine Höllenarbeit gewesen sein, so perfekt und ebenmäßig, wie es wirkte. Leni legte es vorsichtig auf den Tisch, neben ihre Kaffeetasse, damit sie jederzeit einen Blick darauf werfen konnte. Dann schlug sie ihr Buch auf. Heute konnte sie sich sofort auf den Inhalt konzentrieren. Sie versank in einer anderen Welt und vergaß alles um sich herum.

»Leni? Ah, hier bist du!«

Als Leni aufschaute, kamen Jasmin und Kenneth gerade auf sie zu.

»Hallo, was für eine Überraschung! Ich hab ehrlich gesagt nur mit Jasmin gerechnet.« Leni stand auf und umarmte die beiden. »Ist Momo auch dabei?«

»Ja, klar! Aber sie besucht heute Elsa. Du hättest sie sehen sollen – also Elsa. Die ist ganz aus dem Häuschen.« Kenneth lachte. »Momo aber auch. Sie konnte kaum erwarten, dass ich die Satteltaschen abschnalle. Ist es okay, dass ich spontan mit heraufgekommen bin?«

Tatsächlich hatte Kenneth noch schwere Taschen in den Händen und stellte sie jetzt auf den Nachbartisch.

»Aber natürlich! Du bist hier genauso willkommen wie meine Schwester«, antwortete Leni herzlich und umarmte Kenneth fest zur Begrüßung.

»Ich hab dir wieder Obst mitgebracht. Und frische Brezen!«

»Klasse, du bist einfach großartig.«

Kenneth freute sich sichtlich über das Kompliment. »Diese Lieferung war ja ganz freiwillig und geht natürlich aufs Haus.«

»Danke dir. Das ist wirklich nett. Kann ich euch vielleicht mit einem Frühstück verwöhnen, so als kleinen Ausgleich?«

»Äh, nein danke, ich hab überhaupt keinen Hunger«, sagte Jasmin schnell, bevor Kenneth etwas antworten konnte. »Kaffee reicht uns völlig.« Erst jetzt fiel Leni auf, dass etwas mit ihrem Ton nicht stimmte. Auch heute wirkte sie ernst, irgendwie besorgt.

»Hm.« Leni schenkte ihrer Schwester einen weiteren prüfenden Blick. Jasmin konnte normalerweise nicht nein zu einem leckeren Frühstück sagen, besonders seit sie nicht mehr so viel in den sozialen Medien unterwegs war und weniger auf ihre Figur achtete. Sie hatte sich mehr und mehr zum Genussmenschen entwickelt. Wenn Jasmin nach dem Aufstieg zur Gaupenhütte keinen Appetit verspürte, war etwas faul und wirklich dringender Gesprächsbedarf.

Schnell lief Leni in die Küche und holte den Kaffee. Sie hörte, wie Jasmin eindringlich auf Kenneth einredete, mit gedämpfter Stimme. Als Leni zurückkam, verstummten die beiden abrupt. So langsam, aber sicher machte Leni sich wirklich Sorgen um ihre Schwester und deren Freund. Hoffentlich war niemand ernsthaft krank. Sie schaute in zwei erschrockene Gesichter, als sie mit den Kaffeetassen an den Tisch trat. Mit viel Milch für Jasmin, schwarz für Kenneth, das wusste Leni.

»Ihr seht aus, als wäre euch ein Geist begegnet. Jetzt aber mal raus mit der Sprache!«, forderte Leni und setzte sich.

Kenneth und Jasmin tauschten Blicke und Kenneth nickte aufmunternd.

»Also, ähm – Leni, erst mal tut es mir total leid, dass du so unglücklich verliebt warst und neu anfangen musst und … na ja. Dieser Tim ist ja nicht mal mehr hier und jetzt ist es noch schwieriger und …«

Jasmin redete sich um Kopf und Kragen. Aber langsam bekam Leni eine Ahnung, worum es insgesamt ging. Zwar trug Jasmin keinen Ring am Finger, aber als sie nach ihrer Kaffeetasse gegriffen hatte, hatte Jasmin einen feinen, hellen Streifen an ihrem Ringfinger gesehen. Sie musste sich ein Grinsen verkneifen.

»Er heißt Timon, Schwesterherz«, korrigierte sie sie nur und wartete darauf, was Jasmin als Nächstes sagen wollte und ob sie auf die Erwähnung von Timon einstieg, aber das tat sie nicht. Sie war viel zu sehr mit dem beschäftigt, was sie auf dem Herzen hatte.

»Es ist so. Also Kenneth und ich, wir sind ja jetzt schon eine Weile zusammen und eigentlich ist es irgendwie auch ganz nett, weil wir uns wirklich gut verstehen.«

»Da bin ich ja erleichtert«, warf Kenneth ein. »Wenn es eigentlich irgendwie ganz nett mit mir ist.«

Jasmin verdrehte die Augen. »Du weißt schon, was ich sagen will.«

Kenneth nickte. »*Of course.*«

»Ich bin auch froh.« Lenis Ton war ganz trocken und ohne große Emotion, wie es zuweilen für ihren ironischen Humor typisch war.

Jetzt allerdings konnte sie sich ein Grinsen nicht mehr verkneifen. Sie schielte zu dem Holzherz neben ihrer Tasse.

Jasmin holte tief Luft. »Kenneth und ich wollen heiraten.« Mit einem Mal platzten die Worte einfach so aus ihrer Schwester heraus, sie griff am Halsausschnitt unter ihr T-Shirt und brachte einen Ring zutage, der an einer Halskette baumelte. »Vor ein paar Wochen hat Kenneth mir einen Antrag gemacht und ich habe ihn angenommen.«

»Ist es das, was du mir seit Tagen versuchst zu sagen?«, fragte Leni.

»Ja. Ich hab gedacht, ich würde dich in deinem Kummer vielleicht verletzen. Aber – wir können mit der Hochzeit auch wirklich warten, bis es dir besser geht. Das hat keine Eile, oder Kenneth?«

Kenneth schüttelte den Kopf. »Nein. Hauptsache, du heiratest keinen anderen Mann, Jasmin. Dann ist alles gut«, scherzte er.

Jasmin verdrehte die Augen. »Sehr witzig.«

Statt einer Antwort griff Kenneth nach Jasmins Hand und drückte sie kurz. Sie merkten nicht, dass ein junger Mann in die Gaststube trat, Leni erblickte und auf sie zukam. Er lächelte. Und wie er lächelte! Es war dieses ganz besondere Lächeln, das ihr ganz allein zu gelten schien. Sofort begann es, in ihrem Magen zu kribbeln, eine Wirkung, die Timons Lächeln schon auf sie hatte, seit sie ihn kennengelernt hatte.

»Jasmin wollte dir nicht wehtun, indem sie dir ihr Glück ins Gesicht reibt, sozusagen«, sagte Kenneth und drückte Jasmins Hand erneut, bevor er seinen Arm um sie legte.

»Das ist wirklich lieb von dir, dass du immer an mich denkst. Aber ich glaube, es ist an der Zeit, dass du aufhörst, dir immer so viele Sorgen um mich zu machen.«

»Aber du hast es nicht leicht gehabt und du warst so unglücklich letzte Woche, da hatte ich das Gefühl, es passt einfach nicht, wenn Kenneth und ich …«

Leni schüttelte vehement den Kopf, was dazu führte, dass Jasmin mitten im Satz verstummte, um zu hören, was ihre Schwester einwenden wollte.

»Also – wenn du an einem Tag heiraten möchtest, an dem ich rundum glücklich bin, kannst du deine Hochzeit mit Kenneth theoretisch gleich heute feiern«, sagte Leni an Jasmin gewandt und griff nach dem hölzernen Herz. Als ihre Finger sich darum schlossen, hatte sie wieder das Gefühl, als würde der Talisman Wärme ausstrahlen. Aber natürlich war das nicht möglich.

Timon stand jetzt hinter Jasmin und sein Lächeln hatte sich noch vertieft, als er Lenis Worte gehört hatte.

»Darf ich vorstellen, das ist Timon.« Leni deutete in seine Richtung. Sowohl Kenneth als auch Jasmin drehten sich nach ihm um, weil sie so sehr in das Gespräch vertieft gewesen waren, dass sie ihn bisher nicht bemerkt hatten. Jetzt musterten sie ihn ohne Scheu.

»Ähm …« Timon hob die Hand zu einem unsicheren Winken. »Hallo, miteinander.«

»Das sind meine Schwester und ihr Verlobter.« Das Wort fühlte sich noch ganz neu in Lenis Mund an, aber sehr schön. Kenneth und Jasmin gaben Timon die Hand.

Leni redete weiter, dieses Mal an Timon gewandt. »Ich habe gerade erfahren, dass Jasmin und Kenneth heiraten wollen. Das sind doch ganz wunderbare Neuigkeiten!«

Sie stand auf und umarmte erst Kenneth und dann Jasmin. »Ich freu mich so sehr für euch, ihr seid ein wunderschönes Paar und passt perfekt zueinander!«

»Danke.« Jasmins Stimme klang ein wenig so, als würde sie gleich ersticken, und ihre Augen wirkten ganz glasig vor Rührung. Leni umarmte sie ein zweites Mal.

Dann ging sie zu Timon und gab ihm – begleitet vom ungläubigen Blick ihrer Schwester – einen Kuss auf die Wange, um keinen Zweifel daran zu lassen, wie sie und Timon zueinander standen.

»Er hat mir sein Herz geschenkt«, erklärte Leni und wechselte einen verschwörerischen Blick mit Timon, der die Anspielung natürlich sofort verstand, während Jasmin und Kenneth keine Ahnung hatten, was genau Leni damit meinte. Und entsprechend verwirrt fiel auch Jasmins Blick aus. Aber Leni würde ihrer Schwester später alles genau erklären, wenn sie angestoßen hatten.

»So!« Leni klatschte entschlossen in die Hände. »Und jetzt gibt es erst mal einen Sekt. Schließlich haben wir alle vier was zu feiern.«

Mit diesen Worten ging sie in Richtung Küche, um Gläser und die Flasche Sekt zu holen, die sie für besondere Anlässe immer in der Kühlung lagerte. Ach was, sie ging nicht, sie flog regelrecht! Das sind wirklich die reinsten Frühlingsglücksgefühle, dachte Leni und lächelte versonnen. Unauffällig ließ sie das hölzerne Herz, das sie die ganze Zeit umklammert hatte, zurück in ihre Hosentasche gleiten.

Als Leni aus dem Fenster sah, regte sich Jeremias gerade in seinem Schlafsack und gähnte herzhaft. Sie brauchten fünf Gläser statt vier, entschied Leni. Gleich würde sie zu Jeremias hinausgehen und ihn einladen. Er sollte unbedingt mitfeiern.

Durch das Fenster schien die Sonne herein und zauberte einen breiten Lichtstrahl in die Luft und auf den Boden der Gaststube der Gaupenhütte.

Heute war ein ganz wunderbarer Tag, um den Rest ihres Lebens zu beginnen!

Folge der Autorin auf Amazon

Wenn dir dieses Buch gefallen hat, folge Lotte Römer auf Amazon. Dann erhältst du eine Benachrichtigung, wenn die Autorin ihr nächstes Buch veröffentlicht. Um der Autorin zu folgen, gehe bitte folgendermaßen vor:

Desktop:

1) Suche auf Amazon.de oder in der Amazon App nach dem Namen der Autorin.
2) Klicke auf den Namen der Autorin, um auf die Autorenseite zu gelangen.
3) Klicke auf den »Folgen«-Button.

Smartphone und Tablet:

1) Suche auf Amazon.de oder in der Amazon App nach dem Namen der Autorin.
2) Klicke auf einen Titel der Autorin.
3) Klicke auf den Namen der Autorin, um auf die Autorenseite zu gelangen.
4) Klicke auf den »Folgen«-Button.

Kindle eReader und Kindle App:

Wenn du dieses Buch auf einem Kindle eReader oder in der Kindle App liest, wird dir automatisch angeboten, der Autorin zu folgen, nachdem du die letzte Seite des Buches gelesen hast.

Zeitfracht Medien GmbH
Ferdinand-Jühlke-Straße 7
99095 Erfurt, Deutschland
produktsicherheit@kolibri360.de

Druck:
CPI Druckdienstleistungen GmbH
im Auftrag der
Zeitfracht Medien GmbH
Ein Unternehmen der Zeitfracht - Gruppe
Ferdinand-Jühlke-Str. 7
99095 Erfurt